Becky Bloom
ao resgate

Outras obras da autora publicadas pela Editora Record

Como Sophie Kinsella

Fiquei com o seu número

Lembra de mim?

A lua de mel

Menina de vinte

Samantha Sweet, executiva do lar

O segredo de Emma Corrigan

Da série Becky Bloom:

Becky Bloom – Delírios de consumo na 5ª Avenida

O chá de bebê de Becky Bloom

Os delírios de consumo de Becky Bloom

A irmã de Becky Bloom

As listas de casamento de Becky Bloom

Mini Becky Bloom

Becky Bloom em Hollywood

Como Madeleine Wickham

Quem vai dormir com quem?

Louca para casar

Drinques para três

SOPHIE KINSELLA

Becky Bloom ao resgate

Tradução de
Carolina Caires Coelho

1ª edição

EDITORA RECORD
RIO DE JANEIRO • SÃO PAULO
2016

CIP-BRASIL. CATALOGAÇÃO NA PUBLICAÇÃO
SINDICATO NACIONAL DOS EDITORES DE LIVROS, RJ

K64b

Kinsella, Sophie, 1969-
Becky Bloom ao resgate / Sophie Kinsella; tradução de Carolina Caires Coelho. – 1ª ed. – Rio de Janeiro: Record, 2016.

Tradução de: Shopaholic to the Rescue
Sequência de: Becky Bloom em Hollywood
ISBN 978-85-01-08961-8

1. Romance inglês. I. Coelho, Carolina Caires. II. Título.

16-33014

CDD: 823
CDU: 821.111-3

Título original:
Shopaholic to the Rescue

Texto revisado segundo o novo Acordo Ortográfico da Língua Portuguesa.

Direitos exclusivos de publicação em língua portuguesa somente para o Brasil adquiridos pela
EDITORA RECORD LTDA.
Rua Argentina, 171 – Rio de Janeiro, RJ – 20921-380 – Tel.: (21) 2585-2000, que se reserva a propriedade literária desta tradução.

Impresso no Brasil

ISBN 978-85-01-08961-8

Seja um leitor preferencial Record.
Cadastre-se no site www.record.com.br e receba informações sobre nossos lançamentos e nossas promoções.

Atendimento e venda direta ao leitor:
mdireto@record.com.br ou (21) 2585-2002.

Para Linda Evans,
Com amor e gratidão por tudo

De: dsmeath@locostinternet.com
Para: Brandon, Rebecca
Assunto: Um "pedido"

Prezada Sra. Brandon,

Faz muito tempo que não nos vemos. Espero que a senhora e sua família estejam muito bem.

Eu tenho aproveitado a vida de aposentado, mas minha mente sempre resgata, com carinho, momentos da minha vida profissional no Endwich Bank. Então, decidi embarcar em uma "autobiografia" ou "livro de memórias" com o título provisório de *Dívidas boas e ruins: os altos e baixos de um gerente paciente* (e *não tão paciente!*) *do Fulham Bank.*

Já escrevi dois capítulos, que foram bem recebidos pelos membros do clube de horticultura da minha região; vários deles até disseram que "o livro deveria ser levado para a TV!". Bem, não sei se deveria, não!!

O que eu quero dizer, Sra. Brandon, é que a senhora sempre foi uma de minhas clientes mais pitorescas, com uma abordagem "ímpar" em relação às suas finanças. (Espero, e acredito, que a senhora tenha amadurecido com o passar dos anos.) Já discordamos muitas vezes, mas creio que chegamos a uma espécie de "*entente cordiale*" nesse meio-tempo, não é?

Então, gostaria de saber se posso entrevistá-la para o meu livro quando for conveniente para a senhora. Aguardo ansiosamente sua resposta.

Obrigado,

Derek Smeath

Gerente de banco (aposentado)

De: dsmeath@locostinternet.com
Para: Brandon, Rebecca
Assunto: Re: Re: Um "pedido"

Prezada Sra. Brandon,

Escrevo porque fiquei muito decepcionado. Entrei em contato com boa-fé, como colega ou até, ouso dizer, amigo, e esperava ser tratado como "tal".

Se prefere não dar entrevista para o meu livro de "memórias", a escolha é sua. No entanto, fico triste por ver que a senhora achou que precisava inventar uma mentira descabida. Está claro que essa história ridícula e confusa de "ir atrás do seu pai em Las Vegas" para "descobrir um mistério" e impedir que "o coitado do Tarkie sofra uma lavagem cerebral" é totalmente fictícia.

Quantas vezes, Sra. Brandon, eu recebi cartas da senhora nas quais afirmava ter "quebrado a perna", "sofrido de mononucleose infecciosa" ou dizendo que seu cachorro (imaginário) tinha morrido? Esperava que, como mãe, esposa e mulher adulta, a senhora pudesse ter amadurecido um pouco. No entanto, fiquei muito desapontado.

Atenciosamente,
Derek Smeath

De: dsmeath@locostinternet.com
Para: Brandon, Rebecca
Assunto: Re: Re: Re: Re: Um "pedido"

Prezada Sra. Brandon,

Dizer que fiquei estupefato com seu último e-mail seria pouco. Muito obrigado pela série de fotos.

Consigo ver, de fato, que a senhora está à margem de um deserto. Vejo o trailer para o qual a senhora aponta e o mapa da Califórnia em destaque. Também vejo sua amiga, Lady Cleath-Stuart, em uma das fotos, apesar de não caber a mim dizer se é "totalmente óbvio, pela expressão sofrida, que o marido dela está desaparecido".

Permita-me perguntar algo para esclarecer: seu pai e o marido da sua amiga desapareceram? Os dois de uma vez só?

Atenciosamente,

Derek Smeath

De: dsmeath@locostinternet.com
Para: Brandon, Rebecca
Assunto: Re: Re: Re: Re: Re: Re: Um "pedido"

Prezada Sra. Brandon,

Puxa vida, que história! Seu e-mail estava um tanto confuso, se me permite dizer. Poderia confirmar estes fatos?

- Seu pai foi visitá-la em Los Angeles porque descobriu algumas coisas a respeito de um velho amigo, Brent, que não via há muitos anos.
- Então desapareceu numa missão, deixando apenas um bilhete no qual dizia que precisava "consertar alguma coisa".
- Pediu ajuda do Lorde Cleath-Stuart ("Tarkie"), que anda passando por um momento difícil e está em um "estado vulnerável".
- Também chamou outro rapaz, "Bryce". (Que nomes estranhos têm as pessoas na Califórnia.)
- Agora, a senhora está seguindo os três até Las Vegas com medo de que Bryce seja um indivíduo de atitudes escusas que talvez queira extorquir Lorde Cleath-Stuart.

Respondendo à sua pergunta, sinto muito, mas não tenho nenhuma "ideia brilhante" para ajudá-la; nada parecido aconteceu durante o tempo em que trabalhei no banco. Apesar de, certa vez, um cliente meio "misterioso" ter tentado fazer um depósito com notas de 20 dólares que enchiam um saco de lixo e, assim que percebi, entrei em contato com as autoridades do banco. Em meu livro, vou contar essa "história", pode apostar!!

Desejo muito sucesso na busca pelos três desaparecidos, e, se eu puder ajudar em alguma coisa, por favor, não hesite em entrar em contato.

Atenciosamente,

Derek Smeath

UM

— Tudo bem — diz Luke, com calma. — Nada de pânico.

Nada de pânico? *Luke* está dizendo "nada de pânico"? Não. Nããããooo. Está tudo errado. Meu marido nunca diz "nada de pânico". Se está dizendo "nada de pânico", então, na verdade, quer dizer: "Você tem todos os motivos para entrar em pânico."

Meu Deus, agora *eu* estou em pânico.

As luzes estão piscando e a sirene da polícia ainda está ligada.

Só consigo pensar em coisas aleatórias e malucas, como "Algemas machucam?", "Para quem devo telefonar quando estiver na cadeia?" e "O uniforme na prisão é *todo* laranja?".

Um policial está vindo na direção do nosso trailer Class C alugado (cortinas azuis de tecido xadrezinho, estofado florido, "seis camas"; na verdade, "cama" é um exagero. Seria melhor dizer "seis colchonetes fininhos em cima de estrados de madeira"). Ele é um daqueles policiais norte-americanos bronzeados, com pinta de bacana que usa óculos de sol espelhados e parece bem assustador. Meu coração dispara, e automaticamente começo a olhar ao redor à procura de um lugar para me esconder.

Certo, talvez eu esteja exagerando um pouco. Mas sempre fico nervosa perto de policiais, desde que roubei seis pares de sapatos de boneca na Hamleys, quando tinha 3 anos, e um policial se aproximou de mim e gritou: "O que é isso aí, mocinha?", e eu quase morri de medo. No fim, ele estava só admirando meu balão.

(Devolvemos os sapatos num envelope forrado com plástico bolha quando meus pais os encontraram, com uma carta de desculpas que eu mesma tentei escrever. A Hamleys respondeu com um "Não se preocupe", uma simpatia só. Acho que foi quando percebi que escrever uma carta é uma ótima maneira de sair de uma enrascada.)

— Luke! — falo baixinho, mas estou desesperada. — Depressa! Vamos suborná-lo? Quanto dinheiro temos?

— Becky! Eu disse "nada de pânico". Eles devem ter um ótimo motivo para nos parar.

— Devemos sair do carro? — pergunta Suze.

— Acho melhor ficarmos dentro do veículo — diz Janice, meio nervosa. — Vamos agir normalmente como se não tivéssemos nada pra esconder.

— *Não temos* nada a esconder — diz Alicia, meio irritada. — Relaxem.

— Eles estão armados! — diz minha mãe, descontrolada, olhando pela janela. — Armados, Janice!

— Jane, por favor, fique calma! — pede Luke. — Vou falar com eles.

Luke sai do trailer, e nós todas nos entreolhamos com ansiedade. Estou viajando com minha melhor amiga Suze, minha nova melhor amiga (só que não) Alicia, minha filha Minnie, minha mãe e a melhor amiga dela, Janice. Estamos indo de Los Angeles para Las Vegas e já discutimos por causa do ar-condicionado, dos lugares no trailer e para decidir se Janice pode tocar flauta celta para se acalmar (Resposta: não. Cinco votos contra e um a favor). Essa viagem tem sido meio angustiante, e só começou há duas horas. E agora, mais essa.

Observo quando o policial se aproxima de Luke e começa a falar com ele.

— Cachorrinho! — diz Minnie, apontando pela janela. — Cachorrinho grande, grande, *grande*.

Um segundo policial se aproxima de Luke, com um cão policial de dar medo. É um pastor-alemão e está cheirando os pés do Luke. De repente, ele olha para o trailer e late.

— Ai, meu Deus! — exclama Janice, angustiada. — Eu sabia! É o Departamento de Narcóticos da polícia! Eles vão me cafungar!

— O *quê?* — Eu me viro e a encaro. Janice é uma senhora de meia-idade que gosta de fazer arranjos de flores e de maquiar as pessoas usando tons horripilantes de blush cor de pêssego. O que ela quer dizer com "vão me cafungar"?

— Sinto muito por contar isso, gente... — Ela engole em seco de modo dramático. — Mas estou portando drogas ilícitas.

Por um instante, ninguém se mexe. Meu cérebro se recusa a registrar esses dois elementos. Drogas ilícitas? A Janice?

— *Drogas*? Janice, do que você está falando? — pergunta minha mãe.

— Para aliviar o jet lag — resmunga ela. — Meu médico foi tão inútil que tive de recorrer à internet. Annabel, do clube de bridge, me passou o site, mas havia um alerta: "Pode ser proibido em alguns países." E agora esse cachorro vai sentir o cheiro e vamos ser levados à delegacia para um interrogatório...

Ela para de falar ao ouvir os latidos ensandecidos. Tenho de admitir que o cão da polícia parece bem a fim de se aproximar do trailer. Está puxando a guia e latindo esgoelado, e o policial está olhando irritado para ele.

— Você comprou *drogas proibidas*? — pergunta Suze, irritada. — Por que fez isso?

— Janice, você vai pôr a viagem toda a perder! — Minha mãe parece atônita. — Como pôde trazer drogas pesadas pros Estados Unidos?

— Tenho certeza de que não são pesadas — digo, mas minha mãe e Janice estão histéricas demais para ouvir.

— Livre-se delas! — manda minha mãe, com a voz esganiçada. — Já!

— Elas estão aqui. — Com as mãos trêmulas, Janice tira dois pacotes brancos da bolsa. — Eu nunca teria comprado se soubesse...

— Bem, o que devemos fazer com isso? — pergunta minha mãe.

— Todo mundo engole uma cartela — diz Janice, tirando-as das caixas, agitada. — É a única coisa que podemos fazer.

— Está *maluca*? — rebate Suze, furiosa. — Não vou engolir comprimidos sem regulamentação comprados pela internet!

— Janice, você precisa se livrar deles — diz minha mãe. — Saia e espalhe tudo no acostamento. Vou distrair a polícia. Não, todas nós vamos distrair a polícia. Saiam do trailer. Agora!

— A polícia vai perceber! — choraminga Janice.

— Não, não vai — responde minha mãe, com firmeza. — Está me ouvindo, Janice? A polícia não vai perceber. Não se você for rápida.

Ela abre a porta do trailer e todas saímos para o ar que já está escaldante. O trailer está parado no acostamento, com o deserto árido tomando os dois lados, até onde conseguimos enxergar.

— Vamos! — sussurra minha mãe a Janice.

Quando Janice começa a andar pelo asfalto seco, minha mãe se aproxima dos policiais com Suze e Alicia a tiracolo.

— Jane! — diz Luke, parecendo assustado ao vê-la ao seu lado. — Vocês não precisavam sair. — Ele lança a mim um olhar como se perguntasse "Mas o que vocês estão fazendo?", e eu dou de ombros em resposta, impotente.

— Bom dia, policial — diz minha mãe, dirigindo-se ao primeiro deles. — Tenho certeza de que meu genro explicou a situação. Meu marido desapareceu em uma missão secreta de vida ou morte.

— Não é *necessariamente* de vida ou morte. — Sinto a necessidade de esclarecer.

Sempre que minha mãe usa o termo "vida ou morte", tenho certeza de que sua pressão arterial sobe. Fico tentando acalmá-la, mas não sei bem se ela quer ser acalmada.

— Ele está com o Lorde Cleath-Stuart, e esta é a Lady Cleath-Stuart. Eles moram em Letherby Hall, uma das propriedades mais imponentes da Inglaterra — continua ela, orgulhosa.

— Isso não vem ao caso! — diz Suze.

Um dos policiais tira os óculos de sol para analisar Suze.

— Como em *Downton Abbey*? Minha esposa é doida por essa série.

— Ah, Letherby é bem melhor que Downton — responde minha mãe. — O senhor deveria conhecer.

Pelo canto do olho, percebo que Janice está no deserto com seu conjunto verde-água florido, espalhando comprimidos alucinadamente, atrás de um cacto gigante. Ela não sabe ser discreta. Mas, por sorte, os policiais estão distraídos, graças à minha mãe, que agora está contando para eles a história do bilhete do meu pai.

— Ele deixou o bilhete em cima do travesseiro! — conta ela, indignada. — Disse que era uma "viagenzinha". Que homem casado simplesmente decide fazer uma "viagenzinha" do nada?

— Senhores — Luke tenta interromper. — Obrigado por me alertarem sobre o farol. Podemos seguir viagem agora?

Há um breve silêncio e os dois policiais se entreolham por um tempo.

— Nada de pânico — diz Minnie, olhando para cima enquanto brinca com sua boneca preferida, a Tagarela. Ela sorri para um dos policiais. — Nada de pânico.

— Com certeza. — Ele retribui o sorriso. — Que bonitinha. Como você se chama, querida?

— A polícia *não* vai perceber — responde Minnie como se estivesse conversando, e um silêncio desconfortável impera. Sinto o estômago revirar e não ouso olhar para Suze. Enquanto isso, o sorriso do policial amarela.

— Desculpe... o que você disse? — pergunta ele. — Perceber o quê, querida?

— Nada! — digo com a voz esganiçada. — Estamos vendo muita TV ultimamente, o senhor sabe como as crianças são...

— Prontinho! — Janice aparece ao meu lado, ofegante. — Resolvido. Olá, policiais, como podemos ajudá-los?

Os dois policiais parecem desconcertados ao ver mais uma pessoa no grupo.

— Senhora, onde estava? — pergunta um deles.

— Atrás do cacto. Não consegui segurar — acrescenta ela, claramente orgulhosa de si por ter uma resposta na ponta da língua.

— Não tem banheiro no trailer? — pergunta o policial de cabelos claros.

— Ah — exclama Janice, com cara de assustada. — Ai, minha nossa. Acho que tem. — O ar confiante desaparece, e ela olha ao redor, desesperada. — Minha nossa! Humm... bem... na verdade... eu queria caminhar um pouco.

O policial de cabelos escuros cruza os braços.

— Caminhar? Caminhar atrás de um cacto?

— A polícia não vai perceber — diz Minnie a Janice em tom cúmplice, e Janice se sobressalta como um gato escaldado.

— Minnie! Minha nossa, querida! Perceber o quê? Hahaha!

— Pode fechar a matraca dessa criança? — pergunta Alicia, sussurrando, furiosa.

— Uma caminhada na natureza — completa Janice sem convicção. — Eu estava admirando os cactos. Lindos... espinhos.

"Lindos espinhos?" É o melhor que ela consegue dizer? Certo, nunca mais viajo de carro com Janice. Ela está com a maior cara de constrangimento e culpa. Não é à toa que os policiais parecem desconfiados. (Admito que Minnie não ajudou muito.)

Os dois policiais trocam um olhar significativo. A qualquer momento, dirão que seremos levados à delegacia ou que chamarão o FBI. Preciso fazer alguma coisa, depressa. Mas o quê? Pense, *pense*...

E, então, vem a inspiração.

— Policial! Estou muito feliz por termos nos encontrado, porque quero pedir um favor. Tenho um primo mais novo que adoraria se tornar policial e ficaria muito grato se conseguisse um estágio. Ele pode entrar em contato? O senhor é o policial Kapinski... — Pego meu telefone e começo a digitar o nome dele, copiando-o de sua identificação. — Será que ele poderia acompanhá-lo num dia de trabalho?

— Existem canais oficiais, senhora — explica o policial Kapinski, sem muita empolgação. — Diga a ele para entrar no site.

— Ah, mas indicações são melhores, não? — Olho para ele com cara de inocente. — O senhor está disponível amanhã? Poderíamos nos encontrar depois do trabalho. Isso! Estaremos à sua espera na frente da delegacia. — Dou um passo à frente, e o policial Kapinski se afasta. — Ele é muito talentoso e comunicativo. O senhor vai adorar conhecê-lo. Então, nos vemos amanhã, combinado? Levarei croissants, tudo bem?

O policial Kapinski parece apavorado.

— Vocês estão liberados — murmura ele e se vira.

Em trinta segundos, ele, seu colega e o cachorro voltam para a viatura e partem.

— Bravo, Becky! — Luke aplaude.

— Muito bem, minha querida! — comemora minha mãe.

— Foi por pouco. — Janice está tremendo. — Muito pouco. Precisamos tomar mais cuidado.

— O que *aconteceu*? — pergunta Luke, surpreso. — Por que vocês saíram do trailer?

— Janice está fugindo do Departamento de Narcóticos — digo e quase dou uma gargalhada ao ver a cara dele. — Explico no caminho. Vamos embora.

DOIS

Eles desapareceram há dois dias. Você pode dizer "E daí? Eles provavelmente estão numa viagem de rapazes. Por que não relaxa e espera que eles voltem para casa?". Na verdade, foi exatamente o que a polícia falou. Mas é mais complicado do que isso. Tarquin teve uma espécie de momento-chilique recentemente. Ele também é muito rico e, aparentemente, está sendo alvo das "práticas nada saudáveis" de Bryce, que Suze teme que signifiquem "entrar para uma seita".

Quero dizer, não passa de uma teoria. Na verdade, são muitas teorias diferentes. Para ser sincera — e eu nunca diria isto a Suze —, acredito, em meu íntimo, que podemos acabar descobrindo que papai e Tarquin estavam sentados em um café 24 horas em Los Angeles esse tempo todo. Suze, por outro lado, acha que Bryce já jogou Tarquin de um desfiladeiro depois de roubar todo o dinheiro da conta dele. (Ela não admite, mas eu sei que é isso o que ela pensa.)

Tudo o que precisamos é de um pouco de ordem. De um *plano*. Precisamos de um quadro com uma tabela, como os que vemos em séries policiais, com colunas e setas, além de fotos do papai e de Tarkie. (Bom, não, não vamos fazer isso, porque, nesse caso, eles pareceriam vítimas de assassinato.) Mas precisamos de *alguma coisa*. Até agora, essa viagem de carro tem sido uma grande confusão.

Hoje cedo, foi uma confusão danada — tivemos de fazer as malas e deixar os três filhos de Suze com a babá Ellie (ela vai ficar na casa cuidando de tudo enquanto estivermos fora).

Luke chegou com o trailer alugado na calada da noite. Então, acordei minha mãe e Janice — elas tinham dormido poucas horas desde que chegaram do Reino Unido —, e nós todos pulamos no trailer e dissemos: "Para Vegas!"

Para ser *totalmente* sincera, provavelmente não precisávamos alugar um trailer. Na verdade, Luke queria que fôssemos em dois sedãs. Mas meu argumento foi: precisamos falar uns com os outros no caminho. Então, precisávamos de um trailer. Além disso, como se faz uma viagem pelas estradas norte-americanas sem ser num trailer? Pois é!

Desde então, Suze passa o tempo todo procurando seitas no Google, o que acho que ela não deveria fazer, porque isso está deixando-a louca. (Principalmente depois que ela descobriu uma na qual as pessoas pintam o rosto de branco e se casam com animais.) Luke passou a maior parte do tempo ao telefone com seu braço direito, Gary, que está em uma conferência em Londres, no lugar dele. Luke é dono de uma empresa de relações públicas e, no momento, tem um monte de compromissos, mas ele deixou tudo de lado para dirigir o trailer, o que é um ato muito encorajador e carinhoso da parte dele, e eu farei exatamente a mesma coisa por ele quando for preciso.

Janice e minha mãe estão com umas teorias assustadoras de que meu pai teve um colapso e foi viver no meio do deserto com um poncho. (Por que um poncho?) Minnie disse: "Cacto, mãe! CAC-to!", umas três mil vezes. E eu permaneço em silêncio, acariciando os cabelos dela e deixando meus pensamentos vagarem. O que, para ser sincera, não é muito divertido. Não estou pensando em muitas coisas incríveis, no momento.

Estou tentando me manter bem positiva e animada, estou, sim. Tento manter todo mundo alegre sem nos apegarmos ao passado. Mas sempre que baixo a guarda, tudo volta, numa terrível e forte onda de culpa. Porque a verdade é que essa viagem toda é coisa minha. É tudo culpa *minha.*

Meia hora depois, paramos em um restaurante para tomar café da manhã e retomar os assuntos. Levo Minnie ao banheiro feminino, onde temos uma longa conversa a respeito de diferentes tipos de sabonete, e ela decide que precisa testar todos eles, um de cada vez, o que, basicamente, demora uma eternidade. Quando finalmente voltamos ao restaurante, Suze está sozinha, olhando para um pôster vintage, e eu caminho em direção a ela.

— Suze... — digo pela bilionésima vez. — Olha, me desculpa.

— Desculpar o quê? — Ela mal olha para mim.

— Você sabe. Por tudo... — E me interrompo, sentindo certo desespero. Não sei como agir. Suze é minha amiga mais antiga e mais querida, e interagir com ela costumava ser a coisa mais natural do mundo. Mas, agora, parece que estou numa peça e que esqueci completamente as minhas falas. E tudo indica que ela não vai me ajudar.

Foi durante as últimas semanas, enquanto estávamos morando em Los Angeles, que as coisas deram errado. Não apenas entre mim e Suze, mas de modo geral. Perdi a cabeça. Saí da linha. Eu queria tanto ser produtora de moda de celebridades que perdi um pouco o rumo. Mal consigo acreditar que ontem mesmo eu estava no tapete vermelho de uma première, percebendo que não queria, nem um pouco, ficar dentro do cinema com todas aquelas celebridades. Era como se eu estivesse presa em uma bolha, que agora estourou.

Luke entende. Tivemos uma longa conversa ontem à noite e esclarecemos muitas coisas. O que aconteceu comigo em Hollywood foi uma loucura, disse ele. Eu me tornei uma celebridade do dia para a noite, sem querer que isso acontecesse, e isso me afetou. Meus amigos e minha família não usarão isso contra mim para sempre, segundo ele. Eles vão me perdoar.

Bem, talvez ele tenha me perdoado. Mas a Suze, não.

A pior coisa é que, ontem à noite, eu pensei que tudo estivesse bem. Suze me implorou para que eu fizesse essa viagem, e eu prometi que largaria tudo e iria com ela. Suze chorou e disse que sentia a minha falta, e aquilo foi um alívio enorme para mim. Mas agora que estou aqui, tudo mudou. Ela está se comportando como se não me quisesse por perto. Ela não vai querer conversar sobre isso; está exalando hostilidade.

Quero dizer, *sei* que ela está preocupada com Tarkie, sei que preciso dar um desconto. Mas... é tão difícil.

— Deixa pra lá — diz Suze, bruscamente. Sem olhar para mim, ela caminha em direção à mesa. Vou atrás dela e Alicia, a Vaca Pernalta, empina o nariz e lança um olhar de desdém para mim. Ainda não acredito que ela veio com a gente. Vaca Pernalta, minha pessoa menos favorita no mundo.

Melhor dizendo, Alicia Merrelle. Esse é o nome dela agora, desde que se casou com Wilton Merrelle, fundador do famoso centro de ioga e reabilitação Golden Peace. É um complexo enorme, com salas de aula e uma loja de presentes, e eu era muito fã de lá. Bem, éramos todos fãs. Até Tarquin passar a frequentar o lugar o tempo todo para ficar perto de Bryce e começar a falar que Suze era "venenosa", então as coisas ficaram realmente meio esquisitas. (Melhor dizendo: um pouco mais esquisitas. O velho Tarkie nunca foi exatamente a pessoa mais certa da cabeça.)

Foi Alicia quem descobriu que eles estavam indo para Vegas. Foi Alicia quem levou uma garrafa térmica com água de coco para o trailer. Alicia é a heroína da vez. Mas, ainda assim, fico com pé atrás com ela. Alicia tem sido um pesadelo desde que a conheci, há muitos anos, antes mesmo de eu me casar. Ela já tentou destruir a minha vida, tentou destruir a vida do Luke, me colocou para baixo em todas as oportunidades que teve e fez com que eu me sentisse diminuída e idiota. Agora, ela diz que tudo ficou no passado, que devemos esquecer o que aconteceu e que ela já deixou tudo para trás. Mas sinto muito, não consigo confiar nela, não consigo e ponto.

— Eu estava pensando — digo, tentando parecer prática. — Precisamos criar um plano adequado. — Pego uma caneta e o caderno que estão em minha bolsa, escrevo PLANO com letras grandes e coloco a anotação em cima da mesa para que todos vejam. — Vamos repassar os fatos.

— Seu pai arrastou os outros dois em uma missão relacionada ao passado dele — diz Suze. — Mas você não sabe do que se trata porque não perguntou a ele. — Ao dizer isso, ela lança um olhar familiar e acusatório em minha direção.

— Eu sei — digo, humildemente. — Sinto muito.

Eu deveria ter conversado mais com meu pai. Se pudesse voltar no tempo, teria feito tudo de um jeito diferente, claro que *teria*, claro que *teria*. Mas eu não posso. A única coisa que posso fazer agora é tentar compensar.

— Então, vamos recapitular o que *sabemos* — digo, tentando manter o otimismo. — Graham Bloomwood veio para os Estados Unidos em 1972. Ele viajou com três amigos norte-americanos: Brent, Corey e Raymond. E eles fizeram *esta* rota. — Abro o mapa de papai e o coloco sobre a mesa com um floreio. — Parte A.

Todos nós olhamos para o mapa pela milionésima vez. É um mapa muito básico, velho e amarelado, com rotas traçadas com caneta vermelha. Não nos ajuda muito, na verdade, mas todos ficamos olhando para ele, por via das dúvidas. Eu vasculhei o quarto do meu pai depois que ele desapareceu com Tarkie e o mapa foi tudo que encontrei, além de uma revista velha.

— Então, eles podem estar seguindo essa rota. — Suze ainda está analisando o mapa. — Los Angeles... Las Vegas... Olha, eles foram ao Grand Canyon...

— Mas pode ser que *não* estejam seguindo esse caminho — digo depressa, antes que ela teime que papai e Tarkie estão no fundo do Grand Canyon e que precisamos ir logo para lá, de helicóptero.

— Seu pai é o tipo de pessoa que refaz os próprios passos? — perguntou Alicia. — Acho que quero perguntar se ele é redativo.

Redativo? O que é isso?

— Bem — digo e começo a tossir para disfarçar. — Às vezes. Talvez.

Alicia não para de fazer perguntas difíceis. E então ela pisca para mim com um silêncio triunfante como se dissesse: *Você não está entendendo nada, não é?*

Além disso, ela fala de um jeito suave e sereno que me assusta. Alicia mudou totalmente de estilo desde que era uma relações-públicas mandona em Londres. Está sempre com calça de ioga e os cabelos presos num rabo de cavalo baixo, e usa várias expressões meio *new age*.

Mas continua complacente como sempre.

— Às vezes, ele refaz seus passos, outras, não — improviso. — Depende.

— Bex, você precisa conseguir mais informações — diz Suze, meio mal-humorada. — Conte de novo sobre o estacionamento para trailers. Pode ter deixado algo de fora.

Bem obediente, começo:

— Meu pai quis que eu procurasse um velho amigo dele, Brent. Quando cheguei ao endereço, era um estacionamento para trailers e Brent tinha acabado de ser despejado.

Enquanto falo, sinto muito calor e bebo um golinho de água. Foi aqui onde eu mais fiz besteira. Meu pai vivia pedindo que eu procurasse Brent, e eu sempre deixava para depois, porque... Bem, porque a vida estava muito animada e aquilo parecia só uma chatice de pai. Mas se eu tivesse lhe obedecido, se eu tivesse chegado lá mais cedo, talvez meu pai tivesse conseguido conversar com Brent *antes* de ele receber uma ordem de despejo. Talvez Brent não tivesse partido. Talvez tudo estivesse diferente.

— Meu pai não acreditou — continuo —, porque *ele* achava que Brent era rico.

— Por quê? — pergunta Suze. — Por que ele pensou que Brent fosse rico? Ele não o via há quanto tempo? Trinta, quarenta anos?

— Não sei, mas ele achou que Brent morasse numa mansão.

— Então seu pai foi de avião pra Los Angeles pra conversar com o Brent?

— Sim, deve ter sido no estacionamento para trailers. Parece que eles "abriram o jogo" em relação a algum assunto.

— E foi a filha do Brent quem te contou isso. — Ela faz uma pausa. — Rebecca.

Nós duas ficamos em silêncio. Essa é a parte mais esquisita da história. Mas eu repasso a cena em minha mente. Quando encontrei a filha do Brent no trailer. Quando senti a hostilidade emanando dela como o calor que sobe de uma estrada asfaltada e quente por causa do sol. Quando olhei para ela assustada, pensando *O que foi que eu fiz para você?* E então, a frase de matar: "Nós todas nos chamamos Rebecca." Ainda não sei o que ela quis dizer com "todas". E com certeza ela não queria explicar.

— O que mais ela disse? — pergunta Suze, sem paciência.

— Nada! Ela falou: "Bem, se você não sabe, não sou eu quem vai contar."

— Ajudou muito. — Suze revira os olhos.

— Sim, bom... Ela não pareceu gostar muito de mim. Não sei por quê.

Não digo que ela falou que eu tinha voz irritante e que as últimas palavras dela para mim foram "Vá se foder, princesinha".

— Ela não disse nada sobre o Corey? — Suze está batendo a caneta na mesa.

— Não.

— Mas Corey mora em Las Vegas. Então, pode ser que seu pai esteja indo encontrá-lo.

— Sim, acho que sim.

— Você *acha* que sim? — pergunta Suze, de repente. — Bex, precisamos de fatos concretos!

Está tudo indo muito bem, Suze espera que eu tenha todas as respostas. Mas minha mãe e eu não fazemos a menor ideia nem dos sobrenomes do Corey e do Raymond, muito menos de qualquer outra coisa. Mamãe diz que papai só falava deles quando se lembrava da viagem, o que acontecia uma vez por ano, no Natal, e que ela não prestava muita atenção. (Ela até chegou a dizer que já tinha cansado de ouvir a respeito do calor de matar no Vale da Morte, e que não entendia por que eles não tinham ficado em um hotel que tivesse uma bela piscina.)

Pesquisei "corey las vegas" no Google, "corey graham bloomwood", "corey brent" e tudo mais que consegui lembrar. O problema é que há muitos Coreys em Las Vegas.

— Certo. Obrigada mesmo assim. — Alicia desliga o celular.

Alicia está ligando para todo mundo que conhece para tentar descobrir se Bryce disse onde ficaria em Las Vegas. Mas, até agora, ninguém sabe de nada.

— Nada?

— Nada. — Ela suspira. — Suze, sinto que estou decepcionando você.

— Você não está me decepcionando! — diz Suze imediatamente e segura a mão de Alicia. — Você é um anjo.

As duas estão me ignorando totalmente. Talvez devêssemos dar um tempo, de qualquer forma. Eu me forço a abrir um sorriso amarelo e digo:

— Vou esticar as pernas. Parece que tem um celeiro nos fundos. Você pode pedir waffles com mel pra mim, por favor? E também umas panquecas pra Minnie, e um milk-shake de morango? Vamos, querida. — Seguro a mãozinha da Minnie e me sinto calma no mesmo instante. Pelo menos, Minnie me ama incondicionalmente.

(Ou, pelo menos, vai me amar até ter 13 anos, até eu falar que ela não pode ir para a escola de minissaia, e vai me odiar mais do que qualquer pessoa no mundo.)

(Ai, meu Deus, são apenas 11 anos até lá. Por que ela não pode ter 2 anos e meio para sempre?)

TRÊS

Ao caminhar em direção aos fundos do restaurante, vejo mamãe e Janice saindo do banheiro feminino. Janice está usando óculos de sol com armação branca na cabeça e Minnie fica sem fôlego com aquela visão.

— Gosto disso! — diz ela, articulando as palavras e apontando para os óculos. — Por favooor?

— Querida! — diz Janice. — Você quer?

— Janice! — exclamo, horrorizada, quando ela entrega os óculos a Minnie. — Não precisa!

— Ah, tudo bem — Janice ri. — Tenho centenas de pares.

Tenho de admitir que Minnie fica linda com os óculos brancos enormes. Mas não posso deixar que ela saia impune.

— Minnie — digo de modo severo. — Você não disse "obrigada". E não deve pedir coisas. O que a coitada da Janice vai fazer agora? Ela ficou sem os óculos!

Os óculos escorregam pelo nariz de Minnie e ela os segura, pensando bastante.

— Obrigada — diz ela, finalmente. — Obrigada, Iénissi. — (Ela não consegue falar "Janice".) Ela estica o braço, tira o laço cor-de-rosa dos cabelos e o entrega a Janice.

— Laço, lénissi.

— Querida — digo, sem conseguir evitar uma risadinha. — A Janice não usa laço no cabelo.

— Que besteira! — diz Janice. — Que lindo, Minnie, obrigada.

Ela prende o laço nos cabelos grisalhos, onde ele fica pendurado de modo esquisito, e sou tomada por uma onda repentina de afeição por ela. Conheço Janice desde sempre, e ela é meio doida — mas, olhe só para isso. Ela foi para Los Angeles sem pensar duas vezes, só para ajudar a mamãe. Divertiu todos nós com suas histórias das aulas de arranjos de flores, e está sempre alegre e animada. (A não ser quando está mexendo com substâncias ilícitas, claro.)

— Obrigada por ter vindo, Janice — digo, de modo impulsivo, e a abraço da melhor maneira que consigo, uma vez que a doleira dela atrapalha um pouco, como se fosse uma barriga de grávida bem saliente sob a blusa. Ela e a mamãe estão usando modelos idênticos, e, se quer saber, as duas parecem anunciar: *Montes de dinheiro aqui*. Mas eu não disse isso à mamãe, porque ela já está irritada o bastante.

— Mãe... — Eu me viro para abraçá-la também. — Não se preocupe. Tenho certeza de que o papai está bem.

Mas os ombros dela estão tensos e ela não me abraça direito.

— Tudo bem, Becky — diz ela, parecendo agitada. — Mas esses segredos e mistérios não são o que uma pessoa da minha idade quer.

— Eu sei — digo, de modo carinhoso.

— Seu pai não queria que você se chamasse Rebecca, sabia? Fui *eu* quem gostei do nome.

— Eu sei — repito.

Já conversamos sobre isso umas vinte vezes. Foi praticamente a primeira coisa que exigi saber da mamãe quando a vi: "Por que me deram o nome Rebecca?"

— Por causa do livro — continua ela. — O livro da Daphne du Maurier.

— Eu sei — afirmo, balançando a cabeça pacientemente.

— E seu pai não queria. Ele sugeriu Henrietta. — Vejo a boca da minha mamãe começar a tremer.

— *Henrietta* — digo, franzindo o nariz. Henrietta não tem nada a ver comigo.

— Mas *por que* ele não queria que você se chamasse Rebecca? — A voz da minha mãe fica bem alta e estridente.

Ficamos em silêncio, a não ser pelo tilintar das pérolas do colar de mamãe enquanto ela mexe nele. Sinto uma angústia ao vê-la tremendo, com dedos ansiosos. Foi o papai quem deu aquele colar de pérolas a ela. É uma antiguidade, de 1895, e eu fui com ela até a loja para ajudá-la a escolher, e ela ficou muito animada e feliz. Todo ano, papai recebe um GB — que chamamos de Grande Bônus — e o gasta comprando algo bacana para cada um de nós.

A verdade é que meu pai é incrível. Ele ainda recebe o GB, mesmo já estando aposentado, fazendo consultoria de seguros. Luke diz que ele deve ter algum tipo de conhecimento especial de um nicho específico que é muito valioso, porque ganha valores muito altos. Mas ele é bastante modesto, nunca se gaba disso. Sempre gasta o bônus em presentes para nós e almoçamos juntos para comemorar em Londres. É assim que meu pai é. Generoso. Carinhoso. Ele se importa com a família. Isso tudo que está acontecendo não é típico dele.

Delicadamente, seguro a mão da mamãe e a afasto das pérolas.

— Assim você vai quebrá-las — digo. — Mamãe, *por favor*, tente relaxar.

— Vamos, Jane. — Janice puxa minha mãe pelo braço. — Vamos sentar e comer alguma coisa. Aqui o café é "sem limites" — comenta Janice, conforme elas se afastam. — Sabe como é, eles vêm com uma cafeteira e enchem a xícara sempre que você quiser! Sem limites! Um belo sistema. Muito melhor do que todos aqueles *lattes* e *grandaccinos*...

Quando ela e mamãe desaparecem, eu pego a mão de Minnie e seguimos para os fundos do restaurante. Assim que saio de lá, já me sinto melhor, apesar do sol escaldante. Eu precisava sair. Todo mundo está muito tenso e preocupado. Tudo que gostaria de fazer era me sentar com Suze e conversar com ela direito, mas fica difícil fazer isso com Alicia lá...

Ah, veja!

Parei de repente. Não para ver o "celeiro", com três bodes velhos em um cercado, e sim ao avistar uma placa na qual se lê *Venda de Artesanatos da Região*. Talvez eu devesse ir até lá e comprar alguma coisa para me animar. Assim, eu ficaria feliz e, ao mesmo tempo, estaria contribuindo para a economia da região. Sim, vou fazer isso.

Há seis barraquinhas com artesanatos, roupas e artefatos. Vejo uma garota bem magra com botas de camurça de salto alto enchendo uma cesta com colares, exclamando à dona da barraca:

— Adorei esses! Vou fazer todas as minhas compras de Natal aqui!

Quando me aproximo, uma senhora de cabelos grisalhos sai de trás de uma barraca e eu levo um susto. Ela própria parece uma peça de artesanato feita à mão. Sua pele é muito morena e marcada, como se tivesse sido feita de madeira antiga, ou de couro batido. Ela está usando um chapéu de couro com um cordão embaixo do queixo, e não tem um dos dentes, e a saia xadrez parece ter cerca de 100 anos.

— Está de férias? — pergunta ela, quando começo a olhar as bolsas de couro.

— Mais ou menos... Bom, na verdade, não — digo, sendo honesta com ela. — Estou viajando. Estamos procurando alguém, na verdade. Tentando localizá-lo.

— Uma caçada. — Ela assente, distraída. — Meu avô era caçador de recompensas.

Caçador de recompensas? É a coisa mais bacana que já ouvi. Imagine ser um caçador de recompensas! Não consigo deixar de visualizar um cartão de visita, talvez com um chapéu de caubói impresso no canto:

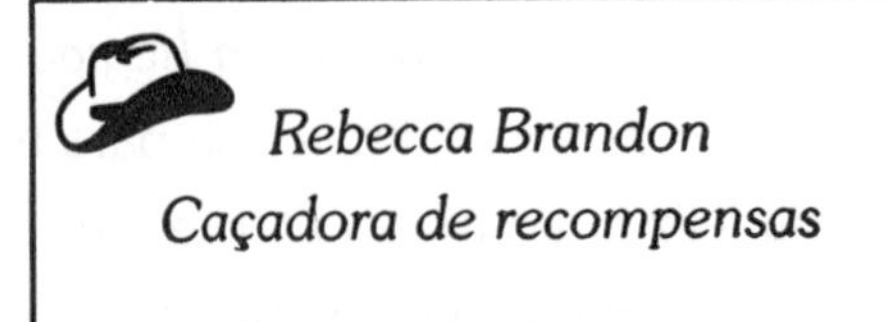

— Acho que sou um tipo de caçadora de recompensas também — digo de modo casual. — Sabe, de certo modo.

O que é meio verdade. Afinal, estou caçando pessoas, não estou? E isso certamente faz com que eu me torne uma caçadora de recompensas, não?

— Então, pode me dar umas dicas? — pergunto.

— Posso dar várias — diz ela com a voz rouca. — Meu avô costumava dizer "Não tente vencê-los, junte-se a eles".

— Não tente vencê-los, junte-se a eles? — repito. — O que isso quer dizer?

— Quer dizer seja esperta. Não saia correndo atrás de um alvo móvel. Procure os amigos. Procure a família. — De repente, ela pega uma espécie de pacote de couro marrom escuro. — Um belo coldre, senhora. Costurado à mão.

Um coldre?

Um coldre, tipo... para uma *arma*?

— Ah — digo, desconcertada. — Isso! Um coldre. Uau. Isso é... humm... lindo. A única coisinha é que... — tusso, sentindo-me envergonhada. — Eu não tenho arma.

— Não tem arma? — Ela parece surpresa ao ouvir isso.

Sou muito medrosa. Nunca *segurei* uma arma, muito menos pensei em comprar uma. Mas talvez eu devesse ter a mente mais aberta. Quero dizer, é a saída aqui no Oeste, não é? Temos um chapéu, temos botas, temos arma. Provavelmente, as meninas no Oeste andam pela cidade e olham para as armas umas das outras como eu olho para as bolsas Hermès.

— Eu não tenho uma arma *agora* — corrijo. — Não aqui *comigo*. Mas, quando tiver, vou arranjar um coldre.

Enquanto me afasto, me pergunto se deveria fazer aulas de tiro e obter uma licença de uso e porte de armas e depois comprar uma Gluck. Ou seria Glock? Ou uma Smith ou sei lá o quê. Nem sei qual é a mais legal. Deveria haver uma espécie de *Vogue* para armas.

Caminho em direção à barraquinha seguinte, onde a garota magrela que vi antes está enchendo a segunda cesta.

— Ei — diz ela, toda feliz, olhando para mim. — Esses lenços aqui estão com cinquenta por cento de desconto.

— Alguns estão com 75 por cento de desconto — diz a dona da barraquinha. Os cabelos grisalhos estão presos numa trança amarrada com laços, o que parece incrível. — Estou fazendo um grande bota-fora.

— Nossa! — Pego um dos lenços e o balanço. É de lã bem macia, com lindos pássaros bordados, e tem um valor incrível.

— Vou levar dois pra mim e dois pra mamãe — diz a garota magrela, toda falante. — E você deveria dar uma olhada nos cintos. — Ela faz um gesto para uma barraquinha próxima. — Acho que cinto nunca é demais.

— Com certeza — concordo. — Cintos são itens básicos.

— Não são? — assente ela, animada. — Posso pegar outra cesta? — pergunta a garota para a dona da barraca. — Você aceita Amex?

Enquanto a dona da barraquinha pega a máquina para passar o cartão de crédito, pego dois lenços. Mas é esquisito. Talvez eu não esteja no clima de lenço ou coisa assim, porque, apesar de *ver* o quanto eles são lindos, não sinto vontade de comprá-los. É como se eu estivesse olhando para uma mesa cheia de sobremesas deliciosas e de repente perdesse o apetite.

Então, em vez disso, caminho em direção à barraquinha de cintos e dou uma olhada neles.

Olha, eles são bem-feitos. As fivelas são lindas e pesadas, e há cintos de cores muito boas. Não consigo ver nada de errado com eles. Só não sinto vontade de *comprá-los*. Na verdade, pensar nisso me deixa meio mal. O que é esquisito.

A garota magrela enfileirou cinco cestas cheias de coisas e está procurando algo dentro de sua bolsa Michael Kors.

— Tenho certeza de que estava tudo certo com aquele cartão de crédito — diz ela, meio abalada. — Vou testar este... ah, droga! — Ela joga a bolsa no chão e se abaixa para pegar todas as suas coisas. Estou prestes a ajudá-la quando ouço meu nome.

— Bex! — Eu me viro e vejo Suze olhando pela porta dos fundos do restaurante. — A comida chegou... — Ela para de falar, e seus olhos percorrem a fileira de cinco cestas. — Ah, isso é bem a sua cara! Você estava fazendo compras. Onde mais poderia estar?

Ela parece tão acusatória que sinto meu rosto corar. Mas só olho para ela em silêncio. Não vale a pena falar nada. Independentemente do que eu faça, Suze está determinada a encontrar erros. Ela entra no restaurante e eu solto o ar.

— Vamos, Minnie — digo, tentando parecer calma. — É melhor irmos tomar café da manhã. E você pode até tomar um milk-shake.

— Milk-shake! — exclama Minnie, animada. — De vaca. Uma vaca de chocolate?

— Não, é uma vaca de morango hoje — digo, fazendo carinho embaixo do queixo dela.

Certo. Eu *sei* que vamos ter de falar sobre as vacas com Minnie um dia, mas agora eu não consigo. É tão fofo. Ela realmente acredita que existem vacas de chocolate, de baunilha e de morango.

— É uma vaca de morango muito gostosa. — Ouço a voz de Luke, e, quando olho para a frente, eu o vejo saindo do restaurante. — A comida chegou. — Ele pisca para mim.

— Obrigada. Estamos indo.

— Hora do balanço? — pergunta Minnie, franzindo o rosto com esperança, e Luke ri.

— Vamos, linguiça.

Durante alguns minutos, caminhamos balançando Minnie entre nossos braços.

— Como estão as coisas? — pergunta Luke por cima da cabeça de Minnie. — Você estava muito calada no trailer.

— Ah — digo, desconcertada por ele ter notado. — Bom, é só que andei... pensando.

Mas essa não é bem a verdade. Estou quieta porque não tenho com quem conversar. Suze e Alicia formam uma duplinha; mamãe e Janice formam outra duplinha. Eu só tenho a Minnie, e ela fica vidrada no *Encantada* no iPad.

Bom, eu tentei. Quando saímos de Los Angeles, fui conversar com Suze e tentei abraçá-la, mas ela ficou toda tensa, o que me desencorajou. Eu me senti uma boba, então voltei para o meu assento e fingi estar distraída com a paisagem.

Mas não vou falar sobre nada disso agora. Não vou sobrecarregar Luke com meus problemas. Ele tem sido tão bom — o mínimo que posso fazer é tentar não jogar minhas preocupações idiotas em cima dele. Serei digna e discreta, como uma esposa deve ser. — Obrigada por ter vindo — digo. — Obrigada por fazer isso. Sei que você é muito ocupado.

— Eu não podia deixar você sair dirigindo pelo deserto com a Suze. — Ele dá uma risada.

Foi ideia de Suze ir para Vegas — ela e Alicia tinham certeza de que encontraríamos Bryce rápido. Mas elas ainda não o encontraram, e aqui estamos nós, no meio do caminho, sem ter reservado nenhum hotel, sem um plano, sem nada...

Pode acreditar, sou muito a favor de correr para alguns lugares. Mas até mesmo eu consigo ver que isso tudo é meio loucura. Só não quero ser a pessoa que dirá isso, acho que Suze me mataria. Ao pensar nela, sinto uma nova onda de estresse, e, de repente, não consigo mais me controlar. Terei de ser digna e discreta em outro momento.

— Luke, acho que estou perdendo a minha amiga — digo de uma vez, sem pensar. — Ela não olha mais pra mim, não conversa mais comigo...

— Quem? A Suze? — Luke faz uma careta. — Percebi.

— Não posso perdê-la. — Minha voz começa a falhar. — Não posso. Ela é minha amiga da madrugada!

— Sua o quê? — Luke parece confuso.

— Você entendeu. A amiga para quem posso ligar de madrugada se estiver em apuros, e que virá correndo me ajudar. Tipo, a Janice é a amiga da madrugada da mamãe, o Gary é seu amigo da madrugada...

— Entendo o que você quer dizer.

Gary é o cara mais leal o mundo. E ele adora o Luke. Prestaria socorro de madrugada sem pensar, e Luke faria o mesmo por ele. Sempre pensei que Suze e eu seríamos assim para sempre.

— Agora, se eu tivesse um problema de madrugada, não tenho certeza se poderia ligar pra Suze. — Olho para Luke com tristeza. — Acho que ela diria pra eu deixá-la em paz.

— Que bobagem — diz Luke, com firmeza. — Suze ama você como sempre amou.

— Não ama. — Balanço a cabeça, negando. — Olha, não *culpo* Suze por nada, isso tudo que está acontecendo é culpa minha...

— Não é, não — diz Luke, dando uma risadinha, meio surpreso. — Do que você está falando?

Olho para ele sem acreditar. Como ele pode me perguntar isso?

— Claro que é! Se eu tivesse procurado o Brent antes, como tinha que fazer, não estaríamos aqui.

— Becky, isso tudo *não é* culpa sua — rebate Luke, decidido. — Você não sabe o que teria acontecido se tivesse procurado o Brent antes. E, por falar nisso, tanto Tarquin quanto o seu pai são adultos. Você não deve se culpar, está bem?

Consigo entender o que ele está dizendo, mas Luke está enganado. Ele não entende.

— Bom, de qualquer modo, Suze só quer saber da Alicia — digo, suspirando.

— Você consegue perceber que a Alicia está tentando desestruturar você? — pergunta Luke, e ele parece tão certo do que diz que olho para ele espantada.

— Sério?

— É claro que está. Aquela moça fala um monte de besteiras. "Redativo" não é nem uma palavra.

— *Sério?* — De repente, eu me sinto animada. — Pensei que eu fosse burra.

— Burra? Você não tem nada de burra. — Luke solta a mão de Minnie, me puxa para perto dele e olha dentro dos meus olhos. — Péssima pra estacionar, talvez. Mas burra, nunca. Becky, não deixe que aquela bruxa atinja você.

— Sabe o que eu acho? — falo mais baixo, apesar de não haver ninguém por perto para escutar. — Ela está aprontando alguma. A Alicia.

— Tipo o quê?

— Ainda não sei — admito. — Mas vou descobrir.

Luke ergue as sobrancelhas.

— Só digo uma coisa: vá com calma. A Suze anda muito sensível.

— Eu sei. Não precisa me dizer isso.

Luke me abraça forte por um minuto, e eu me permito relaxar. Na verdade, estou exausta.

— Vamos entrar — diz ele, finalmente. — A propósito, acho que a Janice está maluca — diz ele enquanto caminhamos em direção ao prédio. — Lembra daqueles comprimidos? Pesquisei o princípio ativo e significa aspirina em latim.

— *Sério?* — Eu me controlo para não rir ao imaginar Janice espalhando aqueles comprimidos pelo deserto. — Bem, não vamos contar a ela.

A mesa está lotada de comida quando voltamos para o restaurante, mas parece que ninguém está comendo, exceto Janice, que está devorando os ovos mexidos. Mamãe está mexendo o café sem parar, Suze está mordiscando o canto do polegar (o que ela sempre faz quando está estressada) e Alicia está despejando um pó verde dentro de uma xícara. Deve ser alguma coisa saudável.

— Oi, pessoal — digo e me sento na cadeira. — Estão gostando da comida?

— Estamos tentando pensar — resmunga Suze. — Ninguém está *pensando* direito.

Alicia murmura alguma coisa no ouvido dela e Suze balança a cabeça concordando, então as duas olham para mim de rabo de olho. E, por um momento terrível, eu sinto como se estivesse de volta à escola, com as meninas malvadas apontando para o meu material simples. (Minha mãe me fazia usar materiais simples e antigos, até muito tempo depois de todo mundo já estar usando coisas mais modernas, porque achava tudo um absurdo de caro. Eu não a critico, mas acabava virando piada na escola *sempre* que viam meu material.)

Bom, não vou ficar chateada. Sou adulta e tenho mais o que fazer. Como um pedaço do meu waffle, puxo o mapa do meu pai em minha direção de novo e olho para ele até as linhas se transformarem em um borrão. As palavras daquela sábia senhora ecoam em meus ouvidos: *Procure os amigos. Procure a família.*

Independentemente de qual seja o mistério, envolve aqueles quatro amigos. Então, vamos recapitular. Corey é o amigo que mora em Las Vegas. Essa é nossa maior pista. Precisamos localizá-lo. Mas como?

Eu devo saber mais do que imagino, digo a mim mesma com convicção. *Devo* saber. Só preciso pensar direito. Fecho os olhos com força e tento voltar no tempo. É Natal. Estou sentada perto da lareira em nossa casa em Oxshott. Sinto o cheiro do Chocolate Orange em meu colo. Papai abriu seu mapa antigo sobre a mesa de canto e está relembrando sua viagem aos Estados Unidos. Consigo ouvir a voz dele de novo, em flashes de memória aleatórios.

"... e então, o fogo saiu do controle; vou dizer uma coisa, não foi brincadeira..."

"... eles dizem 'teimoso como uma mula', e eu sei o porquê — aquela maldita criatura *não* desceria no canyon..."

"... costumávamos ficar até tarde acordados, bebendo cerveja da região..."

"... Brent e Corey eram caras espertos, eram cientistas, afinal..."

"... eles discutiam suas teorias e anotavam as ideias..."

"... Corey tinha grana, claro, família rica..."

"... não há nada como acampar e ver o sol nascer..."

"... nós quase perdemos o carro num desfiladeiro porque o Raymond não queria desistir..."

"... Corey fazia seus esboços, ele era um artista, e de tudo um pouco..."

Espera.

Corey era um artista. Eu tinha me esquecido disso. E havia mais alguma coisa sobre Corey e a arte dele. O que era? O que *era*...?

O que acontece comigo é o seguinte: sou muito boa em dar ordens ao meu cérebro. Ele consegue se esquecer de faturas da Visa se eu quiser, e é capaz de apagar discussões e ver o lado positivo de quase todas as situações. E agora estou mandando que ele se lembre. Estou entrando em todos os buracos em minha mente que nunca me dei ao trabalho de limpar, para *lembrar*. Porque eu sei que havia mais alguma coisa... Simplesmente sei que havia...

Sim!

"... ele costumava enfiar uma águia em todo desenho, como se fosse uma marcar registrada..."

Arregalo os olhos. Uma águia. Eu *sabia* que havia alguma coisa. Bom, não é muito, mas é um começo, certo?

Pego meu telefone, jogo "corey artista águia las vegas" no Google e espero os resultados. Tem algo de errado com o sinal, e eu tamborilo o dedo no teclado impacientemente, tentando me lembrar de mais informações. Corey, o artista. Corey, o rico. Corey, o estudante de ciências. Havia outras pistas?

— Falei agora com meu último contato — diz Alicia, desviando o olhar do telefone. — Nada de novo. Suze... — Ela faz uma pausa, com o rosto sério. — Talvez tenhamos que voltar para Los Angeles para pensar melhor.

— *Desistir*? — Suze faz uma cara estranha, e eu me assusto.

Viemos correndo para o deserto numa onda de adrenalina e drama. Se desistirmos agora e formos para casa, acho que Suze vai surtar.

— Não vamos desistir por enquanto — digo, tentando parecer positiva. — Tenho certeza de que, se continuarmos pensando, vamos chegar a algum lugar...

— Ah, sério, Bex? — alfineta Suze. — Dizer isso é bacana, mas o que você está fazendo pra ajudar? Nada! O que você está fazendo agora? — Ela faz um gesto irritado para o meu telefone. — Provavelmente está fazendo compras pela internet.

— Não estou! — digo de modo defensivo. — Estou fazendo uma pesquisa.

— Está pesquisando o quê?

Minha tela idiota congelou. Pressiono Enter de novo, batendo na tela por estar impaciente.

— Luke, você deve ter alguma influência! — interrompe mamãe. — Você conhece o primeiro-ministro. Ele não pode ajudar?

— O *primeiro-ministro*? — Luke parece embasbacado.

De repente, os resultados do Google lotam a tela do meu celular. E conforme vou rolando a tela para baixo, sinto um frio na barriga. É ele! É o Corey da viagem do papai!

Artista local Corey Andrews... **águia** marca registrada... estava em exibição na **Las Vegas** Gallery...

Tem de ser ele, não?

Rapidamente clico em "Corey Andrews" e prendo a respiração. Alguns instantes depois, uma página de resultados aparece. É uma página da Wikipédia, relatórios de negócios, notícias a respeito de imóveis, uma empresa chamada Firelight Innovations, Inc... todos do mesmo cara. Corey Andrews de Las Vegas. Eu o encontrei!

— Ah, aquele rapaz que você conhece do Banco da Inglaterra — insiste mamãe.

— Está se referindo ao presidente do Banco da Inglaterra? — pergunta Luke, depois de uma pausa.

— Sim, ele! Ligue pra ele!

Quase dou uma risada ao ver a expressão do Luke. Sinceramente, acho que mamãe espera que ele convoque o Gabinete Britânico todo para vir procurar o papai.

— Não tenho certeza se será possível — diz Luke de forma educada e se vira para Alicia. — Você não tem mesmo mais nenhuma pista?

— Não — Alicia suspira. — Acho que chegamos ao fim da linha.

— Eu tenho uma pista — digo, meio nervosa, e todo mundo se vira para olhar para mim.

— *Tem?* — pergunta Suze, desconfiada.

— Localizei o Corey da viagem. O nome dele é Corey Andrews. Mamãe, acha que está certo?

— Corey Andrews. — Mamãe franze o cenho. — Pode ser que seja Andrews... — Ela ergue as sobrancelhas. — Becky, acho que você o encontrou! Corey Andrews. Ele era o rico, seu pai sempre dizia isso. Não era artista também?

— Exatamente! E mora em Las Vegas. Tenho o endereço dele.

— Muito bem, Becky, meu amor! — diz Janice e, sem conseguir evitar, acabo me sentindo animada.

— Como descobriu isso? — pergunta Alicia, parecendo ofendida.

— É que... hum... você sabe. Pensamento lateral. — Entrego meu telefone a Luke. — Aqui está o CEP. Vamos.

De: wunderwood@iafro.com
Para: Brandon, Rebecca
Assunto: Re: Candidata a caçadora de recompensas

Prezada Sra. Brandon,

Obrigado pelo seu e-mail. Se deseja fazer parte da Associação Internacional de Operações para Recuperação de Fugitivos, favor preencher o formulário anexado e devolvê-lo, juntamente com a taxa de associação de $95. A senhora receberá um cartão de identificação, além de outros benefícios descritos em nosso site.

No entanto, respondendo à sua pergunta, não emitimos crachá de "Caçadora de recompensa" nem temos "acessórios de caçadora de recompensas".

Oferecemos um Curso de Aprendiz; no entanto, infelizmente, não temos oficinas específicas sobre "Como Localizar um Pai Desaparecido". Tampouco sobre "Como Ser Amigo de Seus Colegas Caçadores de Recompensas".

Boa sorte em suas missões.

Atenciosamente,
Wyatt Underwood

Gerente
Associação Internacional de Operações para Recuperação de Fugitivos

QUATRO

Enquanto seguimos em direção ao endereço de Corey em Las Vegas, o clima no trailer fica mais tranquilo. Mamãe e Janice estão caladas. Suze e Alicia estão sentadas na minha frente, ainda conversam sussurrando. E eu estou colando adesivos com a Minnie e pensando em Bryce.

O nome completo dele é Bryce Perry e ele era — é — o Líder de Desenvolvimento Pessoal no Golden Peace. Eu o encontrei diversas vezes quando frequentava as aulas de lá, e gostaria de saber por que Tarquin se deixou enfeitiçar por ele. Por que papai o chamou para essa missão? Por que os dois confiam nesse homem? E acho que sei a resposta: Bryce é bem bonito.

Não estou falando sobre ser gay nem nada assim. É só que pessoas muito bonitas tendem a ter um grande poder de influência. Principalmente homens com maxilar bem desenhado, com barba por fazer e olhos intensos. As pessoas ficam enfeitiçadas por eles e acreditam em qualquer coisa que eles falem. Tipo, se eu encontrasse Will Smith amanhã e ele me dissesse que estava fugindo de oficiais corruptos do governo e que eu precisava ajudá-lo, eu não faria perguntas, acreditaria cegamente nisso.

Bem, com Bryce é a mesma coisa. Ele tem olhos cativantes que fazem você ficar de perna bamba. Quando ele fala, é hipnotizador. Você começa a pensar *Bryce, você tinha toda razão! A respeito de tudo*! Ainda que ele só esteja dizendo os horários das aulas de ioga.

Suze, sem dúvida, foi enfeitiçada por Bryce: sei que foi. Todo mundo acaba enfeitiçado por ele. E Tarquin, pouco antes de conhecer Bryce, estava numa fase bem ruim. Ele havia se afastado da família, amargava um fracasso bem embaraçoso nos negócios e estava bem pra baixo... até, de repente, aparecer Bryce com suas sessões de vôlei de praia, suas conversas simpáticas e sua personalidade carismática. Então, não é de se surpreender que Tarkie tenha se deixado enfeitiçar por ele.

Também não surpreende que Bryce esteja atrás do dinheiro dele. Quando se é rico como Tarkie, todo mundo está atrás da sua fortuna. Coitado do Tarkie. Ele tem todo esse dinheiro, imóveis e bens materiais, mas acho que nada disso o faz feliz...

— Certo, chegaremos em mais ou menos vinte minutos. — Luke interrompe meus pensamentos e eu me assusto. Na verdade, todas nós nos assustamos.

— Vinte minutos?

— Já?

— Mas ainda não estamos em Las Vegas!

— É este lado de Las Vegas — diz Luke, estreitando os olhos para o GPS. — Parece uma área residencial. Muitos clubes de golfe.

— Golfe! — exclama Janice, animada. — Talvez Graham e os amigos estejam jogando golfe! Pode ser, Jane?

— Bom, ele gosta muito de golfe — diz mamãe, parecendo em dúvida. — Suzie, Tarquin joga golfe, não joga?

— Um pouco — responde Suze, parecendo igualmente em dúvida.

— É isso, então. — Janice bate palmas. — Golfe!

Golfe?

Estamos olhando uma para a outra, perplexas. Será que o papai está numa viagem de golfe? Será que corremos como malucos para o deserto só para descobrir que ele está no 18° *green* usando meias Argyle e dizendo: "Bela tacada, Tarquin"?

— Bryce joga golfe? — Suze se vira para Alicia quando faz a pergunta.

— Não faço ideia — responde Alicia. — Parece pouco provável. Mas diria que não faz sentido especularmos antes de chegarmos lá.

Isso é uma coisa tão sensata e realista que acaba com a excitação temporária. Então, nós ficamos sentadas em silêncio até Luke entrar em uma estrada ampla e repleta de mansões e dizer:

— Esta é a Eagles Landing Lane.

Todas nós olhamos pela janela, boquiabertas. Pensei que em Las Vegas só houvesse letreiros luminosos, hotéis e cassinos. Meio que imaginei que todas as pessoas morassem em hotéis, o tempo todo. Mas é claro que também há casas. E não são apenas casas, são *mansões*. Os terrenos são enormes, e todos têm palmeiras enormes e amplos portões, como se anunciassem *Eu moro aqui e não sou pouca coisa.*

Chegamos ao número 235 e olhamos para a casa em silêncio. É a maior do quarteirão: cinza, com quatro torres casteladas, como o castelo de uma princesa. Daqueles que parecem que deveriam ter Rapunzel pendurada na janela do andar de cima.

— O que Corey faz mesmo? — pergunta Luke.

— Ele é dono de uma empresa que mexe com ciências — digo. — Tem um monte de patentes registradas. E tem propriedades também. Faz um monte de coisas.

— Que tipo de patentes?

— Não sei! — digo. — São coisas científicas.

Procuro nos resultados da pesquisa no Google e leio alguns deles.

— *Corey Andrews, homenageado pelo Instituto de Engenheiros Elétricos... Corey Andrews deixou o posto de diretor da Firelight Innovations, Inc... O império imobiliário próspero de Corey Andrews...* Ah, espera. Isso é do *Las Vegas Herald*, tem alguns anos. *Corey Andrews comemora seu quinquagésimo aniversário no Mandarin Oriental com amigos e sócios.* — Olho para a frente, consternada. — *Quinquagésimo*? Pensei que ele tivesse a mesma idade do papai.

— Merda. — Luke desliga o motor. — Estamos no lugar errado? Esse aí é o Corey errado?

— Bem, eu não sei — digo, confusa. — Porque está claro que ele é o Corey Andrews que coloca águias em seus desenhos.

— Poderia haver mais de um que faz a mesma coisa? — sugere Suze.

Ficamos em silêncio enquanto todos pensamos nisso.

— Só há uma maneira de descobrir — diz Luke, por fim. Ele salta e nós o observamos falar ao interfone. Um instante depois, ele volta para o trailer e os portões estão se abrindo.

— O que eles disseram? — pergunta Janice, ansiosa.

— Acham que estamos aqui pra uma festa — diz Luke. — Eu não corrigi o erro.

Quando entramos, um homem de roupa de linho cinza nos orienta a estacionar o trailer ao lado de um prédio que parece um hangar de avião. O lugar é enorme, com árvores gigantescas e vasos grandes de plantas em todos os cantos. De onde estamos, podemos ver a rede de uma quadra de tênis, e ouvimos jazz tomando o ar, vindo de alto-falantes escondidos. Os outros carros são todos conversíveis brilhosos, a maioria deles com placas customizadas. Numa delas está escrito DOLLAR 34, em outra, KRYSTLE, e a terceira é de uma limusine com uma pata de tigre pintada na lataria.

— Carro do tigre! — exclama Minnie, tomada de alegria. — Carro do tigre, mamãe!

— É lindo, amor — digo, tentando não rir. — Então, para onde vamos agora? — Eu me viro para os outros. — Vocês se deram conta de que somos penetras?

— Nunca estive em um lugar como este em toda a minha vida — diz Suze, de olhos arregalados.

— Suze, você tem um castelo na Escócia — digo.

— Mas não é nada comparado a *isto* — argumenta ela. — Parece um castelo da Disney! Olha, tem um heliponto lá em cima!

O homem com roupa de linho cinza se aproxima, olhando para nós de cima a baixo, desconfiado.

— Vocês estão aqui para a festa da Peyton? — pergunta ele. — Podem me dar seus nomes?

Devo admitir que não parecemos convidados de uma festa. Nem trouxemos um presente para Peyton, independentemente de quem ela seja.

— Não estamos na lista — diz Luke, calmo. — Mas gostaríamos de falar com Corey Andrews. É um pouco urgente.

— É uma questão de vida ou morte — diz mamãe, alterada.

— Viemos de Oxshott — diz Janice. — Oxshott, na Inglaterra.

— Queremos encontrar o meu pai — explico.

— E o meu marido — diz Suze, posicionando-se na frente do grupo. — Ele está desaparecido, e achamos que Corey pode saber algo a respeito.

O homem de terno de linho parece surpreso.

— Sinto informar que o Sr. Andrews está ocupado no momento — diz ele, afastando-se de Suze. — Se puderem me dar seus contatos, poderei repassá-los...

— Mas precisamos falar com ele agora! — diz mamãe, levemente exaltada.

— Seremos rápidos — diz Luke.

— Quero andar no carro do tigre — diz Minnie enfaticamente.

— Não vamos causar problemas — diz mamãe, ansiosa. — Se pudermos só...

— Por favor, entregue isto ao Sr. Andrews. — As palavras são ditas numa voz baixa atrás de nós e todos nos viramos. Vemos Alicia se aproximando, segurando um cartão do Golden Peace com sua insígnia sempre brilhante e algumas palavras rabiscadas nele.

O homem pega o cartão, o lê em silêncio e sua expressão muda.

— *Bem* — diz ele. — Avisarei ao Sr. Andrews que vocês estão aqui.

Ele se retira e todos encaramos Alicia, que está com cara de tímida e modesta, daquele jeito irritante dela.

— O que você escreveu? — pergunto.

— Apenas algumas palavras que achei que pudessem ajudar — responde ela.

Ouço mamãe e Janice concordando aos sussurros que o nome "Alicia Merrelle" é como se fosse da realeza nos Estados Unidos, e *penso* em quantas celebridades ela deve ter conhecido no Golden Peace, não que ela um dia fosse contar, já que não faz fofoca, porque é uma pessoa muito discreta.

Uma pessoa discreta? Eu já contei à mamãe sobre a Alicia, a Vaca Pernalta um monte de vezes...

Bom, deixa pra lá.

Alguns instantes depois, nosso amigo de terno de linho reaparece e nos leva em silêncio em direção à casa — todos nós, exceto Luke, que ficou no trailer para conversar com Gary. (Está rolando uma baita fofoca no jantar de conferência envolvendo um ministro.) A porta da entrada principal é enorme e, por um instante, eu penso que a qualquer momento uma ponte levadiça vai descer. Mas não é o que acontece, e nós damos a volta na casa/castelo/mansão e passamos entre alguns arbustos imaculados, como se estivéssemos no labirinto do Hampton Court, até sairmos em um grande gramado onde avistamos um castelo exuberante e uma mesa repleta de comida e cinco zilhões de crianças correndo pelo lugar e uma faixa na qual se lê *Feliz 5º. Aniversário, Peyton*!

Ah! Então, *essa* é a Peyton, afinal. Na verdade, não dá para saber quem ela é, porque todas as menininhas estão usando um vestido de princesa muito brilhante. Mas fica claro quem Corey é, pois o cara de terno de linho se aproxima dele de forma respeitosa e começa a gesticular para nós.

Corey tem uma aparência incrível. É bem forte e bronzeado, com cabelos pretos abundantes e sobrancelhas muito bem-feitas. Ele parece bem mais jovem que papai. Ao lado dele, está uma mulher que acredito ser a Sra. Corey e, quando olho para ela, a única palavra que me vem à mente é "perua". Ela tem cabelos loiros bem claros, usa uma blusa brilhante, jeans justíssimo, sandálias cheias de pedrinhas, zilhões de pulseiras e anéis, uma presilha com joias nos cabelos. A impressão é de que ela virou um pote de purpurina na cabeça. Também tem seios enormes e bronzeados e usa um decotão. *Decotão* mesmo. Para uma festa de aniversário de criança.

Finalmente, Corey caminha em nossa direção, e nós olhamos umas para as outras. Nós não decidimos quem vai falar nem o que vamos dizer a ele. Mas, para variar, Alicia toma a palavra.

— Sr. Andrews — diz ela. — Sou Alicia Merrelle.

— Sra. Merrelle. — Corey segura a mão dela. — Estou honrado com a sua visita. Como posso ajudar?

De perto, ele não parece *tão* jovem. Na verdade, tem o rosto esticado demais, de quem exagerou nas cirurgias plásticas. E agora estou bem confusa. Será que esse é o Corey do papai ou não? Quando abro a boca para perguntar, a Sra. Corey aparece ao lado dele. Se alguém colocasse um vestidinho estampado nela e tirasse toda aquela sombra brilhante, ela provavelmente aparentaria ter 23 anos. Talvez *ela tenha* 23.

— Querido, o que está acontecendo? — pergunta ela.

— Não sei. — Ele dá uma risadinha. — O que está *acontecendo*? Esta é Alicia Merrelle — diz ele à esposa. — Dona do Golden Peace. Esta é a minha esposa, Cyndi.

Cyndi se sobressalta e arregala os olhos.

— Você é dona do Golden Peace? Aquele lugar é inspirador! Tenho o DVD de lá, minha amiga fez o retiro... como podemos ajudar?

— Estamos procurando o meu pai — eu me intrometo. — Ele se chama Graham Bloomwood, e acreditamos que o senhor o conheceu há alguns anos. A menos que... — continuo, parecendo em dúvida — haja outro Corey Andrews artista que pinta águias em seus quadros.

Cyndi ri.

— Só há um Corey Andrews, não é, amor?

— Ótimo! — digo, animada. — Então foi você que fez uma viagem com o meu pai em 1972. Uma viagem de carro. Era um grupo de quatro pessoas.

Algo me diz que eu falei a coisa errada. O rosto de Corey mal se altera, mas consigo perceber algo em seus olhos. Um brilho de hostilidade.

— Em 1972? — Cyndi franze o cenho. — Corey seria jovem demais para uma viagem de carro nessa época! Quantos anos você tinha nessa época, querido?

— Receio que não posso ajudá-los — diz Corey, tenso. — Se puderem nos dar licença.

Quando ele se vira, consigo ver pequenas cicatrizes atrás de suas orelhas. Ah, pelo amor de Deus. Que pessoa vaidosa! Por isso está negando que conhece o papai. Cyndi correu para ajudar uma criança que está caída no chão, mas, antes que Corey consiga escapar, mamãe segura o braço dele.

— Meu marido está desaparecido! — grita ela, de forma dramática. — Você é nossa única esperança!

— Olha, sinto muito, mas você *deve* ser o mesmo Corey — digo com firmeza. — Sei que é. Meu pai veio aqui? Você soube alguma coisa sobre ele?

— Essa conversa já terminou — diz ele, me encarando.

— Você tem contato com Brent ou Raymond? — insisto. — Sabia que o Brent está morando num trailer? Meu pai disse que precisava "consertar uma coisa". Você sabe o que é?

— Por favor, saiam da minha propriedade — diz Corey, sério. — É a festa de aniversário da minha filha. Sinto muito, mas não posso ajudar vocês.

— Pode pelo menos nos dizer o sobrenome do Raymond?

— Raymond Earle? — pergunta Cyndi, animada, juntando-se novamente ao grupo. — É o único Raymond de quem ouvi Corey falar.

Olho para Corey, que parece lívido.

— Cyndi, não converse com essas pessoas — repreende ele. — Elas já vão embora. Volte para a festa.

— Cyndi, onde o Raymond mora? — pergunto depressa. — Não é em Albuquerque? Ou San Diego? Ou é em... Milwaukee?

Estou só citando cidades aleatórias, esperando que isso faça com que ela responda, e dá certo.

— Bem, não, ele mora perto de Tucson, não é isso? — Ela olha em dúvida para Corey. — Mas ele é meio doido, não é, querido? Completamente recluso? Quer dizer, ouvi vocês conversando... — Ela cede ao olhar de Corey e se cala.

— Então, você tem contato com ele! — Sinto uma onda de frustração. Estamos *mesmo* no caminho certo, mas, se esse idiota de cara plastificada não nos ajudar, voltaremos à estaca zero. — Corey, o que aconteceu em 1972? Por que meu pai embarcou nessa missão? *O que aconteceu*?

— Por favor, saiam da minha propriedade — diz Corey. — Vou chamar os seguranças. Esta festa de aniversário é particular.

— Meu nome é Rebecca! — grito quando ele se afasta. — Isso significa alguma coisa pra você?

— Ah! — exclama Cyndi. — Como sua filha mais velha, querido!

Corey se vira em minha direção e percebo um olhar esquisito quando ele olha para mim. Ninguém mais fala. Na verdade, acho que todo mundo está prendendo a respiração. Ele tem uma filha chamada Rebecca também. O que está *acontecendo*?

Então, ele se vira de novo e caminha em direção à festa.

— Bem, foi um prazer conhecer vocês! — diz Cyndi, meio confusa. — Pegue uma lembrancinha pra sua pequena quando sair.

— Ah, não precisa — digo sem pensar. — São para os seus convidados.

— Mas temos muitas. Por favor, pegue. — Ela corre atrás de Corey, atrapalhando-se um pouco com os saltos. Consigo ouvi-la perguntando num tom confuso: — Amor, o que está havendo?

Instantes depois, o homem de terno de linho aparece pelo canto da casa, acompanhado por dois caras que *não estão* vestindo ternos de linho. Estão usando calças jeans, têm os cabelos bem curtos, e aqueles rostos inexpressivos como se dissessem *Só estou fazendo o meu trabalho* enquanto acabam com a raça de uma pessoa.

Bem, estou só imaginando.

— Humm, vamos — digo, nervosa.

— Minha nossa! — diz Janice. — Esses homens parecem mesmo meio *ameaçadores*.

— Covardões! — diz mamãe, indignada, e de repente consigo imaginá-la encarando os dois e fazendo os movimentos que aprendeu no grupo de Defesa Pessoal das Senhoras de Oxshott.

— Mamãe, precisamos ir — digo, antes que ela tenha uma ideia brilhante.

— Acho que devemos ir embora — concorda Alicia. — Descobrimos tudo o que podíamos por enquanto.

— Obrigada! — digo aos rapazes de cabelos curtos. — Estamos indo. Festa legal, vamos só pegar nossa lembrancinha...

Enquanto direciono Minnie para uma mesa cheia de sacolinhas, Cyndi reaparece segurando um drinque. Ela vê que nos aproximamos da mesa e corre em nossa direção.

— Sinto muito pelo que aconteceu — diz ela sem fôlego. — Meu marido às vezes grosseiro com quem ele não conhece. Sempre falo com ele: "Querido, anime-se!" Ela pega uma sacola com um laço roxo e espia dentro dela. — Ah, esta tem uma bailarina. — Ela dá a sacolinha a Minnie. — Você gosta de bailarinas, querida?

— Sacolinha de festa! — grita Minnie, animadíssima. — Obigada-pela-inda-festa — diz ela, com cuidado. — Obigada-pela-iiinda-festa.

— Você é um amor. — Cyndi sorri para ela. — Que sotaque!

— A festa está linda — digo com educação.

— Tenho um marido muito generoso — diz Cyndi, com sinceridade. — Somos muito sortudos. Mas, você sabe, nós damos valor a tudo. — Ela meneia a cabeça em direção à mesa. — Para cada sacolinha destas, temos mais uma que será doada para uma criança carente.

— Uau. — Olho para ela. — Que ótima ideia.

— É assim que gosto de fazer as coisas. Não nasci pra isso. — Ela mexe o braço indicando o castelo. — Sempre podemos nos lembrar daqueles que têm menos que nós. E é isso que quero ensinar a Peyton também.

— Que bom. — Sinto uma pontada de admiração. Concluo que Cyndi é mais do que aparenta ser.

— Corey tem uma instituição de caridade também — diz ela. — Ele é o homem mais generoso que conheço. Está sempre pensando nos outros. — Ela parece estar emocionada. — Mas você deve ter percebido isso quando o conheceu.

— Er... sem dúvida! — minto. — Bem, foi um prazer conhecer você.

— O prazer foi meu! Tchau, lindinha. — Ela aperta a bochecha de Minnie. — Boa sorte com tudo.

— Ah, só uma coisa — digo casualmente, quando me viro. — Estava pensando... sabe por que Corey deu à primeira filha o nome de Rebecca?

— Ah, minha nossa. — Cyndi parece desconfortável. — Não faço a menor ideia. Sabe, eles não se falam. Eu não a conheço. É meio triste.

— Ah. — Assimilo o que ouvi.

— Eu não deveria ter falado sobre ela agora. Corey não gosta de falar sobre o passado. Ele diz que dá azar. Tentei convidá-la para o dia de Ação de Graças uma vez, mas... — Ela parece desanimada por um momento, e então melhora. — Bem... querem levar alguma coisa para comer no caminho?

CINCO

A sacolinha de lembrancinhas era *absurdamente* chique.

Já se passou meia hora e nós paramos em outro restaurante para comer alguma coisa e nos reorganizarmos. Minnie abriu a sacolinha e está colocando tudo em cima da mesa, e todos nós estamos olhando, boquiabertos. A bonequinha bailarina é só o começo. Também há um relógio DKNY, um casaquinho Versace infantil e dois ingressos para o Cirque du Soleil. Suze está horrorizada, ela detesta sacolinhas de festas. Ela as considerava comuns. (Ela nunca chega a usar essas palavras, de fato, mas está apertando os dedos e eu sei que é isso que ela pensa. Quando ela faz uma festa de criança, as sacolinhas normalmente vêm com um balão e uma bala puxa-puxa caseira e grande, envolta em papel-manteiga.

Quando Minnie pega uma bolsa *clutch* Kate Spade cor-de-rosa e muito linda, mamãe e Janice começam a pesquisar "preços de propriedades em Las Vegas" no Google pelo celular, para ver quanto a casa dos Coreys deve custar, e eu rapidamente guardo a Kate Spade em segurança. Vou cuidar dela para a Minnie até que ela cresça e tenha idade suficiente para usá-la. (E, nesse meio-tempo, pode ser que eu a pegue emprestada uma ou duas vezes.)

— *Como*, exatamente, ele ganha dinheiro? — pergunta Janice. — Minha nossa, essa casa custa 16 milhões de dólares!

— Propriedades — diz mamãe, vagamente.

— Não, ele começou com patentes — explico. — Invenções científicas ou algo do tipo. Parece que ele inventou uma mola especial.

Eu li isso na terceira página da minha pesquisa no Google, tem um perfil do Corey no *Wall Street Journal*. De acordo com o artigo, a mola foi a primeira coisa que Corey inventou e ele ganha dinheiro com ela até hoje. Mas como se inventa uma mola? É só um ferro enrolado, não é?

— Por isso eu *disse* pra você se concentrar nas aulas de ciências, Becky... — diz mamãe. — Janice, olha, essa casa tem *duas* piscinas.

— Ah, isso é cafona demais — comenta Janice, desaprovando, ao se inclinar para ver. — Mas olha só essa vista...

— Não consigo entender como ele consegue mentir a idade — digo.

Corey *deve* ter a mesma idade do meu pai, mas eu pesquisei na internet e não consegui encontrar nada que conteste sua "festa de quinquagésimo aniversário". — Sei lá, não dá pra simplesmente inventar uma idade hoje em dia. E o Google?

— Ele provavelmente começou a mentir a idade antes do Google ser inventado — diz Janice, sabiamente — Como a Marjorie Willis, lembra, Jane? Ela tirava um ano da idade a cada aniversário.

— Ah, a Marjorie! — exclama mamãe, indignada. — Ela fez 34 anos pelo menos duas vezes, se não foram três. É assim que se faz, amor. — Ela se vira para mim. — Gradualmente e cedo.

— Sim! — concorda Janice. — Comece agora, Becky. Você pode perder uma década fácil.

Eu devo fazer isso? Nem sequer tinha pensado em tirar anos da minha idade. De qualquer modo, certamente a coisa mais sensata a fazer é fingir ser *mais velha* do que realmente é. Assim, todo mundo diz "Nossa, você está ótima pra 93 anos", quando você só tem 70...

Meus pensamentos são interrompidos quando vejo Luke gesticulando para mim. Ele está perto da janela com uma cara meio esquisita.

— Oi — digo quando me aproximo. — E aí? — Sem responder, ele me entrega o telefone.

— Olha só, Becky — diz papai em meu ouvido sem enrolar. — Que história absurda é essa da sua mãe ter ido pra Los Angeles?

É a voz do papai. É o meu pai. Ele está vivo. Acho que vou desmaiar, mas também quero gritar.

— *Papai*? — exclamo, sem fôlego. — Ai, meu Deus. É *você*?

Meus olhos já estão cheios de lágrimas. Eu não tinha percebido como estava preocupada. Nem o quanto me sentia culpada. Nem quantas imagens horrorosas se passaram pela minha mente.

— Acabei de receber uma mensagem muito esquisita pelo telefone — diz papai. — Como eu disse ao Luke, quero que você *deixe a mamãe fora* disso, está bem? Diga a ela pra ficar no Reino Unido.

Ele está de brincadeira, né? Será que ele tem ideia de tudo pelo que estamos passando?

— Mas ela já está aqui! Janice também! Papai, estamos preocupados com você! — Minhas palavras se embaralham. — E estamos preocupados com o Tarkie, e estamos preocupados com...

— Estamos todos bem — diz ele, meio impaciente. — Por favor, diga pra sua mãe não se preocupar. Serão apenas alguns dias.

— Mas *onde* você está? O que está *fazendo*?

— Não importa — responde ele, de modo sucinto. — É um assunto de amigos, e não vai demorar muito pra ser resolvido, tenho certeza. Enquanto isso, tente distrair sua mãe.

— Mas estamos seguindo vocês!

— Bem, por favor, *não* me sigam! — Papai parece estar bem irritado. — Isso é ridículo! Será que um homem não pode cuidar de um assunto particular sem ser perseguido?

— Mas você nem sequer disse à mamãe o que ia fazer! Simplesmente desapareceu!

— Deixei um bilhete pra vocês — diz ele sem paciência. — Vocês sabiam que eu estava bem. Isso não é o bastante?

— Papai, você precisa falar com ela agora mesmo. Vou passar o telefone...

— Não — diz ele bruscamente, me cortando. — Becky, estou tentando concluir uma tarefa importante e preciso me concentrar nisso. Não posso lidar com a sua mãe tendo um ataque de histeria ao telefone por uma hora.

— Ela não... — começo a dizer, e então paro no meio da frase. Detesto admitir isso, mas ele tem razão. Se mamãe começar a falar com ele, a lenga-lenga vai se estender até acabar a bateria do celular.

— Leve sua mãe de volta pra Los Angeles — diz ele. — Vá para um spa com ela e... como vocês dizem? Fique de boa.

— Como podemos ficar de boa? — Estou começando a ficar irritada. — Você não quer contar nada, e a gente sabe que o Bryce está tentando fazer uma lavagem cerebral no Tarkie... quer dizer... ele está bem?

Meu pai dá uma risadinha.

— Bryce não está fazendo lavagem cerebral em ninguém. Ele é um rapaz muito solícito. Tem sido muito valioso pra mim. Conhece a região, sabe? E está protegendo o Tarquin. Eles passam horas conversando sobre várias coisas.

Protegendo o Tarquin? Passam horas conversando sobre várias coisas? Não estou gostando nadinha disso.

— Bem, Tarkie está aí?

— Ele está aqui. Quer falar com ele?

O quê? Olho para o telefone sem acreditar. Há um ruído na linha, e então escuto a voz aguda e inconfundível do Tarquin perguntando:

— Humm, alô, Becky?

— Tarkie! — Quase morro de alívio. — Oi, vou chamar a Suze...

— Não, humm... não precisa — diz ele. — Só diga a ela que estou bem.

— Mas ela está muito preocupada! Todos nós estamos preocupados. Você sabe que o Bryce está tentando fazer uma lavagem cerebral em você? Ele é perigoso, Tarkie. Ele quer o seu dinheiro. Você não deu nada pra ele, não é? Porque não é pra fazer isso, está bem?

— Claro que ele quer o meu dinheiro. — Tarquin parece muito tranquilo, e eu fico sem reação. — Bryce me pergunta sobre ele a cada cinco minutos. Não é muito sutil. Mas não vou dar nada a ele.

— Graças a Deus! Bem, não dê.

— Olha, não sou *tão* idiota, Becky.

— Ah — digo sem força.

— Você tem que ficar esperto com caras como o Bryce.

— Certo.

Estou completamente confusa agora. Tarkie parece tão controlado. Pensei que ele estivesse tendo um surto nervoso.

Mas então o que foi aquela cena toda em Los Angeles? Ainda consigo vê-lo, sentado à mesa da nossa casa, olhando para todo mundo, dizendo a Suze que ela era venenosa.

— Becky, preciso ir — diz Tarquin. — Vou chamar o seu pai de novo.

— Não! Não vá! — grito, mas é tarde demais.

— Becky? — Meu pai volta para a linha e eu respiro fundo.

— Papai, escuta. Eu não sei o que você está aprontando... Se não quiser que eu saiba, tudo bem. Mas você *não pode* deixar a mamãe assim, perdida. Você está perto de Las Vegas? Porque se você ama sua família de verdade e se tiver um tempo, pode nos encontrar lá. Só pra que a gente possa ver você por alguns minutos. Só pra gente ter certeza de que você está bem. E então depois você vai pra sua missão. Por favor, papai, por favor.

Há um longo silêncio. Consigo *sentir* que meu pai não quer fazer nada do que proponho.

— Estou muito longe — diz ele, por fim.

— Então a gente vai até você! Me dá um endereço!

— Não — diz ele. — Não vamos fazer nada disso.

Silêncio novamente, e eu prendo a respiração.

Um detalhe sobre meu pai é que ele é um homem realmente muito racional. Digo isso porque ele trabalhou com seguros.

— Tá bem — diz ele, finalmente. — Tomo um café da manhã rápido com vocês amanhã em Las Vegas. Assim, vocês todos podem relaxar e voltar pra Los Angeles e me deixar em paz. Mas nada de perguntas.

— Combinadíssimo — concordo. — Nada de perguntas.

É claro que vou fazer perguntas. Vou começar a fazer uma lista agora mesmo.

— Onde devemos nos encontrar?

— Er...

Meu conhecimento sobre Las Vegas é bem limitado. Na verdade, basicamente, consiste em assistir a *Onze homens e um segredo* umas mil vezes.

— No Bellagio — digo. — Café da manhã no Bellagio, às nove horas.

— Ótimo. Até lá.

Eu não ia perguntar mais nada, porque está claro que ele não quer que eu saiba, mas não consigo me controlar, e as palavras saem da minha boca:

— Papai, por que você não queria que eu me chamasse Rebecca?

Novamente há um silêncio incômodo, e eu prendo a respiração. Sei que ele ainda está na linha. Está na linha e está mudo.

E então, ele desliga.

Imediatamente, pressiono "Ligar", mas cai direto na caixa postal. Tento o telefone do Tarkie, mas acontece a mesma coisa. Eles devem ter desligado os dois aparelhos.

— Muito bem! — diz Luke quando olho para ele. — Você deveria ser negociadora de sequestros! Entendi direito? Vamos tomar café da manhã com os fugitivos?

— Parece que sim — digo, meio hesitante. Eu me sinto um pouco zonza. Depois de tanto estresse e preocupação, meu pai e Tarkie estão bem, e não dentro de uma cova.

— Relaxa, Becky! — Luke coloca as mãos em meus ombros. — É uma boa notícia! Nós os encontramos!

— Sim! — E, finalmente, consigo sorrir. — Nós os encontramos! Nós os encontramos. Vamos contar à mamãe e à Suze!

Bom, sinceramente, pensei que eram os portadores de *más* notícias quem proporcionassem momentos ruins. Ali estava eu, imaginando que mamãe e Suze fossem ficar surpresas, comemorar e me parabenizar por ter conseguido marcar um café da manhã com papai em Las Vegas. Ali estava eu, querendo um abraço em grupo. Quanta ilusão...

Nem mamãe nem Suze parecem muito felizes com a notícia de que seus amados maridos estão vivos e bem. Houve um breve instante de alegria, e Suze soltou um "Graças a Deus". Mas, agora, as duas já estão bravas de novo.

Mamãe não para de dizer: "Por que meu marido não confia em mim?" Pelo menos, é um tipo de dueto, já que Janice fica repetindo: "Pois é, Jane", "Você está certa, Jane" e "Jane, querida, coma um chocolate." O principal argumento da minha mãe é que qualquer marido que fuja e tenha segredos é desrespeitoso, e ele é um homem feito. Quem ele acha que é, o Kojak?

(Não sei bem como o Kojak se encaixa nisso. Na verdade, nem sei bem quem é Kojak. Alguém da televisão, eu acho.)

Enquanto isso, a reclamação da Suze é: "Por que o Tarkie não quis falar *comigo*?" Ela tentou ligar para o telefone dele umas 95 vezes, mas dá sempre ocupado e ela me lança um olhar ressentido, como se a culpa fosse *minha*. Quando nos aproximamos do horizonte amplo de Las Vegas, ela está mordendo os dedos e olhando pela janela.

— Suze? — chamo com cautela.

— Sim? — Ela vira a cabeça com impaciência, como se eu tivesse desviado a atenção dela de algo muito importante.

— Não é ótimo? Tarkie está bem!

Suze está inexpressiva, como se nem sequer entendesse o que estou dizendo.

— Quer dizer, você não precisa mais se preocupar — insisto. — Deve ser um alívio.

Uma expressão de dor toma o rosto de Suze, como se eu fosse idiota demais para perceber a verdade.

— Só quando eu o vir — diz ela. — Só quando eu o vir. Eu ainda acho que o Bryce está acabando com ele. Deve ter virado a cabeça dele, de alguma forma.

— Eu achei que ele parecia bem — digo, tentando animá-la. — Ele não teria aceitado tomar café da manhã com a gente se tivesse sofrido uma lavagem cerebral, não é? Isso não é uma boa notícia?

— Bex, você não entende — diz Suze, com agressividade, e de repente Alicia coloca a mão no ombro dela, como se *ela* entendesse, como se ela fosse uma amiga melhor que eu.

Sinto o coração apertado, e coloco Minnie no meu colo em busca de conforto.

— Parar de me preocupar? — murmura mamãe para Janice. Ela está furiosa. — Vou dar a Graham algo com que se preocupar. Por acaso eu já escondi alguma coisa dele?

— A cama de bronzeamento na nossa garagem — lembra Janice.

— Aquilo foi *diferente*, Janice. — Mamãe quase arranca a cabeça dela. — O que Graham está fazendo, neste momento, é uma sacanagem.

— Isso não é do feitio dele — concorda Janice, meio decepcionada, e ela tem razão.

Não que meus pais não tenham tido seus altos e baixos, algumas revelações e momentos de drama. Mas não me lembro de ele ter escondido nada desse jeito antes, muito menos da mamãe.

— Onde vamos ficar em Las Vegas? — pergunto depressa, para mudar de assunto. — *Não* em um estacionamento para trailers.

— Não, claro que não — diz Luke do assento do motorista. — Vamos estacionar o trailer e procurar um hotel.

E, apesar de tudo, sinto uma onda de ansiedade. Nunca fui a Las Vegas. Talvez, agora que sabemos que papai e Tarkie estão bem, possamos relaxar um pouco.

— Você precisa relaxar, Jane — diz Janice, como se pudesse ler a minha mente. — Quem sabe agendamos alguns tratamentos no spa?

— Não tem um hotel com circo? — Mamãe parece um pouco mais serena. — Eu gostaria de ir ao circo.

— Ou ao Venetian? —· sugiro. — Poderíamos andar de gôndolas.

— Tem aquele egípcio... — Janice está pesquisando em seu celular. — O MGM Grand... E seria bom irmos ao Caesars Palace. Compras incríveis, Becky.

— Elton John — diz mamãe, de repente. — Ele ainda está em Las Vegas?

— Elton John? — interrompe Suze, toda estridente, e todos nos sobressaltamos. — *Gôndolas*? Como assim Elton John, gôndolas e Caesars Palace? Não estamos de férias! Não estamos aqui pra nos *divertir*!

Os olhos dela brilham de modo acusatório quando olham para nós, e todos hesitamos, chocados.

— Certo — digo com cautela. — Bem, vamos nos hospedar num hotel e ver o que faremos depois.

— Nada desses hotéis temáticos tenebrosos — diz Alicia, entortando a boca numa expressão de nojo. — Acho que devemos nos hospedar num hotel que não seja temático. Um lugar conservador e com ambiente profissional.

Olho para ela, boquiaberta. Hotel conservador? Com ambiente profissional? Em *Las Vegas*? Certo, antes de mais nada, minha mãe precisa, mas do que nunca, esquecer todo esse estresse, e não ficar num quarto de hotel entediante e com ambiente profissional, vendo uma apresentação no PowerPoint. E, em segundo lugar, quero que Minnie se divirta um pouco. Ela merece.

— Acho que teremos que nos hospedar onde encontrarmos quartos — digo depressa. — E digo mais, não me importo em fazer as ligações.

— Desculpa — digo a Suze de novo. — Sei que você queria ficar em um local com ambiente profissional.

Suze me lança um olhar desconfiado, e eu faço uma cara triste, apesar de, por dentro, estar dizendo *Ah, meu Deeeeeus.*

Estamos no lobby do hotel Venetian, e este é o lugar mais louco onde já estive. Tem um domo enorme e decorado acima de nós, com o que parecem ser pinturas de artistas famosos. (Talvez um pouco mais extravagante.) Tem uma fonte com uma escultura de um globo dourado fantástica. Um homem de lenço vermelho toca acordeão. Sinto como se já estivéssemos em uma atração turística, e ainda nem passamos do lobby!

Luke volta da recepção, onde estava cuidando da nossa hospedagem.

— Aqui está — diz ele, balançando um monte de chaves. — Não consegui pegar quartos contíguos, mas pelo menos estamos todos hospedados. E tem uma promoção hoje, por isso ganhamos um brinde — diz ele, balançando a outra mão. — Fichas de cortesia para o cassino.

As fichas vêm em um rolo, como se fossem doces, e são umas *gracinhas*. Mas elas deveriam ter alguma mensagem, como Corações do Amor. Se eu abrisse um cassino, em todas as minhas fichas estaria escrito *Boa sorte*! e *Tente outra vez!*

— Fichas de cortesia? Típico. — Alicia faz uma *caretinha* de nojo. — Bem, podem ficar com as minhas.

Fala sério. Estamos em Las Vegas. É lógico que você tem que jogar em Las Vegas. Nunca joguei, mas tenho certeza de que sou capaz de aprender rapidinho.

— Então vamos pensar em um plano — diz Luke, e nos guia para onde mamãe e Janice estão com as malas e com Minnie.

— Gosto disso. — Minnie estica as mãozinhas rechonchudas em direção às fichas do cassino. — Pratinho de boneca, por favooor?

Ela acha que são pratinhos de boneca. Que fofa.

— Toma, querida — digo, pegando uma das fichas do Luke para dar a ela. — Pode segurar o pratinho de boneca, mas *não* pode colocar na boca.

De repente vejo Suze me observando, horrorizada.

— Você está dando *fichas de aposta* pra Minnie brincar? O quê?

— Humm... Minnie não faz ideia do que é — digo com calma. — Ela acha que é pratinho de boneca.

— Mesmo assim. — Suze balança a cabeça, como se eu tivesse quebrado uma regra fundamental da maternidade. Ela olha para Alicia, que está com a mesma cara de reprovação.

— É só uma pecinha de plástico! — digo, sem acreditar na reação delas. — Em um cassino, sim, é uma ficha de aposta, mas, nesse exato momento, na mão da Minnie, é um pratinho de boneca. Por quê? Você acha que vou permitir que ela *aposte*?

Não consigo mais entender Suze. Para meu horror, meus olhos estão cheios de lágrimas, e eu me viro para que ela não veja. Como ela pode se comportar dessa maneira? Ela mal olha em meus olhos. Nem faz nenhuma piadinha.

É culpa da Alicia, penso. Alicia, aquela Vaca Pernalta, corrompeu Suze. Quero dizer, Alicia nunca teve senso de humor, mas pelo menos nós *sabíamos* disso. Nós sabíamos como Alicia era, e a odiávamos. Agora, ela está com toda essa pinta de boazinha e amiguinha, e Suze se deixou enganar totalmente. Mas, por dentro, ela continua sendo a mesma. Fria. Sem senso de humor. Crítica. E está afetando minha melhor amiga.

Estou tão perdida em meus tristes pensamentos que demoro um pouco para perceber que meu telefone acabou de apitar indicando a chegada de uma mensagem.

A caminho! Chegarei em las vegas hoje mais tarde!!!
Beijos, danny

Danny! Sinto uma onda de alívio. Danny vai me fazer rir de novo. Danny vai deixar tudo melhor.

Danny Kovitz é meu amigo estilista famoso, é um astro. Assim que soube que Suze estava em apuros, ele prometeu nos encontrar, recrutar sua equipe toda, fazer o que fosse preciso. Ele gosta muito do Tarkie também, então, é claro que ele queria ajudar. (Bem, na verdade, ele é super a fim do Tarkie. Mas Suze não precisa saber disso.)

— Danny está chegando! — digo a Suze. — Podemos encontrar com ele, jantar, relaxar...

Estou tentando desesperadamente deixar Suze mais animada, mas é como tentar amaciar uma parede de tijolos.

— Não consigo *relaxar*, Bex. Preciso ver o Tarkie em carne e osso. Preciso ter certeza de que ele está longe daquele... sujeitinho.

— Olha, Suze — digo, com carinho. — Sei que você ainda está preocupada, mas deveria tentar se distrair. Estou pensando em levar a Minnie àquele aquário de tubarões. Você quer ir com a gente?

— Acho que não. — Suze balança a cabeça, rejeitando o convite.

— Mas você precisa fazer alguma coisa...

— Vou fazer alguma coisa. Alicia e eu vamos procurar uma aula de ioga. Vou responder uns e-mails, dormir cedo.

Olho para ela, tentando esconder o choque. *E-mails? Dormir cedo?*

— Mas estamos em Las Vegas! Pensei que poderíamos ver as fontes do Bellagio e depois tomar um drinque... — Eu paro de falar quando vejo sua expressão contrariada.

— Não estou muito a fim dessas coisas de turistas — diz ela com desdém, e Alicia assente.

Sinto uma pontada de mágoa. Desde quando? Ela curtia tanto essas coisas de turistas quando fomos a Sevilha aquela vez, quando compramos vestidos de flamenco e os usamos no jantar, falando "Olé!" uma para a outra o tempo todo. Não conseguíamos parar de rir. Foi uma das melhores noites da minha vida. Na verdade, foi Suze quem teve a ideia de usar os vestidos, se me lembro bem. *E* ela comprou um violão cheio de fitas. Isso não é coisa de turista?

— Suze, pelo menos vamos ver as fontes do Bellagio — imploro. — Não são bobas, são icônicas. Você não se lembra de quando vimos *Onze homens e um segredo* pela primeira vez e fizemos um pacto de irmos a Las Vegas um dia?

Ela dá de ombros vagamente, checando o telefone como se não estivesse interessada em nada do que estou falando, e eu sinto as lágrimas ameaçando meus olhos de novo.

— Bem, então tá. Aproveite sua noite.

— Você lembra que vamos tomar café da manhã com o Tarkie e com seu pai amanhã às nove? — Suze olha para mim de um jeito acusatório.

— Claro!

— Então não vai ficar acordada até tarde, bebendo todas e se jogando naquelas mesas com roletas?

— Não! — respondo de modo desafiador. — Não vou fazer isso. Estarei aqui, sentada, quietinha, às oito e meia da manhã.

— Bom, até amanhã então.

Suze e Alicia desaparecem por um corredor que parece a Capela Sistina, e eu observo minha amiga com tristeza, depois me viro para os outros.

— *Você* topa ir comigo ver as fontes? — pergunto a Luke. — E você, mamãe? Janice?

— Claro que topamos! — diz mamãe, que pegou um drinque de algum lugar enquanto Luke estava fazendo *check-in* e agora está bebericando. — Nada vai nos segurar agora! Chegou a minha vez, amor. Chegou a minha vez.

— Como assim? — pergunto, confusa.

— Se o seu pai pode sair por aí com as asinhas de fora, então eu também posso! Se o seu pai pode acabar com o dinheiro da família, então eu também posso!

Mamãe está com um olhar levemente feroz desde que teve notícias do papai. Agora, engolindo o drinque em goladas, parece ainda mais feroz.

— Não acho que o papai está acabando com o dinheiro da família — digo, gentilmente.

— Como sabemos *o que* ele está fazendo? — pergunta ela. — Durante todos esses anos, fui uma esposa fiel. Fiz o jantar dele, arrumei a cama, acreditei em tudo o que ele dizia...

Certo, isso é mentira. A mamãe *nunca* acreditou em tudo o que papai dizia, e, na maioria das vezes, ela compra comida pronta na M&S.

— E agora descubro que ele tem segredos e mistérios! — continua ela. — Mentiras e conspirações!

— Mamãe, ele só fez uma viagenzinha, não é o fim do mundo...

— Mentiras e conspirações! — repete ela, me ignorando. — Janice, quer tentar a sorte nas máquinas caça-níqueis? Porque eu sei que quero.

— Voltamos já, já — diz Janice, ofegante, ao seguir mamãe pelo lobby.

Então tá. Acho que preciso ficar de olho na minha mãe.

— Minnie, vamos ver os peixes grandes? — Eu me viro e a abraço. Ela tem sido uma bonequinha, sentada o dia todo dentro do trailer. Agora, ela merece se divertir um pouco.

— Peixinhos! — Minnie começa a abrir e a fechar a boca imitando um peixe.

Há um pequeno guia no pacote de boas-vindas que Luke recebeu, e, enquanto leio a parte das "Dez Principais Atrações para Crianças", me sinto meio embasbacada. Tem tudo aqui! Tem a Torre Eiffel, os arranha-céus de Nova York, as pirâmides do Egito, golfinhos e, *além de tudo*, números de circo. Parece que alguém enfiou o mundo inteiro em uma rua e deixou de fora todas as coisas chatas.

— Vamos, querida! — digo e estendo a mão para ela. Posso proporcionar um pouco de diversão à Minnie.

SEIS

Duas horas depois, minha cabeça está tomada por luzes, música e sons do trânsito intenso. E, acima de tudo, pelo barulho de fichas tilintando. Las Vegas é o lugar mais barulhento que eu conheço. É como se em todos os lugares da cidade houvesse uma banda tocando a todo volume, e os únicos instrumentos fossem máquinas acionadas por fichas, e elas tocam uma só faixa: *blip-blip-blip*. E não param nunca. Só quando, vez ou outra, soltam dinheiro, o que seria a parte da percussão.

Na verdade, estou com dor de cabeça por causa de todo o barulho, mas eu nem ligo, porque estamos nos divertindo muito. Andamos de um lado para o outro na Las Vegas Strip numa limusine que o *concierge* do Venetian chamou para nós, passamos por alguns hotéis, e tenho a sensação de que dei a volta ao mundo. No jantar, até dei "frango à parisiense" para Minnie. (Eram tirinhas de frango.)

Agora estamos de volta ao Venetian, que é calmo e normal comparado a alguns lugares onde estivemos. (Bem, "normal" levando em consideração que o céu, as nuvens, os canais e a Praça São Marcos são todos falsos.) Luke foi para o centro de conferência para responder a um monte de e-mails. Mamãe e Janice levaram Minnie para ver os passeios de gôndola, e eu estou andando pelas lojas. Ou melhor, pelas "shoppes". (Por que são chamadas de "shoppes"? Isso não é inglês arcaico? E não deveríamos estar na Itália?)

Há muitas "shoppes", desde lojas de grife, passando por galerias e lojas de lembrancinhas. É bem impressionante. Conforme caminho, percebo que a temperatura está perfeita, e o céu artificial está azul e com poucas nuvens. Há uma cantora de ópera andando por ali com um vestido de veludo, cantarolando uma linda melodia. Acabei de ir à Armani e vi um casaco de caxemira cinza que ficaria *incrível* no Luke. (Mas ele custa 800 dólares, então hesitei. Acho que ele deveria experimentá-lo primeiro, pelo menos, não?) Isso tudo é incrível e eu deveria estar me divertindo como nunca. Mas a verdade é que não estou.

Não paro de pensar no rosto da Suze e não consigo evitar ficar triste. É como se ela não quisesse saber de mim. Mas foi ela quem implorou para que eu viesse nessa viagem. Foi ela quem segurou as minhas mãos e disse: "Preciso de você." Não faz sentido.

Já perdi Suze uma vez, quando estava em lua de mel. Mas foi diferente. Aquilo foi um afastamento. Agora, parece que ela está me cortando de sua vida.

Já entrei na Grande Loja de Suvenir, e conforme começo a encher minha cestinha, sinto o peito pesado devido ao estresse. Pare com isso, Becky, digo a mim mesma desesperadamente. Vamos, concentre-se nas lembrancinhas.

Tenho um globo de neve de Las Vegas e alguns ímãs de geladeira de cifrões, e um monte de camisetas nas quais se lê *O que acontece em Vegas*. Pego um cinzeiro no formato de sapato, pensando se conheço alguém que fuma...

Mas aqueles pensamentos não me abandonam. É isso? Nossa amizade acabou? Depois de todos esses anos, depois de passarmos por tantos altos e baixos... estamos mesmo no fim da linha? Não consigo entender o que deu errado. Sei que não me comportei de maneira exemplar em Los Angeles. Mas será que me saí *tão mal assim*?

Há uma prateleira de joias feitas com dados, então coloco alguns colares dentro da minha cestinha, meio desanimada. Talvez mamãe e Janice gostem deles. Há algum tempo, eu compraria peças que combinassem para mim e para Suze, e nós acharíamos hilário, mas não tenho mais confiança para fazer isso agora.

O que vou fazer? O que *posso* fazer?

Meus pés me levam pela loja, ando em círculos, e não paro de passar pelos mesmos itens, várias vezes. Preciso parar. Vamos, Becky, concentre-se. Não posso continuar andando e ruminando isso. Vou comprar essas coisas e então ver se mamãe se divertiu com as gôndolas.

A loja está bem cheia e tem três filas para os caixas. Quando finalmente chega a minha vez de pagar, uma atendente bonita com um casaco brilhante sorri para mim.

— Oi! Espero que sua experiência de compras hoje tenha sido muito agradável!

— Ah — digo. — Bem... sim, foi ótima, obrigada.

— Se puder nos dar uma nota, nós agradecemos muito — diz ela, registrando minhas mercadorias. Ela me entrega um cartãozinho, no qual se lê:

> Minha experiência de compras hoje foi:
>
> ☐ **Incrível** (Ficamos muito felizes!)
>
> ☐ **Normal** (Ops... algum motivo para isso?)
>
> ☐ **Terrível** (Sentimos muito por isso! Conte-nos qual foi o problema!)

Pego a caneta da mão dela e olho para o cartão. Eu deveria marcar *Incrível*. Não havia nada de errado com a loja e eu consegui encontrar o que queria. Vamos. *Incrível*.

Mas, por algum motivo... minha mão não me obedece. Não me sinto Incrível.

— São 63 dólares e 92 centavos — diz a garota e olha para mim com curiosidade quando entrego o dinheiro a ela. — Você está bem?

— Humm... não sei. — Para meu horror, lágrimas ameaçam cair. — Não sei o que marcar. Sei que deveria escolher *Incrível*, mas não consigo, simplesmente não consigo. Estou numa situação ruim com minha melhor amiga, e só consigo pensar nisso, não há nada de Incrível neste momento. Nem mesmo fazer compras. — Olho para ela com tristeza. — Sinto muito. Não vou mais desperdiçar o seu tempo.

Estendo a mão para pegar a nota que dei a ela, mas a garota não a solta. Ela está olhando para mim, preocupada. Ela se chama Simone, vejo em seu crachá.

— Bem, você está satisfeita com as suas compras? — Ela abre a sacola para que eu as veja, e eu olho para todas as coisas e me sinto meio zonza.

— Não sei — digo, meio desesperada. — Não sei nem por que comprei todas essas coisas. São presentes para as pessoas. Sabe... lembrancinhas.

— Certo...

— Mas não sei o que comprei pra quem nem nada, e só posso comprar com propósito. Passei por um programa completo no Golden Peace.

— Golden Peace! — Os olhos dela se iluminam. — Fiz esse programa.

— Não acredito. — Fico olhando para ela.

— Pela *internet*. — Ela cora um pouco. — Eu não podia gastar muito. Mas, você sabe, eles têm um aplicativo, então... Eu estava encrencada financeiramente. Você pode imaginar como é, trabalhando aqui... — Simone faz um gesto indicando a loja toda. — Mas eu resolvi meu problema.

— Uau. — Olho para ela, surpresa. — Bem, então você sabe do que estou falando.

— Compre com calma e com propósito — diz ela.

— Exatamente! — concordo. — Tenho isso como um mantra!

— *Por que* você está comprando?

— Sim!

— Você precisa disso?

— Exatamente! Tivemos uma sessão inteira sobre essa questão...

— Não. — Simone me encara. — Estou fazendo uma pergunta. Você precisa disso? Ou está só tentando se acalmar? — Simone tira o globo de neve da sacola e o balança na minha frente. — *Você* precisa disso? — insiste.

— Ah — digo, desconcertada. — Não sei. Bem, claro que *não preciso* disso. Ninguém *precisa* de um globo de neve. Pensei em dá-lo pra... Não sei. Talvez pro meu marido.

— Ótimo! Isso vai proporcionar alegria e prazer a ele?

Tento imaginar Luke chacoalhando o globo de neve e observando os flocos se agitarem. Bom, pode ser que ele faça isso uma vez.

— Não sei — admito, depois de pensar. — Pode ser que sim.

— *Pode ser que sim*? — Ela balança a cabeça. — Só *pode ser que sim*? No que você estava pensando quando colocou esse item na cesta? — Olho para ela, surpresa. Eu não processei meus pensamentos. Simplesmente o peguei.

— Acho que não preciso disso. — Mordo o lábio. — E acho que nem quero, na verdade.

— Então não compre. Quer que eu faça o estorno?

— Sim, por favor — sussurro, agradecida.

— Essas camisetas. — Simone tira todas da bolsa. — Para quem são, e elas vão servir nas pessoas pra quem você vai dar?

Olho para as camisetas sem expressão. Eu não tinha pensado em quem as *vestiriam*. Eu as comprei porque estava em uma loja de lembrancinhas e elas são lembrancinhas.

Simone balança a cabeça ao ver minha expressão.

— Estorno?

— Sim, por favor. — Pego os colares de dadinhos. — E estes também. Não sei o que eu estava pensando. Vou dá-los à minha mãe e à amiga dela, e elas vão usá-los por cinco segundos e vão tirá-los do pescoço, e depois vão deixá-los jogados pela casa e, três anos depois, eles serão enviados a um bazar beneficente, mas ninguém vai querer comprá-los.

— Ai, meu Deus, você tem razão. — Ouço uma voz rouca atrás de mim e, quando me viro, vejo uma mulher de meia-idade tirando uns seis colares de dadinhos de dentro de sua cesta de compras. — Peguei estes para as minhas amigas. Elas não vão usá-los, vão?

— Nunca. — Balanço a cabeça, negando.

— Quero um estorno. — Uma mulher de jeans dos pés à cabeça no caixa ao lado ouviu nossa conversa e agora está virada para a atendente, que é uma ruiva. — Sinto muito. Comprei um monte de besteiras. Não sei o que estava fazendo. — Ela tira um boné cheio de brilhinhos de Las Vegas de dentro da cesta de compras. — Minha enteada *nunca* vai usar isto.

— Desculpa, você quer um estorno? A atendente ruiva parece ofendida. — *Já*?

— Ela está fazendo. — A mulher de jeans aponta para mim. — Está devolvendo tudo.

— Não tudo — digo depressa. — Estou só tentando comprar com calma e propósito.

A atendente ruiva lança um olhar de desdém para mim.

— Bem, por favor, não faça isso.

— Eu *adorei* isso — diz a mulher de jeans, de maneira enfática. — Com calma e propósito. — Certo, do que mais eu não preciso? Ela vasculha a sacola de compras e pega o cantil escrito Las Vegas. — Disto. E disto. — Ela pega uma toalha de praia com uma estampa enorme de uma nota de 1 dólar. — Isto vai voltar.

No caixa mais afastado, vejo uma terceira mulher parando.

— Espere aí — diz ela à atendente do caixa. — Talvez eu não precise daquele letreiro luminoso de Las Vegas. Posso devolvê-lo?

— Parem! — diz a atendente ruiva, parecendo cada vez mais irritada. — Chega de devoluções!

— Você não pode se recusar a aceitar as devoluções! — diz a mulher de jeans. — Vou devolver isto também. — Ela coloca um álbum de fotos cor-de-rosa e brilhoso em cima do balcão. — Quem eu quero enganar? Nunca vou organizar um álbum.

— Não quero nada disso! — A mulher na fila mais afastada esvazia a sacola de compras em cima do balcão. — Só estou fazendo compras porque estou morrendo de tédio.

— Eu também!

Percebo que outras mulheres estão prestando atenção e começam a olhar para suas cestinhas e a tirar coisas delas. Parece que uma onda anticompras atingiu todo mundo.

— O que está acontecendo? — pergunta, furiosa, uma mulher de terninho que caminha em direção aos caixas. — Por que todo mundo está tirando as mercadorias das cestas?

— Todas as clientes estão devolvendo suas mercadorias! — diz a atendente ruiva. — Elas enlouqueceram! *Aquela* moça começou tudo. — Ela aponta para mim com um olhar malvado.

— Eu não quis começar nada! — digo, depressa. — Só decidi... sabe... repensar minhas compras. Comprar só o que preciso comprar.

— Comprar só o que *precisa*? — A mulher de terninho faz uma cara tão feia que parece que eu falei uma blasfêmia. — Senhora, pode, por favor, finalizar suas compras o mais rápido possível e sair da loja?

Não acredito. Quem vê pensa que eu, sozinha, estou tentando derrubar o capitalismo ou coisa assim. A gerente de terninho sibilou para mim ao me conduzir para fora da loja:

— Você viu o que aconteceu no Japão? Quer que a mesma coisa aconteça aqui? *Quer*?

Olha, eu me senti mal, porque a coisa toda começou a sair do controle. De repente, todo mundo estava tirando mercadorias de dentro das cestas e colocando-as de volta nas prateleiras, e perguntando a desconhecidos "*Por que* você está comprando?" e "Você *precisa* disso?" —, enquanto as vendedoras corriam de um lado para o outro, gritando "Todo mundo adora uma lembrancinha!" e "Isto está pela metade do preço! Leve três!".

Mas não é culpa minha, é? Afinal, eu só disse que ninguém usaria um colar de dadinhos.

No fim, a única coisa que acabei comprando foi um pequeno quebra-cabeça para Minnie. Não senti nada de mais ao comprá-lo, mas foi uma satisfação diferente. Enquanto pagava ($7,32), eu me senti meio calma. Forte. Até peguei o cartão de feedback e marquei a opção *Incrível*.

Mas enquanto caminho pela calçada das shoppes, meu humor começa a piorar de novo. Pego meu telefone e envio uma mensagem para Luke:

Onde você está?

E ele responde na hora:

No centro de conferência. Ainda tenho alguns e-mails pra responder. Cadê você?

Suspiro aliviada só por estar em contato com ele e digito:

Estou nas shoppes. Luke, você acha que a Suze vai voltar a ser minha amiga? Sei lá, é que as coisas ficaram estranhas entre nós em Los Angeles, mas estou me esforçando muito pra que fique tudo bem e parece que ela nem percebe, porque a única pessoa com quem ela se importa é a Alicia e

Ai, atingi o número máximo de caracteres. Bom, ele vai entender a mensagem.

Só depois de clicar em "Enviar" eu me dei conta de que talvez tenha sido um erro me entregar ao rompante. Luke não é muito bom em responder mensagens de texto angustiadas. Na verdade, tenho a ligeira impressão de que sempre que envio uma mensagem muito longa para ele, ele não lê nada. E como era de se esperar, momentos depois, meu telefone bipa anunciando a chegada de uma mensagem:

Você precisa se distrair, meu amor. Daqui a pouco estou livre e levo você ao cassino. Mando uma mensagem quando estiver saindo daqui. Sua mãe vai cuidar da Minnie, está tudo combinado. Bjos

Uau. Vamos jogar! Sinto uma onda de animação misturada com tremedeira. Nunca joguei na vida, a não ser na loteria. Sei lá, sempre fazíamos uma brincadeira em família no Grand National, apostando em alguns cavalos, mas era coisa do papai, e ele determinava os lances. Eu nunca fui a uma casa de jogos nem nunca joguei pôquer.

Por outro lado, já assisti a vários filmes do James Bond, e acho que posso aprender muito com eles. Por exemplo: a me manter impassível, a erguer as sobrancelhas enquanto bebo um drinque. Tenho certeza de que posso fazer isso tudo, é só que não conheço bem as *regras*.

Paro diante de uma máquina de café e estou servindo um *latte* quando vejo uma mulher perto de mim, sentada a uma mesa, com um rabo de cavalo loiro bem claro. Ela tem cerca de 50 anos, acredito. Está usando uma jaqueta jeans escura decorada com pedrinhas e está jogando um jogo de cartas no celular. Na mesa à frente dela, está uma xícara enorme cheia de moedas para caça-níqueis, e na camisa dela está escrito *Rockwell Casino Night 2008*.

Ela deve saber tudo e mais um pouco sobre jogos de azar. E vai querer ajudar uma novata, não é? Espero até ela parar de jogar e me aproximo da mesa dela.

— Com licença — digo educadamente. — Gostaria de saber se você pode me dar alguns conselhos sobre como jogar.

— Como é? — A mulher desvia os olhos do telefone e olha para mim. Ai, meu Deus, ela tem cifrões nas pálpebras. Como será que ela fez isso?

— Humm... — Tento não olhar muito para os olhos dela. — Sou turista e nunca joguei antes, então não sei bem como fazer isso.

A mulher olha para mim como se desconfiasse de um golpe.

— Você está em Las Vegas e nunca jogou? — pergunta ela, finalmente.

— Acabei de chegar — explico. — Vou a um cassino mais tarde, só que não sei quais jogos jogar, nem por onde começar. Estava pensando que talvez você pudesse me dar algumas dicas.

— Quer dicas? — A mulher ainda está me encarando, sem piscar. Os olhos dela estão bem vermelhos, percebo. Na verdade, por baixo de todo o brilho e da maquiagem, ela não parece estar muito bem.

— Ou talvez você pudesse me recomendar um livro — sugiro, quando a ideia me ocorre.

A mulher me ignora, como se o que eu disse fosse idiota demais para ser levado em consideração, e olha para o jogo no celular. Não sei o que ela viu, mas, de repente, ela faz uma cara bem feia.

— Sabe de uma coisa? — começa ela. — Minha dica é não faça isso. Não chegue perto. Se salve.

— Ah — digo, desconcertada. — Bem, eu estava apenas pensando em tentar a sorte numa roleta ou coisa assim.

— É o que todos dizem. Você é do tipo que fica viciada?

— Humm... — Paro, tentando ser totalmente sincera comigo mesma. Sou do tipo que fica viciada? Acho que podemos dizer que sim, *um pouco.* — Gosto muito de fazer compras — confesso. — Sabe, já comprei muito no passado. Tinha muitos cartões de crédito e as coisas escaparam um pouco do controle. Mas já melhorei bastante.

A mulher dá uma risada curta e insossa.

— Você acha que *fazer compras* é ruim? Espere até começar a jogar, querida. Sentir as fichas na sua mão. O barato. A adrenalina. É tipo metanfetamina. Só uma vez basta. Você se torna uma escrava. E *é aí* que a sua vida sai do eixo. É *aí* que os policiais entram em cena.

Olho assustada para ela. Ela é bem macabra, de perto. Os músculos do seu rosto não se mexem direito e consigo ver onde os apliques dos cabelos dela começam. Ela toca o telefone e um novo jogo aparece na tela.

— Certo! — digo, animada, e começo a me afastar. — Bem, obrigada pela ajuda, de qualquer modo...

— Metanfetamina — repente ela com uma voz assustadora, e me encara, com aqueles olhos vermelhos. — Lembre-se disso. Metanfetamina.

— Metanfetamina — repito. — Claro. Tchau!

Metanfetamina?

Ah, meu Deus. Será que devo ir a um cassino mesmo? Foi uma ideia muito ruim?

Já faz quase uma hora que conversei com aquela mulher e ainda estou meio inquieta, apesar de ter feito um passeio de gôndola bem calmo com mamãe, Janice e Minnie.

Agora, mamãe e Janice foram "roubar um drinque", como diz minha mãe, enquanto Minnie e eu estamos no quarto. Minnie está brincando de "lojas" e eu meio que estou brincando também, mas ao mesmo tempo tento me maquiar e penso no meu possível ingresso no vício do jogo.

Será que vou ficar viciada *logo de cara*? Tipo, na primeira girada da roleta? De repente, me ocorre uma imagem horrorosa na qual estou grudada na mesa do cassino, com os cabelos desgrenhados, encarando Luke com olhos vidrados, murmurando: "Vou ganhar. Vou ganhar", enquanto ele tenta me puxar e mamãe chora baixinho vendo tudo. Talvez eu nem devesse chegar perto daquilo. Talvez seja perigoso demais. Talvez eu devesse ficar no quarto.

— Mais compras! — Minnie pega o último pacotinho de batatinhas do frigobar e o coloca na frente dela. — *Compra*, mamãe, *compra*!

— Certo. — Eu volto a mim e rapidamente tiro o pacotinho dali antes que ela o amasse e nós tenhamos de pagar por ele.

A maternidade envolve aprender com a experiência. E a regra de ouro que aprendi hoje é: "Não diga 'minibar' na frente da Minnie." Ela entendeu "Minnie bar" e que aquilo era um armário especial para ela, cheio de coisas para a Minnie. E foi impossível explicar que não era. Então, acabei deixando Minnie tirar tudo do balcão, e ela espalhou várias garrafas e pacotinhos de guloseimas no chão. Vamos devolver tudo mais tarde. (Se for um daqueles minibares que têm um sensor eletrônico, estaremos em apuros, mas o Luke vai ligar para a recepção e resolver isso. Ele é bom nesse tipo de coisa.)

Já "comprei" uma garrafa de água tônica e um Toblerone da Minnie, e agora estou apontando para um suco de laranja.

— Por favor, pode me dar um suco de laranja? — pergunto, passando rímel ao mesmo tempo. Estendo a mão para pegar a garrafa, mas Minnie a segura com firmeza.

— Você não pode *pegar* — diz ela, séria. — *Precisa* esperar. Nós não temos dinheiro.

Olho para ela, surpresa. Quem ela está imitando?

Ai, Deus. Na verdade, acho que sou eu.

O que faz com que eu pareça uma mãe terrível, mas, sinceramente, só assim consigo lidar com ela quando vamos às compras.

O vocabulário da Minnie tem aumentado muito recentemente. O que é ótimo, claro. Todo pai quer que seu filho saiba articular seus pensamentos mais profundos. O único *probleminha* é que muitos dos pensamentos mais profundos da Minnie têm a ver com o que ela quer.

Ela não grita mais "Meeeeu", o que costumava ser sua frase mais comum. Agora, ela diz "Gosto disso". Quando andamos pelo mercado, ela não para de dizer "Gosto disso, *gosto* disso, mamãe", cada vez mais decidida, como se estivesse tentando me converter a uma religião nova.

Não é nem que ela goste de coisas razoáveis. Ela pega esfregões, saquinhos para conservar alimentos no congelador e pacotinhos de grampos. Na última vez que fomos fazer compras, ela ficou dizendo "Eu gosto disso, *por favoooor*", e eu ficava balançando a cabeça e colocando as coisas de volta nas prateleiras, fora do alcance dela, até ela acabar perdendo a estribeira e gritando: "*Quero compraaaar alguma coisa!*" de um jeito desesperado, o que fez todos os clientes que estavam perto começarem a rir. Então, ela parou e sorriu para todos, e eles riram mais ainda.

(Às vezes, fico me perguntando se eu era assim quando tinha a idade dela. Preciso perguntar isso à mamãe.)

(Na verdade, pensando bem, não sei se quero saber.)

Então, minha nova tática quando vamos fazer compras é dizer a Minnie que não temos *dinheiro*. E isso ela consegue entender, de certo modo. Mas, agora, ela aborda desconhecidos e diz "Nós não temos *dinheiro*", de um jeito meio lamuriante, o que pode ser bem vergonhoso.

Agora, ela está falando com a Tagarela, sua boneca, num tom firme.

— Devolva. *Já*.

Ela pega o pacote de amendoim da Tagarela e olha para a boneca, furiosa.

— Não. É. *Seu*.

Ai, meu Deus. É assim que eu falo?

— Fale com carinho com a Tagarela — sugiro. — Assim.

Pego Tagarela e a seguro em meus braços, e Minnie a tira de mim de um jeito possessivo.

— A Tagarela está chorando — diz ela. — Ela precisa... de um docinho?

De repente, seus olhos brilham de modo travesso, e eu controlo a vontade de rir.

— Não temos nenhum doce — digo a ela, séria.

— Isso é um doce? — Ela pega o Toblerone, meio duvidosa.

— Não, isso é uma caixa sem graça de adulto. Não tem doce.

Minnie olha para o Toblerone, e eu consigo ver que ela está pensando muito. Ela nunca comeu um Toblerone, então foi um bom palpite da parte dela.

— Isso não é doce — repito, com calma. — Vamos comprar um docinho *outro* dia. Agora está na hora de guardar tudo.

Vejo que Minnie está menos convicta. Ela pode achar que sabe tudo, mas, no fim das contas, ela só tem 2 anos e meio.

— Obrigada! — Eu pego o Toblerone de sua mão. — Pode contar as garrafas?

Isso foi uma ideia de gênio, porque Minnie adora contar, mesmo que sempre pule o "quatro". Conseguimos colocar todas as garrafas de volta no minibar e estamos pegando os petiscos quando a porta se abre e mamãe aparece, com Janice a tiracolo. As duas muito coradas, Janice está usando uma tiara de plástico e mamãe está segurando um copo cheio de moedas.

— Oi! — digo. — O drinque estava bom?

— Ganhei mais de 30 dólares! — diz mamãe com um sorriso amplo de triunfo. — *Isso* é pro seu pai aprender.

Mamãe fala coisas sem sentido. Como isso vai ensinar alguma coisa ao meu pai? Mas não adianta questioná-la quando ela está assim.

— Muito bem! — digo. — Bela tiara, Janice.

— Ah, ganhei — diz Janice, sem folego. — Vai ter uma competição mais tarde, sabia? Eles estão promovendo o evento.

— Vamos descansar enquanto você sai com o Luke e depois vamos dar uma volta — diz mamãe, girando o copo para dar ênfase. — Tem cílios postiços pra me emprestar, amor?

— Bem... sim — respondo, um pouco surpresa. — Mas não sabia que você usava cílios postiços, mamãe.

— O que acontece em Vegas, fica em Vegas — diz ela, lançando a mim um olhar significativo.

O que acontece em Vegas? Certo, será que ela está se referindo a cílios postiços ou a outra coisa? Fico pensando em como perguntar com jeitinho se ela está bem ou se está viajando, mas ouço o alerta de uma mensagem de texto.

— É o Danny! — digo, alegre. — Ele veio! Está lá embaixo.

— Bem, se estiver pronta, por que não desce pra encontrar com ele, querida? — sugere mamãe. — Vamos dar um banho na Minnie e colocá-la na cama. Certo, Janice?

— Claro! — concorda Janice. — A lindinha da Minnie nunca dá trabalho.

— Tem certeza? — Franzo o cenho. — Porque posso muito bem...

— Não seja boba, Becky! — diz mamãe. — Não vejo muito a minha neta hoje em dia. Minnie, venha aqui no colo da vovó. — Ela estende os braços para pegar Minnie. — Vamos contar uma historinha, brincar um pouquinho e... já sei! — Ela sorri. — Vamos comer um delicioso Toblerone!

SETE

Encontro Danny sentado a uma mesa de canto no Bouchon, um restaurante chique com toalhas de linho. Ele está muito bronzeado (só pode ser artificial), usa uma jaqueta azul-bebê e está sentado com uma garota muito loira e branquela, sem maquiagem nenhuma, exceto um batom bem roxo.

— Danny! — Eu corro até ele e abraço seu corpo magricela. — Ai, meu Deus! Você está vivo!

Não vejo Danny desde que ele tentou atravessar o Manto de gelo da Groenlândia numa expedição beneficente, e teve que ser içado, porque torceu o dedão do pé ou coisa assim, e decidiu se recuperar em Miami.

— Por pouco — diz ele. — Passou perto.

Não foi nada disso. Falei com o gerente dele, sei a verdade. Mas ele me pediu para não contradizer Danny porque ele acha que quase morreu.

— Tadinho de você — digo. — Deve ter sido assustador! Toda aquela neve e... humm... lobos?

— Foi um pesadelo! — diz Danny, exagerando. — Sabe, Becky, deixei um monte de coisas pra você no meu testamento e você *quase, quase* ganhou tudo.

— É mesmo? — Não tenho como não ficar interessada. — Você me deixou algumas coisas? Tipo o quê?

— Umas roupas — diz ele vagamente. — Minha cadeira Eames. Uma floresta.

— Uma *floresta*? — Olho para ele sem acreditar.

— Comprei uma floresta em Montana. Sabe como é, pra abater do imposto de renda. E pensei que a Minnie pudesse brincar lá, sei lá... — Ele para de falar. — A propósito, esta é Ulla.

— Oi, Ulla! — Dou um aceno simpático, mas Ulla só pisca para mim, nervosa, murmura "Oi" e volta a trabalhar. Ela está desenhando alguma coisa num caderno grande de esboço, e, quando me inclino para dar uma olhada, vejo que é o desenho do arranjo de flores da mesa.

— Contratei Ulla como minha Descobridora de Inspiração — diz Danny, animado. — Ela já encheu esse bloco. — Ele faz um gesto para indicar o papel. — Toda minha coleção nova será inspirada em Las Vegas.

— Pensei que seria inspirada nos esquimós — digo.

Na última vez que entrei em contato com Danny, ele estava falando sobre osso e artesanato dos esquimós e da enormidade de brancura que ele pretendia representar numa bermuda masculina tamanho GG.

— Uma mistura de esquimós com Las Vegas — diz ele, sem pestanejar. — E aí, já jogou?

— Não vou arriscar. — Sinto um tremor. — Uma mulher me disse que jogar é como usar metanfetamina e que, se eu me meter nisso, serei engolida pelo vício para sempre.

Espero que ele diga “Isso é bobagem”, mas ele só assente com seriedade.

— Pode acontecer. Minha amiga de escola, Tania, nunca se recuperou de uma noite de pôquer on-line. Aquilo a dominou e ela nunca mais foi a mesma. Foi bem trágico.

— Onde ela está agora? — pergunto com medo. — Ela... morreu?

— Praticamente. — Ele assente. — Alasca.

— Alasca não é a *morte*! — digo, indignada.

— Ela foi trabalhar em uma plataforma de petróleo. — Danny toma um gole de vinho. — Na verdade, ela é muito bem-sucedida. Acho que ela gerencia a coisa toda. Mas, antes disso, era viciada em jogos de azar.

— Então não é uma história trágica coisa nenhuma — digo, contrariada. — Ela acabou se tornando chefe numa plataforma de petróleo.

— Você faz ideia de como é ser chefe numa plataforma de petróleo? — pergunta Danny. — Já viu uma daquelas coisas?

Eu sempre me esqueço de como Danny é exagerado.

— Bem — digo, com certa seriedade. — Nada disso importa. O que importa é...

— Sei o que importa! — Danny me interrompe, parecendo triunfante. — Estou, tipo, dez passos à sua frente. Tenho panfletos, folhetos, canetas, camisetas...

— Camisetas? — Olho para ele, desconfiada.

Danny abre a jaqueta e mostra sua camiseta com uma imagem de Tarquin. É uma foto em preto e branco tirada em uma sessão de fotos para um editorial de moda para a qual Tarkie posou há pouco tempo, e ele aparece nu da cintura para cima, com uma corda enrolada em seu torso, olhos concentrados na câmera. É uma foto incrível, mas eu me retraio, desanimada. Suze odeia essa foto. Ela acha que Tarquin ficou com cara de modelo gay (e, para ser sincera, ficou). Ela *não* vai gostar de vê-la reproduzida em uma camiseta.

Na parte inferior, está escrito ENCONTRE-ME com o número do celular da Suze.

— Tenho um monte dessas — diz ele, orgulhoso. — Kasey e Josh estão distribuindo panfletos no Caesars Palace todo.

— Kasey e Josh?

— Meus assistentes. Olha, o que devemos fazer é mostrar o rosto dele por aí. A primeira regra pra encontrar uma pessoa desaparecida. Meus relações-públicas estão tentando contatar os canais de notícias, tenho uma pessoa em contato com o pessoal que faz essas caixas de leite...

— Espera aí. — De repente, percebo o que está acontecendo. — Eles estão distribuindo fotos do Tarquin nesse momento?

— Pela cidade toda — Danny se gaba. — Imprimimos 10 mil.

— Mas nós o encontramos!

— *O quê?* — Danny se retrai, chocado.

— Bem, mais ou menos — eu me corrijo. — Bom, falamos com ele. Vamos tomar café da manhã com ele no Bellagio amanhã cedo.

— *No Bellagio?* — Danny parece ofendido. — Está falando sério? Pensei que ele tivesse sido sequestrado. Achei que ele estivesse sofrendo uma lavagem cerebral.

— Bom, a Suze ainda acha isso. No mínimo, ela não vai conseguir relaxar enquanto não o vir... bem, me mostre os panfletos. Você é incrível, Danny. Brilhante. A Suze vai ficar muito agradecida.

— Fiz três versões — diz ele, amolecido. — Ulla, os panfletos?

Ulla rapidamente enfia a mão dentro da bolsa grande de couro, puxa três panfletos e os passa por cima da mesa. Cada um deles tem uma foto diferente, incrível, do Tarkie, em preto e branco, com cara de astro pornô gay esquentadinho — tudo do mesmo editorial de moda. Num deles, está escrito ENCONTRE-ME, como na camiseta, no outro, está escrito ONDE ESTOU?, e, no terceiro, está escrito ESTOU PERDIDO, e todos têm o número do celular da Suze.

— Legal, não?

— Humm... — Pigarreio. — Sim! Incrível!

Não posso deixar a Suze ver isso.

— Acho que Kasey e John não precisam entregar *todos* os panfletos — digo com cuidado. — Talvez não os 10 mil.

— Mas o que eu vou fazer com o resto? — Danny parece confuso por um momento, e então se acalma. — Já sei. Uma exposição! Talvez minha próxima coleção se baseie nessa experiência! — O rosto dele se ilumina. — Sim! Armadilha. Sequestro. Bondage. Muito sombrio, sabe? Muito *noir*. Modelos com algemas. Ulla! — exclama ele. — Anote aí: Bondage, correntes, capuz, couro. Calça de couro — diz ele depois de pensar um pouco.

— Pensei que sua próxima coleção seria uma mistura de esquimós com Las Vegas.

— Certo, a próxima será — diz ele tranquilamente. — Onde está a Suze?

— Ah. — Fico desanimada no mesmo instante. — Ela está com a Alicia. Você se lembra da Alicia, a Vaca Pernalta? Bem, ela se casou com um cara chamado Wilton Merrelle e...

— Becky, sei quem é Alicia Merrelle. — Danny me interrompe. — Ela é fogo. A casa dela é tipo... de revista.

— Você não precisa me lembrar disso — digo, entediada. — Ah, Danny, está sendo terrível. Ela tirou a Suze de mim. As duas ficam o tempo todo juntas. O bom humor de Suze acabou e é tudo por causa da Alicia... — Paro de falar e coço o nariz. — Não sei o que fazer.

— Bem. — Danny pensa por um momento, e então dá de ombros de modo filosófico. — As pessoas mudam. As amizades terminam. Se você ama a Suze, talvez precise deixá-la pra lá.

— *Deixá-la pra lá*? — Olho para ele, abismada. Ele não deveria dizer isso.

— As pessoas mudam, a vida muda... O mundo é assim. Talvez seja para ser assim.

Olho para a toalha de mesa, minha cabeça não para de girar. Não posso perder Suze para a Vaca Pernalta. Não pode ser.

— Como está a Alicia? — pergunta Danny. — Continua sendo o docinho que sempre foi? Ainda está tentando acabar com o casamento dos outros?

Sinto uma onda de alívio. Pelo menos Danny sabe como a Alicia é, de fato.

— Ela finge ser outra pessoa — digo, com seriedade. — Mas não confio nela. Ela está aprontando alguma.

— Não creio! — diz Danny. — Tipo o quê?

— Não sei — admito. — Mas só pode estar. Sempre está. Fique de olho nela.

— Pode deixar. — Ele assente.

— Não que você vá vê-la hoje. — Encolho os ombros, triste. — Conversei com o Tarquin e com o papai, e sabemos que eles estão bem. Deveríamos estar comemorando, estamos em Las Vegas. Mas Alicia e Suze se recusam a se divertir. Elas vão dormir mais cedo. Você acredita nisso?

— Bem, *eu* vou me divertir. — Danny estende a mão e segura a minha com os dedos quentes e secos. — Não fique com essa cara tristinha, Becky. O que podemos fazer? Ir ao cassino?

— Vou encontrar o Luke lá daqui a pouco — digo. — Mas estou um pouco... sabe. Surtada.

— Por quê?

Sério, ele não ouviu nada?

— Porque sim! — Faço gestos agitados com as mãos. — Metanfetamina!

— Você não pode estar levando isso a sério! — Danny ri. — Becky, jogar é *divertido*!

— Você não entende! Sou o tipo de pessoa que fica viciada! Minha vida toda pode ser arruinada num turbilhão de vício e dependência! Você vai tentar me ajudar, mas não vai conseguir!

Já vi filmes baseados em histórias reais sobre vício em drogas. Sei como é. Primeiro, a pessoa diz: "Vou usar só uma vez" e, logo depois, ela está num tribunal com os cabelos sujos, lutando pela guarda dos filhos.

— Relaxe. — Danny faz um gesto quando vem a conta. — Vamos dar uma olhada nas mesas. Se você começar a parecer uma viciada, eu arrasto você de lá. Prometo.

— Mesmo se eu te xingar e cuspir na sua cara dizendo que não me importo com os meus amigos e com a minha família? — pergunto, temerosa.

— Principalmente se fizer isso. Vamos, quero ver se conseguimos perder todo o dinheiro do Luke. Brincadeira! — E reforça quando vê minha cara. — *Brincadeira.*

Em poucos minutos chegamos ao cassino e, quando entramos, respiro fundo. Então é isso. Las Vegas propriamente dita. O coração da cidade. Olho ao redor, quase cega pelo neon e pelos carpetes com desenhos e todas aquelas roupas brilhosas. Todo mundo parece estar reluzindo de um jeito ou de outro, ainda que seja só pelo relógio incrustado de diamantes no pulso.

— Você já pegou alguma ficha? — pergunta Danny, e eu pego as fichas que ganhei. Luke também me deu as dele, então tenho um monte.

— Tenho o equivalente a 50 dólares — digo, mostrando-as.

— *Cinquenta?* — Danny arregala os olhos. — Você mal vai conseguir apostar num jogo de mesa com isso. Precisa de 300, pelo menos.

— Não vou gastar 300 dólares! — digo, horrorizada. Meu Deus, jogar é caro. Sei lá, dá pra comprar uma saia muito bacana com 300 dólares.

— Bem, comprei o equivalente a 500, mais cedo — diz Danny, com os olhos brilhando. — Então, quero começar.

— Quinhentos? — pergunto, boquiaberta.

— Vou ganhar dez vezes isso, pode apostar. Sinto que estou com sorte hoje. — Ele sopra as mãos. — Dedos sortudos.

A alegria dele é contagiante, e, quando nos viramos para observar a sala, segurando as fichas, eu me sinto bem animada. E assustada. As duas coisas.

Nunca estive em nenhum lugar como este. Até mesmo o *ar* é tomado pelas apostas. Você praticamente consegue sentir isso na respiração das pessoas ao passar pelas mesas, uma sensação forte, tensa, como a que sentimos na fila de uma liquidação. Ao meu redor, ouço gritos e exclamações nas mesas quando os clientes perdem ou ganham, misturados ao tilintar de fichas e de taças de bebidas nas bandejas levadas por garçonetes com pouca roupa. E durante todo o tempo, o som contínuo das máquinas.

— O que vamos jogar? Roleta? — pergunto.

— *Blackjack* — diz Danny, decidido, e me leva em direção à mesa grande.

Tudo parece muito adulto, sério e *real*. Quando nos sentamos em dois banquinhos vazios à mesa, ninguém nem sequer olha em nossa direção para nos cumprimentar. É como estar em um bar. Só que o bar é coberto por tecido e, em vez de servir bebidas, o crupiê entrega cartas. Há dois homens idosos à mesa e uma garota de smoking e chapéu Fedora brilhante, que parece estar muito mal-humorada.

— Não sei jogar! — resmungo em pânico para Danny.

Pelo menos... Eu *meio que* sei jogar. É a mesma coisa que jogar *Twist*, não? Eu jogo *Twist* com meus pais todo Natal. Mas será que existem regras especiais em Las Vegas?

— É fácil — diz Danny. — Coloque algumas fichas na mesa. Vinte dólares. — Ele pega as fichas da minha mão e as coloca com firmeza em um círculo sobre a mesa. O crupiê é uma garota que parece japonesa e ela mal olha para as minhas fichas, fica esperando todo mundo apostar, e então entrega as cartas.

Recebo um seis de copas e um seis de espada.

— *Twist* — digo em voz alta, e todo mundo olha para mim.

— Não se diz "*twist*" — diz Danny, olhando para as minhas cartas. — Você tem que dividir.

Não sei o que é isso, mas vou confiar nele.

— Certo — digo, confiante. — Dividir.

— Não diga "dividir" — murmura ele. — Coloque suas outras fichas aqui — explica ele, apontando para a mesa —, e faça um V com os dedos.

— Certo. — Sigo a orientação dele, me sentindo de repente muito calma e profissional. A moça separa minhas duas cartas e entrega de novo.

— Ah, *entendi*! — exclamo, quando ela me dá um oito de paus e um dez de copas. — Tenho dois montes agora. Vou ganhar!

Olho ao redor, observando todo mundo jogar. Na verdade, isso é bem divertido.

— Becky, sua vez — murmura Danny. — Todo mundo está esperando.

— Ah, sim. — Olho para as minhas cartas. Num monte, tenho quatorze e, no outro, dezesseis. O que devo fazer? Atacar ou segurar? Err... Minha mente não para de raciocinar, indecisa.

— Becky?

— Sim, só um segundo...

Deus, como esse jogo é difícil! Caramba, *muito* difícil. Como decidir? Fecho os olhos e tento invocar os Deuses dos Jogos. Mas está claro que eles pararam para tomar um chá.

— Becky? — Danny me chama de novo.

Todo mundo na mesa está olhando para mim com os cenhos franzidos. Ah, pelo amor de Deus. Eles não sabem o quanto isso é difícil?

— Humm... — Massageio a testa. — Não tenho certeza. Só preciso pensar...

— Senhora? — Agora, a crupiê está com cara de impaciente. — Senhora, precisa jogar.

Ai. Jogar é tão estressante! É como decidir se devo comprar um casaco com um megadesconto na liquidação da Selfridges quando pode ser que tenha um melhor na Liberty, mas, se você deixar o primeiro, ele pode ser levado por outra pessoa...

— O que devo fazer? — pergunto para as pessoas ao redor. — Como vocês conseguem ficar tão calmos?

— Senhora, é um *jogo*. Só precisa fazer uma escolha.

— Certo, atacar — digo, por fim. — Bater. O que for. Ou as duas coisas. Ah, devo dobrar? — Eu me viro para Danny. Não sei o que é dobrar, mas já ouvi isso em filmes, então deve ser alguma coisa.

— *Não* — diz ele, sério.

A crupiê entrega um nove e um dez, termina a rodada e puxa minhas fichas para si.

— O que foi? — pergunto, confusa. — O que aconteceu?

— Você quebrou — diz Danny.

— Mas... é isso? Ela nem *diz* nada?

— Não. Ela só pega o seu dinheiro. E o meu também. Droga.

Olho para a crupiê silenciosa, sentindo-me um tanto ofendida. Deveria haver mais *cerimônia* no jogo, concluo. Como quando você compra algo caro e recebe o produto numa sacola bonita, e a vendedora diz: "Ótima escolha!"

Na verdade, acho que as lojas deixam os cassinos no chinelo. Gastamos a mesma quantia, mas, nas lojas, *levamos coisas*. Sabe, olha, estou sentada num banquinho há cerca de cinco segundos e gastei 40 dólares... e não ganhei nada.

— Vou parar um pouco — digo, levantando do banquinho. — Vamos beber alguma coisa. — Pego meu telefone e vejo uma nova mensagem. Luke está a caminho.

— Claro — diz Danny. — Então, já está viciada no jogo, Becky?

— *Acho* que não — digo, pensando no que estou sentindo. — Talvez eu não seja uma jogadora nata, afinal.

— Você perdeu — fala ele sabiamente. — Espere até começar a ganhar. *Aí* você não vai conseguir parar. Olha, o Luke.

Vejo Luke vindo em nossa direção, com os cabelos escuros brilhando sob as luzes do cassino e o queixo erguido, todo confiante.

— Danny! — Ele dá um tapinha nas costas de Danny. — Já descongelou?

— Não brinca. — Danny estremece. — Ainda está muito cedo pra falar sobre isso.

Luke olha em meus olhos, e eu abro um sorrisinho para ele. O problema do Danny é que ele se leva *muito* a sério. Mas ele é tão doce que você acaba aceitando numa boa.

— E então, Becky, já ganhou nossa fortuna? — pergunta Luke.

— Não, eu perdi. Acho que jogar é besteira.

— Você ainda nem começou! — diz Danny. — Vamos pra outra mesa.

— Tá — digo, mas não me mexo.

Ainda não estou convencida dessa história toda de jogo. Quando perdemos, é uma droga, claro. E, quando ganhamos, é ótimo, mas podemos ficar viciados.

— Não quer jogar, Becky? — Luke me examina com curiosidade.

— Mais ou menos. É que... e se eu *começar* a ganhar e ficar viciada?

— Você vai se sair bem — diz ele para me tranquilizar. — Escolha uma estratégia antes de começar e se atenha a ela.

— Que tipo de estratégia?

— Tipo: vou jogar por *tanto tempo*, depois paro. Vou gastar *tanto* e depois vou embora. Ou simplesmente "pare enquanto estiver ganhando". O que você nunca deve fazer é jogar mais dinheiro se estiver perdendo. Se perder, perdeu. Não continue apostando até ganhar.

Fico calada por um momento, processando aquilo tudo.

— Certo. Está bem. — Finalmente, levanto a cabeça. — Tenho uma estratégia.

— Ótimo! O que quer jogar?

— Nada de *blackjack* — digo, decidida. — É um jogo idiota. Vamos pra roleta.

Nós vamos até uma mesa vazia e nos sentamos nos bancos altos. O crupiê, um homem careca, na casa dos 30 anos, diz logo de cara:

— Boa noite e sejam bem-vindos à minha mesa.

Ele abre um sorriso brilhante, e eu sorrio para ele. Já gosto dele mais do que da outra garota. Ela era um terror. Não é à toa que perdi.

— Oi! — digo e coloco uma única ficha no vermelho. Luke e Danny escolhem o preto. Observo, surpresa, a roleta rodar. Caia no vermelho, caia no vermelho...

A bola cai em uma abertura, e eu observo, embasbacada. Ganhei! Ganhei de verdade!

— É a minha primeira vitória em Las Vegas! — digo ao crupiê, que ri.

— Talvez você esteja numa maré de sorte.

— Talvez! — Coloco minhas fichas no vermelho de novo e me concentro na mesa. É uma bela visão, a da roleta girando. É quase hipnótica. Todos olhamos para ela, incapazes de prestar atenção em outra coisa, até que ela finalmente perde velocidade e a bola cai dentro de uma abertura...

Yes! Ganhei de novo!

Descobri que a roleta é o jogo mais maravilhoso do mundo, e não sei por que perdemos nosso tempo naquele *blackjack* ridículo. Meia hora se passou, e eu ganhei tantas vezes que já me sinto a deusa do jogo. Luke e Danny estão meio empatados, mas eu juntei um montão de fichas e ainda estou firme e forte.

— Sou ótima nesse jogo! — Não consigo deixar de me gabar ao ganhar mais um monte de fichas. Tomo um gole de margarita e observo a mesa, pensando na minha próxima jogada.

— Você teve *sorte* — Luke me corrige.

— Sorte... talento... tudo a mesma coisa...

Pego todas as minhas fichas, me concentro por um momento e as coloco no preto. Luke coloca algumas fichas também e todos observamos, concentrados, a roleta girar.

— Preto! — grito, quando a bola acerta o dez. — *Ganhei de novo*!

Em seguida, coloco todas as fichas no preto e depois no vermelho, e no vermelho de novo. E de alguma maneira continuo ganhando! Um grupo de rapazes de uma despedida de solteiro se aproxima, e o crupiê diz a eles que estou numa maré de sorte, então todos eles começam a gritar: — Be-cky! Be-cky! — sempre que ganho. Não acredito que estou indo tão bem. Estou encantada!

E sabe de uma coisa? Danny tinha razão. Jogar é totalmente diferente quando estamos ganhando. Estou nas nuvens. O resto da vida desapareceu. Tudo que consigo ver é a roleta girar, aquela imagem borrada girando e então parando... e eu ganhei *de novo*.

Um dos rapazes da despedida de solteiro, que se chama Mike, dá um tapinha no meu ombro.

— Qual é o seu método?

— Não sei — respondo com modéstia. — Eu só me concentro, sabe? Meio que *canalizo* a cor.

— Você joga sempre? — pergunta alguém.

— Nunca tinha jogado na vida — digo, feliz com a atenção. — Mas achei que talvez devesse começar!

— Você deveria, tipo, se mudar pra Las Vegas.

— Pois é! — Eu me viro para o Luke. — Deveríamos *mesmo* nos mudar pra cá!

Pego todas as minhas fichas, hesito por um momento, e as coloco no número sete.

— Sério? — pergunta Luke, erguendo as sobrancelhas.

— Sim — digo e tomo mais um gole de margarita. — Digamos que eu tenha um pressentimento sobre isso. Número sete. — Eu me dirijo ao grupo todo. — É o meu número, o sete.

Alguns rapazes começam a cantar:

— *Se-te, se-te*! — Alguns deles também colocam suas fichas no sete. Conforme a roleta gira, todos olhamos para ela como se estivéssemos possuídos.

— Sete! — A mesa grita quando a bola bate no sete. Ganhei! Até o crupiê se inclina na mesa para me cumprimentar com um *high five*.

— Essa mulher está arrasando! — exclama Mike.

— Qual será o próximo número, Becky? — Um dos rapazes quer saber.

— Diga, Becky!

— Becky!

— Em qual vamos apostar, Becky?

Todo mundo está esperando que eu jogue de novo. Mas não estou mais olhando para a roleta. Estou olhando para as minhas fichas e fazendo uma conta rápida. Duzentos... quatrocentos... mais um... Sim! Isso! Não consigo me controlar e dou um soco de leve na mesa.

— O que foi? — pergunta um dos rapazes, ansioso. — Qual vai ser, Becky?

Eu me viro para o crupiê com um sorriso triunfante.

— Vou pegar o dinheiro, por favor.

— *Pegar o dinheiro*? — Mike está boquiaberto. — *Como assim*?

— Parei de jogar.

— Não, não, não! — Mike está praticamente gritando. — Você está numa maré de sorte. Continue jogando!

— Mas já ganhei 800 dólares! — explico.

— Que ótimo! Continue, garota! Jogue suas fichas!

— Não, você não entende — digo pacientemente. — Oitocentos dólares são o suficiente pra que eu possa comprar um casaco lindo pro Luke.

— Que casaco? — Luke parece confuso.

— Vi na Armani, quando estava andando pelas lojas. É cinza, de caxemira cinza. Vamos lá ver. — Aperto o braço dele. — Vai ficar tão lindo em você!

— Um *casaco*? — Mike parece não entender. — Querida, você enlouqueceu? Você tem o toque de Midas! Não pode sair da mesa agora!

— Posso, sim. Essa era a minha estratégia.

— Sua *estratégia*?

— O Luke disse pra eu ter uma estratégia. Então, decidi que minha estratégia seria conseguir o suficiente pra comprar o casaco Armani. E eu consegui. — Sorrio, triunfante. — Então, vou parar.

— Mas... mas... — Mike parece não ter o que dizer. — Você não pode parar! Está numa *maré de sorte*!

— Mas pode ser que eu não ganhe mais. Posso perder.

— Não vai perder! Ela está ganhando, não está? — Ele olha para os amigos, em busca de apoio.

— Becky vai ganhar! — grita um deles.

— Mas pode ser que eu comece a *perder* — explico pacientemente. — E, se isso acontecer, não terei dinheiro pra comprar o casaco.

Eles não entendem nada?

— Becky, não vá. — Mike passa um braço por cima dos meus ombros. — Estamos nos divertindo tanto, não estamos?

— Ah, foi mesmo incrível — digo. — Vocês são ótimas companhias. E eu gosto muito de jogar e tal... mas vou gostar *mais* de comprar o casaco pro Luke. Desculpa — digo educadamente ao crupiê. — Não quero ser grosseira. Você tem uma roleta linda. — Ouço Luke dar uma risadinha. — O que foi? Qual é a graça?

— Nada, meu amor — diz ele e pega minha mão e a beija. — É que eu não me preocuparia com seu vício no jogo *ainda*.

O casaco fica lindo em Luke. Eu sabia que ia ficar. É muito bem-cortado, deixa a silhueta esguia e destaca as mechas mais escuras do cabelo dele. Notei que todas as atendentes ficaram observando admiradas quando ele saiu do provador para se olhar no espelho grande. Pena que Danny não esteja aqui para admirá-lo também, pois ficou jogando com os rapazes da despedida de solteiro.

— Perfeito! — digo. — Eu sabia que ficaria bom em você!

— Bem, obrigado — diz Luke, sorrindo para o próprio reflexo. — Estou encantado.

Pego a quantia que ganhei e cuidadosamente conto o dinheiro, enquanto uma vendedora coloca o casaco em uma linda caixa quadrada.

— E agora — diz Luke, ao sairmos da loja —, vou retribuir da maneira mais singela. Queria dar isto a você antes. — Ele me entrega um e-mail impresso. — Um dos grupos no escritório de Londres está cuidando da MAC, então eles deram a todos os funcionários um voucher com desconto de noventa por cento. Por um momento glorioso, pensei que a mensagem estivesse se referindo ao Mac da Apple... — Ele suspira bem-humorado. — Mas é claro que é a maquiagem. Então, pode ficar com o meu.

— Certo, obrigada. — Passo os olhos no que está escrito. — Uau. Noventa por cento!

— Onde vende? — Ele olha ao redor. — Na Barneys? Quer ir lá?

— Na verdade... não se preocupe — digo, depois de uma pausa. — Não precisamos ver isso agora. Vai ser muito entediante pra você.

— Você não quer ir? — Luke parece surpreso.

Estou estudando o documento, tentando decidir como reagir. A ideia de escolher maquiagem para mim — ainda que seja com desconto — está me dando uma sensação estranha no estômago.

Ah, meu Deus, não sei *o que* está acontecendo comigo. Adorei comprar aquele casaco para o Luke. E adorei comprar o quebra-cabeça para a Minnie. Mas, de algum modo, não posso comprar maquiagem para mim. Não é... eu me sinto muito estranha... eu não...

Eu não mereço isso. A ideia pisca em minha mente, e eu estremeço.

— Não, obrigada. — Forço um sorriso animado. — Vamos subir e liberar mamãe e Janice do posto de babás.

— Não quer mais passear? Ver as luzes?

— Não, obrigada.

Toda a minha alegria de antes sumiu. Assim que Luke sugeriu me mimar, foi como se uma voz surgisse dentro da minha cabeça para me repreender. Mas não é uma voz bacana e tranquila, que me manda "comprar com propósito" e "fazer tudo com moderação". É uma voz mais severa que me diz que não mereço nadinha.

Caminhamos juntos para longe das shoppes, em direção aos elevadores, deixando o som das pessoas e da música passar por nós. Luke não para de me lançar olhares furtivos e atentos e, por fim, ele diz:

— Becky, amor, acho que você precisa se animar de novo.

— Animar? — pergunto na defensiva. — Não estou desanimada.

— Eu acho que está, sim. O que foi, querida? — Ele me vira para a direção dele e pousa as mãos em meus ombros.

— Bom... você sabe. — Sinto um nó na garganta. — Tudo. É tudo culpa minha, essa viagem. Eu deveria ter procurado o Brent antes. Deveria ter ouvido mais o meu pai. Não é à toa que a Suze...

Paro de falar, sentindo os olhos arderem, e Luke suspira.

— A Suze vai se dar conta do que está fazendo.

— Mas eu estava conversando com o Danny sobre isso, e ele disse que as amizades acabam, e que eu deveria esquecer a Suze.

— Não. — Luke balança a cabeça, negando com veemência. — Não, não. Ele está errado. Algumas amizades acabam, sim. Mas isso *não vai* acontecer com você e com a Suze.

— Acho que a nossa amizade já terminou — digo com tristeza.

— Não desista! Becky, você nunca foi de desistir! Tudo bem, você está numa fase ruim, e a Suze também... Mas eu conheço vocês duas, e sei que estão juntas pra vida toda. Vocês serão avós juntas, trocarão dicas sobre como tricotar sapatinhos de bebê. Consigo imaginar isso.

— Sério? — Sinto uma pontada de otimismo. — Você acha mesmo?

Consigo imaginar nós duas já senhorinhas. Suze terá cabelos brancos compridos e usará uma bengala elegante e ainda será linda de morrer, com apenas algumas rugas. E eu não serei linda, mas vou usar acessórios incríveis. As pessoas vão me chamar de "A Senhora com Colares Incríveis".

— Não desista da Suze — diz Luke. — Você precisa dela. E ela precisa de você, mesmo que ela não perceba isso agora.

— Mas ela só tem olhos pra Alicia — digo, sem esperança.

— Sim, e um dia ela vai se dar conta disso e vai ver exatamente quem e o que a Alicia é — diz ele e aperta o botão do elevador. — Enquanto isso, lembre-se de que você *ainda* é amiga dela. Ela pediu pra você vir com ela nessa viagem. Não deixe que a Alicia te coloque pra baixo.

— Certo — digo baixinho.

— Estou falando sério, Becky — insiste ele, quase furioso. — Vai deixar a Alicia passar por cima de você? Lute pela amizade de vocês. Porque ela vale a pena.

Ele parece muito sério, e consigo sentir um fio de positividade voltando.

— Ok — digo finalmente. — Ok, vou fazer isso.

— É isso aí, garota!

Chegamos ao nosso quarto. Luke pega a chave para abrir a porta e, de repente, eu paro, chocada. O que...

O quêêêê?

— Boa noite, Rebecca, Luke — diz uma voz familiar e gélida.

Estou sonhando? Ou tomei margaritas demais? Isso *não pode ser* verdade.

Mas eu acho que é. Elinor, minha sogra, está sentada com as costas bem retas em um pufe, usando um vestido envelope da DVF, olhando para mim com aquele olhar cortante dela.

— Mãe! — Luke parece igualmente chocado. — O que a senhora está fazendo aqui?

Congelo quando olho para o rosto dele. A relação do Luke com a mãe nunca foi muito boa, mas, recentemente, ficou ainda pior. Dois dias atrás, em Los Angeles, eu participei da pior tentativa de reconciliação entre mãe e filho. Luke entregou os pontos. Elinor entregou os pontos. Meus sonhos de ser uma solucionadora de conflitos ao estilo Kofi Annan meio que desmoronaram. Eu sei que Luke está magoado desde então. E agora, do nada, ela está aqui.

— Elinor veio me salvar! — explica mamãe, de modo dramático, de onde está no sofá, com Janice. — Eu não tinha a quem recorrer, por isso liguei pra ela!

Não tinha a quem recorrer? Do que ela está falando? Ela tem um trailer cheio de gente.

— Mamãe — digo. — Isso não é verdade. Você tem a mim, a Suze, o Luke...

— Precisava de alguém influente! — Mamãe balança a taça de vinho na minha direção. — E como o Luke *se recusou* a usar os contatos dele...

— Jane — diz Luke. — Não sei bem o que você esperava que eu fizesse...

— Esperava que você recorresse a todos os meios! Elinor não teria como ser mais solícita. *Ela* entende. Não é, Elinor?

— Mas nós encontramos o papai! — digo. — Nós o localizamos!

— Bom, eu não sabia disso quando liguei pra ela, tá? — diz mamãe, sem se abalar. — Ela veio correndo pra cá pra ajudar. Ela é uma amiga *de verdade*.

Que loucura. Minha mãe mal *conhece* Elinor. Nós não somos uma daquelas famílias grandes e felizes que se dão tão bem e que têm os números de telefone uns dos outros na discagem rápida. Até onde eu sei, nosso acordo familiar básico, até aqui, é assim:

Elinor se sente superior aos meus pais (suburbanos demais).

Mamãe se ressente de Elinor (fresca demais).

Meu pai gosta da Elinor, mas acha que ela é osso duro de roer (com razão).

Luke e Elinor mal estão se falando.

Minnie ama todo mundo, principalmente a "Vovó" (Mamãe) e a "Moça" (Elinor). Mas ela está dormindo agora, então não está ajudando muito.

Então não há nenhum ponto nessa situação no qual "mamãe e Elinor sejam melhores amigas". Na verdade, eu nem sabia que mamãe tinha o número da Elinor. Quando olho para Luke, vejo que ele está franzindo o cenho.

— O que você espera que minha mãe faça? — pergunta ele.

— Vamos sair agora pra discutir a situação — diz mamãe. — Ela nunca esteve em Las Vegas, nem a gente, então vamos ter uma noite só de meninas.

— *Girl power*! — diz Janice, animada.

— Você está ótima, Elinor. — Não consigo deixar de dizer. — Que vestido lindo.

Fui eu quem sugeriu a Elinor que usasse vestido em vez de seus terninhos sérios de sempre. E veja só, ela seguiu meu conselho de novo! Está usando preto e branco, que cai perfeitamente nela — eu acho que ela deve tê-lo ajustado — e faz com que pareça mais feminina. Da próxima vez, vou sugerir que alise os cabelos. (Mas uma coisa de cada vez.)

Noto que Luke está irritado com minha mãe, apesar de tentar disfarçar.

— Mãe — chama ele. — Por favor, não se sinta na obrigação de ser arrastada pra essa situação. Não foi adequado Jane telefonar pra você.

— *Não foi adequado*? — questiona mamãe. — Elinor é da família. Certo, Elinor?

— Ela não tem andado bem de saúde — diz Luke. — A última coisa de que ela precisa é ser arrastada pra um drama familiar. Mãe... — Ele se vira para Elinor. — Se ainda não comeu, acho que seria bom se nós dois saíssemos pra jantar. Becky, você não se importa, não é?

— Não — digo depressa. — Claro que não. Podem ir.

— Porque a verdade é que... — Luke parece desconfortável ao se dirigir a Elinor. — Bem, a verdade é que eu não me comportei bem naquela noite. E gostaria de me desculpar. Acho que precisamos de uma oportunidade para ficarmos mais próximos... — Luke para, coça o pescoço, e eu sei que para ele isso está sendo muito difícil, ainda mais na frente de todo mundo. — Preciso me desculpar. Por favor, me deixe começar com um jantar.

— Agradeço pelas palavras, Luke — diz Elinor depois de uma pausa tensa. — Obrigada. Eu acho que, se você está disposto, poderíamos... — Ela parece tão desconfortável quanto o filho. — Poderíamos... passar uma borracha no passado e começar de novo?

Prendo a respiração e olho para Luke. Não acredito que estou ouvindo *passar uma borracha no passado e começar de novo*. Eles estão fazendo as pazes! Finalmente! Espero que eles tenham um longo jantar para estreitar os laços, que conversem bastante e que tudo seja diferente a partir de agora.

— Incrível! — O rosto de Luke se abre em um sorriso aliviado. — Não consigo pensar em nada melhor do que isso. Por que não reservamos uma mesa, jantamos, talvez possamos conversar sobre aquelas férias nos Hamptons que estávamos planejando...

— Não terminei — interrompe Elinor. — Agradeço pelas palavras, Luke, e gostaria de deixar nossas dificuldades para trás. Mas decidi que hoje... — Ela faz uma pausa. — Vou sair com a Jane e a Janice.

Estou boquiaberta. Elinor e mamãe? Saindo juntas? Em Las Vegas?

— Isso mesmo. — Mamãe dá um tapinha no ombro de Elinor. — Vamos nos divertir.

— *Girl power*! — exclama Janice de novo. As bochechas dela estão coradas, e eu tento calcular quantas minigarrafas de vinho ela tomou.

— Você quer sair *com elas*? Não *comigo*? — pergunta Luke, como se não acreditasse.

Para ser sincera, é inacreditável. Quando Elinor conheceu minha família, ela foi muito esnobe e se comportou como se todos os Bloomwoods tivessem algum tipo de praga.

— Jane tem umas fotos da Minnie que prometeu me mostrar — diz Elinor. — Gostaria de vê-la em sua época de bebê. Perdi uma boa parte dessa fase.

Os olhos dela brilham como se estivessem tomados por uma ligeira emoção, e eu sinto uma pontada de desconforto. A coitada da Elinor tem estado à margem dessa família há tempo demais.

— Certo, Elinor! Pode ver as fotos no meu iPhone e eu te mando as que você quiser — diz mamãe, vestindo o casaco e se levantando. — Pode fazer uma colagem pra colocar na sua cozinha. Ou... já sei! Você gosta de quebra-cabeças, não gosta? Bom, então você pode fazer um quebra-cabeça com uma foto da Minnie! Na Snappy Snaps eles fazem.

— Um quebra-cabeça? — Elinor franze o cenho, pensativa. — Um quebra-cabeça da lindeza da Minnie. Que ótima ideia!

— Ah, eu só tenho ideias boas. — Mamãe a leva em direção à porta. — Vamos! Está pronta, Janice? Elinor, você já jogou alguma vez?

— Jogo bacará em Monte Carlo de vez em quando — diz Elinor, tensa. — Com os de Broisiers, uma antiga família de Mônaco.

— Ótimo! Então você pode nos ensinar a jogar. Preciso extravasar um pouco, Elinor. É melhor eu falar isso logo. Tchau, Becky querida. Até amanhã no Bellagio, às nove em ponto. É bom que seu pai esteja preparado pra ouvir umas verdades. Elinor, quer beber alguma coisa?

Quando a porta se fecha, mamãe ainda está falando. Eu e Luke ficamos parados, olhando um para o outro.

Mensagens: Caixa de entrada (1783)

De: Número desconhecido
18:46
Oi, lindeza!

De: Número desconhecido
18:48
Encontro você qualquer dia!

De: Número desconhecido
18:57
Me encontre às 22h no flamingo pergunte pelo juan

De: Número desconhecido
18:59
Quanto é a hora?

De: Número desconhecido
19:01
Belos peitorais! Adorei a corda!

De: Número desconhecido
19:07
Amo você, carinha solitário

De: Número desconhecido
19:09
Quanto?

De: Número desconhecido
19:10
Vem me beijar a hora que quiser, tá?

De: Número desconhecido
19:12
Quero agenciar vc

De: Número desconhecido
19:14
Homens ou mulheres?

OITO

Já amanheceu. Quem inventou as manhãs merece levar um *tiro*.

São quinze para as nove, e eu estou sentada a uma mesa redonda no restaurante Bellagio, esperando os outros. Minha cabeça está latejando no ritmo do *muzak* ao fundo, e eu me sinto meio enjoada. O que prova que o vinho do serviço de quarto é tão potente quanto o vinho do restaurante.

Assim como os drinques do serviço de quarto.

Ok, *ok*. E as outras bebidinhas do serviço de quarto.

Não ajudou muito o fato de Minnie ter nos acordado lá pelas três da manhã gritando que a cama dela estava "na água". Tudo culpa daquelas gôndolas idiotas. Deveria ter um alerta na entrada.

Vejo Luke voltando do buffet com Minnie, que está segurando uma tigela de cereais.

— Mamãe, cereal! — diz ela, como se tivesse descoberto uma joia rara. — Peguei *cereal*!

— Maravilha, querida! Que delícia! — Eu me viro para Luke. — Ela tem o buffet inteiro do Bellagio pra escolher e vai logo no cereal?

— Até mostrei a travessa de camarão e de lagosta pra ela — diz Luke, sorrindo. — Mas não funcionou.

Meu estômago revira quando ouço as palavras camarão e lagosta. Francamente, lagosta no café da manhã? Que loucura é essa?

— Eles fazem omeletes de trufas — diz Luke, quando Minnie começa a comer o cereal.

— Ótimo — digo sem entusiasmo.

— E tem uma fonte de chocolate, e torrada e...

— Luke, para — resmungo. — Para de falar de comida.

— Está sofrendo? — Luke sorri.

— Não — digo com dignidade. — Só não estou com muita fome.

Será que eu deveria começar a dieta 5:2?, penso. Sim! E hoje poderia ser o dia de não comer nada.

Um garçom chega para encher minha xícara de café, e eu bebo um pouquinho. Um instante depois, um som familiar chama minha atenção e eu levanto a cabeça. É a voz da mamãe? Ai, meu Deus, aquela assombração é a *mamãe*?

Ela está na frente da mesa da recepcionista, com o cabelo todo bagunçado, com os olhos borrados e com uma espécie de flor brilhante atrás da orelha.

— Minha filha — diz ela. — Minha filha Becky. Pode encontrá-la, por favor? Preciso muito de uma xícara de café... — Ela leva as mãos aos cabelos emaranhados. — Ai, minha cabeça...

— Mamãe! — Aceno freneticamente. — Aqui!

Quando ela olha na minha direção, vejo que está usando o mesmo vestido de ontem à noite. *Será que ela não dormiu?*

— Mamãe! — exclamo de novo enquanto atravesso o restaurante e caminho até ela. — Você está bem? Onde *estava*?

— Espera — diz ela. — Vou chamar as outras. Meninas! Aqui!

Ela gesticula para a entrada do restaurante, e, para minha surpresa, vejo Elinor e Janice se aproximando. Elas estão de braços dados. Não, estão cambaleando juntas.

As duas estão péssimas. Elas estão com as mesmas roupas de ontem à noite. Janice está usando uma faixa brilhante na qual se lê *Rainha do Karaokê*, e Elinor está usando uma tiara com luzinhas, que parecem estar queimadas.

Ai, meu Deus. Solto uma risada e tapo a boca com a mão.

— E então, a noite foi boa? — pergunto, quando elas se aproximam de nós. Janice olha para mim e murmura, sem forças:

— Ah, Becky querida, nunca me deixe beber Tia Maria outra vez.

— Eu não estou bem — diz Elinor, que está branca como um fantasma. — Minha cabeça... esses sintomas... eles são muito assustadores... — Ela fecha os olhos, e eu a seguro para firmá-la.

— Vocês dormiram, por acaso? — Olho no rosto das três, me sentindo a mãe delas. — Vocês beberam água? Comeram alguma coisa?

— Cochilamos — responde mamãe, depois de pensar um pouco. — No Wynn, não foi isso?

— Eu não estou nada bem — diz Elinor de novo, deixando a cabeça pender, como um cisne.

— Você está de ressaca — digo de modo solidário. — É melhor você se sentar, vou pedir um chá...

Ao caminharmos em direção à mesa, Luke desvia o olhar do cereal da Minnie e grita, horrorizado:

— Mãe! — Ele se levanta. — Ai, meu Deus! A senhora está bem?

— Não se preocupe. Ela só está de ressaca — digo. — Todas elas estão. Elinor, você já teve ressaca antes?

Elinor olha para mim, inexpressiva, enquanto eu a ajudo a se sentar.

— Sabe o que é ressaca? — Tento de novo.

— Já ouvi essa palavra — diz ela, retomando a atitude esnobe de sempre.

— Bom, bem-vinda à sua primeira ressaca. — Encho um copo de água para ela. — Beba isso. Luke, tem Nurofen?

Durante os minutos seguintes, Luke e eu nos tornamos os Médicos da Ressaca, e administramos líquidos, xícaras de chá e analgésicos à minha mãe, à Janice e à Elinor. Fico olhando para Luke com vontade de rir, mas Elinor parece tão mal que não faço isso.

— Mas vocês se divertiram? — pergunto por fim, quando ela parece menos pálida.

— Acho que sim. — Ela parece confusa. — Mal consigo me lembrar.

— Isso quer dizer que vocês se divertiram -- conclui Luke.

— Vocês aí! — A voz de Danny chama nossa atenção, e todos olhamos quando ele se aproxima da mesa. Danny está usando um vestido longo de lantejoulas, e o rosto está tomado por sombra roxa brilhante. Acho que ele também não dormiu.

— Danny! — exclamo. — O que é *isso* que você está vestindo? — Mas ele me ignora.

— Vocês aí! — diz ele de novo, e eu percebo que ele está se referindo à mamãe, Janice e Elinor. — Vocês arrasaram ontem à noite! Elas cantaram no karaokê da Mandalay Bay. — Ele se vira para mim. — Sua mãe arrebenta cantando "Rolling in the Deep". E a Elinor é tão classuda!

— Elinor cantou no karaokê? — Olho para ele com os olhos arregalados.

— *Não* — diz Luke, totalmente embasbacado.

— Ah, sim — Danny sorri. — "Something Stupid". Dueto com a Janice.

— *Não* — diz Luke novamente, e todos nós olhamos para Elinor, cuja cabeça está apoiada na mesa de novo. Coitada da Elinor. O primeiro porre é sempre horrível, e está na cara que esse é o primeiro dela.

— Você vai ficar bem — digo, passando a mão em suas costas. — Aguente firme, Elinor. — Estou servindo mais água para ela quando vejo Suze e Alicia pelo canto do olho. Nem preciso dizer que elas não estão com cara de ressaca. Alicia está com aquela aparência saudável e corada que todos os funcionários do Golden Peace têm. (Isso se deve ao creme de bronzeamento de lá, a propósito, *não* a um estilo de vida saudável.) Suze está com os cabelos loiros ainda molhados e está usando uma blusa branca de mangas compridas que dá a ela um ar angelical. Quando elas se aproximam, sinto um cheiro fresco e gostoso, como se ambas estivessem usando o mesmo perfume, o que talvez seja verdade, porque elas são as melhores amigas do mundo.

— Olá, vocês duas! — digo, me esforçando para parecer educada. — Vocês se divertiram?

— Dormimos cedo — diz Alicia. — E hoje cedo encontramos uma aula de tai chi.

— Ótimo! — Forço um sorriso. — Demais. Querem água? Vocês viram que o Danny está aqui?

Quando as duas se sentam, Danny está voltando do buffet. Ele traz um prato cheio de lagosta, uvas e só.

— Suze! Querida. — Ele sopra um beijo na direção dela. — Estou aqui por você. Literalmente. Eu. Estou aqui. — Ele aponta para si mesmo. — Por você. Diga o que posso fazer.

— Danny! — diz Suze com um olhar feroz. — O que *diabos* você pensa que está fazendo?

— Peguei o primeiro avião pra cá assim que pude — explica ele, orgulhoso. — Meus assistentes e eu estamos à sua disposição. Diga o que podemos fazer.

— Vou dizer o que você *não* pode fazer! — fala Suze. Ela pega um dos folhetos que ele mandou fazer e o balança na frente dele. — Você *não pode* espalhar o rosto do meu marido por Las Vegas inteira pra que um milhão de pessoas queiram "marcar" com ele! Faz *ideia* do tipo de telefonemas que tenho recebido?

— Não! — diz Danny, encantado. — O que estão falando? — Então, ele nota a expressão de Suze e entra em modo defensivo. — Eu só estava tentando ajudar, Suze. Me desculpe por utilizar meus recursos pra ajudar você. Na próxima vez, não me darei ao trabalho.

Vejo Suze tremendo, tentando se controlar, e, depois de alguns instantes, ela diz:

— Desculpa, Danny. Eu sei que você estava tentando ajudar. Mas *francamente*.

— As fotos ficaram incríveis, né? — diz Danny, olhando com carinho para a expressão contrariada de Tarkie.

— Odiei todas — diz Suze, brava.

— Eu sei, mas ainda assim elas são ótimas. Você tem que admitir, Suze. Você é uma artista. Tem olho pra isso. Olha, tem um casaco da minha coleção nova que é perfeito pra você. Tem, tipo, uma gola franzida. Tipo Elizabeth I, sabe. Você arrasaria com ele. Trégua?

Ninguém consegue ficar irritado com Danny por muito tempo. Vejo Suze se deixando levar e revirando os olhos e, por fim, ela se inclina para trás, suspirando, e se vira para Alicia.

— Alicia, você conhece o Danny Kovitz, não? — pergunta ela. — Danny, essa é Alicia Merrelle.

— Eu me lembro de você do casamento da Becky — diz Danny para Alicia. — Você fez uma entrada triunfal.

Percebo algo passar pelo rosto de Alicia. Raiva? Remorso? Mas ela não responde. Suze encheu duas taças de água, e as duas começam a bebericar delicadamente.

— Aonde vocês foram ontem à noite? — pergunta Danny a Suze, que balança a cabeça.

— Não fomos a lugar nenhum. Ficamos no quarto a noite toda. Vamos nos servir, Alicia?

Quando as duas se levantam, Danny se inclina sobre a mesa na minha direção.

— Bom, isso é mentira — diz ele, baixinho.

— O que é mentira?

— Alicia não ficou a noite toda no quarto. Eu a vi no lobby do Four Seasons, perto de meia-noite, conversando com um cara.

— Não acredito! — digo, abismada.

— Não acredito! — Minnie me imita na hora.

— O que ela estava fazendo? E por que mentiria sobre isso?

Danny dá de ombros e enfia umas seis uvas na boca de uma vez.

— Preciso de água gelada — diz ele, meio mal-humorado. — Essa água não está tão gelada. Onde está a Kasey?

Ele começa a escrever uma mensagem de texto, e eu me recosto na minha cadeira, observando Alicia escolher pedaços de toranja. Eu *sabia* que ela estava aprontando alguma. O que ela estava fazendo no lobby do Four Seasons à meia-noite? É totalmente suspeito, na minha opinião. Estou prestes a pedir mais detalhes ao Danny quando, de repente, percebo que Elinor dormiu na mesa. O rosto dela está amassado, e os cabelos estão despenteados, e ouço um ronco baixinho.

Estou com *muita* vontade de tirar uma selfie com ela agora. Mas não. Não seria uma atitude de uma nora educada e madura.

— Elinor. — Eu a chacoalho levemente. — Elinor, acorde!

— Hein? — Ela volta a si meio confusa e esfrega os olhos enquanto eu observo, assustada, meio esperando que pedacinhos de pele comecem a cair de seu rosto.

— Beba um pouco mais de água. — Entrego o copo a ela e olho no relógio. — Tarkie e papai devem estar chegando.

— Se eles vierem — diz Luke, que está comendo bacon com ovos e dando umas garfadas a Minnie.

— Se eles vierem? — Olho para ele sem entender. — Como assim? Claro que eles virão!

— Não acredito — diz Minnie enfaticamente. — *Não acredito.* — Ela olha ao redor, orgulhosa, e pega um morango do prato da mamãe com um garfo. Mas mamãe nem percebe. Ela também está olhando consternada para Luke.

— Por que você disse isso, Luke? O Graham entrou em contato com você?

— Claro que não — responde Luke pacientemente quando Suze se senta de novo. — Mas já são nove e dez. Se esse encontro fosse acontecer, acho que eles chegariam no horário. É só um pressentimento.

— Um *pressentimento*? — repete mamãe, desconfiada.

— O que você está sabendo? — pergunta Suze. — Luke, o que você sabe e não quer dizer?

— Luke não sabe de nada! — digo. — E a intuição dele costuma estar errada. Tenho certeza de que eles vão aparecer.

Mas estou mentindo, claro. A intuição do Luke costuma ser certeira. Por qual outro motivo ele tem se saído tão bem nos negócios? Ele consegue decifrar pessoas e situações e pensar à frente de todo mundo. E então, enquanto estamos ali sentados em silêncio, tomando nossas bebidas, meu telefone toca. Eu o pego e vejo *Papai* na tela. Meu coração acelera.

— Papai! — exclamo. — Que bom! Você está aqui? Estamos sentados a uma mesa grande e redonda, ao lado das frutas...

— Becky... — Ele para de repente, e então há um silêncio, e eu sei, simplesmente sei.

— Papai, vou passar o telefone pra mamãe — digo de um modo alegre e decidido. — Agorinha! Você está falando com a mamãe.

Não vou mais ser a mensageira. Não consigo.

Entrego o celular para minha mãe e começo a cortar uma fatia de melão furiosamente. Estou olhando para o prato, mas consigo ouvir a voz dela cada vez mais estridente.

— Mas estamos todos aqui esperando! Graham, não me diga pra não ficar preocupada... Bem, então... conte a verdade... Acho que *eu* devo decidir se é importante ou não... Voltar pra Los Angeles? Não, ainda não visitei nenhuma vinícola... Não, não quero visitar vinícola nenhuma... *Pare de falar sobre essas malditas vinícolas!*

— Quero falar com ele! — Suze não cala a boca. — O Tarkie está aí? — Por fim, ela pega o celular e diz: — Preciso conversar com o meu marido! Bem, onde ele está? O que você quer dizer com uma "caminhada"? — Ela está praticamente rosnando ao telefone. — Preciso falar com ele!

Por fim, ela desliga o celular e o bate na mesa. A respiração dela é pesada e seu rosto está corado.

— Se mais alguém me disser pra relaxar...

— Concordo! — diz mamãe, com raiva.

— Como posso *relaxar*?

— Vinícolas! Ele quer que eu vá visitar vinícolas! O Graham me paga quando eu encontrar com ele! Ele não para de dizer besteiras do tipo: "Não é nada de mais... Só estou fora há alguns dias... qual é o problema?" O problema é que ele está escondendo coisas de mim! — Ela bate o copo na mesa. — Tem outra mulher nisso! Sei que tem.

— Mamãe! — digo, chocada. — Não!

— Tem! — Seus olhos ficam marejados, e ela os seca com um guardanapo. — É isso o que ele está "consertando". Tem alguma coisa a ver com outra mulher.

— Não tem, não!

— Então o que mais pode ser?

Ficamos em silêncio. A verdade é que não faço ideia do que pode ser.

Permanecemos sentados por mais quarenta minutos, apesar de sabermos que eles não virão. Parece que estamos inertes.

Além disso, o buffet é *excelente*. E meu apetite voltou depois de algumas xícaras de café. Na verdade, decidi deixar a dieta 5:2 de lado e passar para a dieta do "Coma tudo o que puder porque está custando uma fortuna".

Enquanto isso, Elinor ressuscitou e está conversando com Danny. Parece que eles conhecem todas as damas da sociedade de Manhattan. Elinor frequenta os mesmos eventos que elas, e Danny vende vestidos para elas. Ele até abriu seu caderno de esboços e está desenhando roupas para Elinor, enquanto ela observa por cima do ombro dele.

— Este seria bom para a ópera — diz ele, enquanto sombreia a saia com traços transversais. — Ou para alguma exposição, para o chá...

— Não quero um peplum tão grande — diz Elinor, olhando para o desenho com um olhar crítico. — Não quero ficar parecendo um abajur.

— Elinor, vou deixar o peplum do tamanho certo pra você — garante Danny. — Pode confiar. Tenho olho pra isso.

— Eu tenho o dinheiro — responde Elinor, e eu contenho uma risada. Esses dois combinam perfeitamente. Agora Danny está desenhando um sobretudo com gola funil.

— Esse tipo de gola te favorece — diz ele a Elinor. — Mais alta atrás, mais baixa na frente. Vai emoldurar seu rosto. Vai ficar incrível. E vamos revesti-la com pele sintética. — Ele está desenhando a pele, e Elinor observa atentamente. Para ser sincera, eu mesma estou fascinada. Elinor ficaria *maravilhosa* com esse sobretudo.

— Preciso de um muffin pra me ajudar a pensar — diz Danny, levantando-se de repente. — Volto já, Elinor.

Enquanto caminho em direção à mesa de muffins com ele, Danny parece bem animado.

— Estou criando uma coleção toda baseada em Elinor — diz ele. — Danny Kovitz Classic. Tipo uma linha de semialta-costura pra mulher dos anos de prata.

— Anos de grana, acho — digo, revirando os olhos.

— As duas coisas. — Ele pisca para mim. — Sabe, Elinor tem muito estilo.

— Bom, sim... Só que ela é meio rígida.

— Eu não acho — diz Danny de modo complacente. — Acho que ela é muito receptiva a novas ideias.

— Bom, claro que ela curtiu você — digo com um pouco de ciúme. Pensei que eu era a guru de moda de Elinor. Sei lá, fui eu quem apresentei os vestidos-envelope para ela. Mas agora Danny vai levar todo o crédito. — Bem, divirta-se. Quanto você vai cobrar por tudo isso?

— Ah, não mais do que o preço de um condomínio pequeno no México — murmura ele. — Já achei no Google o que eu quero.

— Danny!

— Só preciso vender mais três casacos pra ela.

— *Danny!* — Eu o empurro. — Não explore a minha sogra.

— Ela é que está me explorando! — responde ele. — Você faz ideia de como isso vai me dar trabalho? Ei, acho que vou comer um waffle.

Conforme ele caminha para o outro lado do buffet, eu me aproximo do balcão com tema italiano e, quando vou pegar um *cannolo*, meu telefone toca. Eu o pego e olho para a tela, assustada. É o Tarquin. Por que ele está ligando *para mim*? Será que errou o número?

— Oi! — respondo sem respirar. — Meu Deus, Tarkie, oi! Vou chamar a Suze...

— Não! Não quero falar com ela.

— Mas...

— Se você chamar a Suze, eu vou desligar.

Ele parece estar falando sério, fico sem reação.

— Mas, Tarkie...

— Eu quero conversar com *você*. Por isso liguei pro seu celular.

— Mas eu não sou a sua esposa — digo e me sinto uma idiota.

— Você é minha amiga. Não é?

— Claro que sim, Tarkie... — Coço a cabeça, tentando organizar meus pensamentos. — O que aconteceu com você?

— Não aconteceu *nada* comigo.

— Mas você mudou muito. Parece bem. Em Los Angeles, pensamos que... — Paro antes de dizer *Pensamos que você estava perdendo as estribeiras.*

E eu sei que parece exagero, mas, de fato, Tarkie estava muito estranho. Ele só queria ficar com o Bryce, só falava que a Suze o estava sabotando. Foi horrível.

— Eu estava mal em Los Angeles — explica ele depois de uma longa pausa. — Foi... claustrofóbico. Isso pode fazer com que qualquer relacionamento vá pro caminho errado.

Ele deve estar falando do relacionamento dele e do Bryce.

— Mas aposto que tudo está mais claustrofóbico ainda — digo, confusa. — Quer dizer, agora você está com o Bryce o tempo todo, e as coisas não melhoram...

— Não estava me referindo ao Bryce! Por que iria me referir a ele? Eu me referia a Suze!

— *Suze*?

Fico calada, não estou entendendo nada. Ele quer dizer... Ele não pode estar falando...

— Tarkie? — Começo a ficar assustada. — O que você...

— Você deve ter notado, Becky — diz Tarkie, com a voz rouca. — Você deve ter percebido que as coisas não estavam bem entre mim e Suze. Bom, elas pioraram ainda mais em Los Angeles.

— Foi um período estressante pra todo mundo — digo depressa.

— Não, foi *muito* ruim pra nós.

Eu sinto um nó na garganta. Nunca tive esse tipo de conversa com Tarkie antes. Ele e Suze nunca se desentenderam antes. Eles *não podem* ficar assim. É como se o mundo não estivesse bem se Suze e Tarkie não estivessem felizes.

— Você deve ter notado — repete ele.

— Eu... bem... — gaguejo. — Eu sabia que você estava passando muito tempo com o Bryce, mas...

— Sim, e por que você acha que isso estava acontecendo? — Tarkie parece decidido, e eu me sobressalto. — Sinto muito. — Ele tenta consertar imediatamente. — Eu não queria perder a calma dessa maneira.

Tarkie é tão cavalheiro. Nunca o vi gritar antes. Minha cabeça está girando, tomada por preocupação e estresse, e só consigo pensar em Suze.

— Tarkie, você precisa conversar com a Suze — digo. — Por favor. Ela está muito preocupada com você, está em um estado de total...

— Eu não posso falar com ela. — Tarkie me interrompe. — Não agora. Becky, não sei lidar com ela. Ela é muito irracional, faz acusações, parte pra cima de mim... eu precisava me afastar. Seu pai é incrível. Ele é muito equilibrado.

— Mas a Suze precisa de você!

— Vou voltar! Serão só alguns dias.

— Ela precisa de você agora!

— Bem, talvez nosso casamento precise de um tempo! — Ele quase grita.

Não há nada que eu possa dizer diante disso. Fico parada ali, tremendo de choque, tentando pensar em como levar a conversa para um rumo melhor.

— Então... por que ligou pra mim? — pergunto, finalmente.

— Acho que você deveria alertar a Alicia a respeito de Bryce. Descobri o que ele está aprontando.

— Ai, minha nossa. — Meu coração começa a bater acelerado.

Todos sabíamos que Bryce não estava aprontando nada de bom... mas o que era? Uma seita? Uma organização secreta? Ai, meu Deus, ele não é terrorista, é?

— Bryce tem tentado me extorquir há um tempo. Ele me contou sobre sua "causa", mas guarda segredo a respeito do que exatamente essa "causa" significa.

Sinto um desânimo. Uma "causa". Ai, meu Deus, é verdade. Olho para o telefone, assustada, imaginando Bryce gritando instruções a um exército secreto de seguidores em um campo de treinamento na América do Sul. Ou invadindo o Google, talvez.

— Agora, ele finalmente revelou a verdade — continua Tarkie. — E o plano dele é...

— Qual? — pergunto, impaciente.

— Montar um centro rival ao Golden Peace.

— Ah — digo, depois de um breve silêncio. — Ah, sim.

Tenho de confessar: eu me sinto meio desapontada. Claro que estou *feliz* por Bryce não ser um terrorista nem um líder de seita... mas, mesmo assim. Um novo negócio. *Cha-to.*

— Ele está juntando uma base de dados de antigos clientes do Golden Peace, muitos dos quais estavam infelizes com a experiência que tiveram — explica Tarquin. — Ele está fazendo tudo por debaixo dos panos. Alicia e o marido devem ficar atentos. Bryce será extremamente agressivo. Não sou a única pessoa que ele tem em vista pra conseguir dinheiro, então tenho certeza de que ele terá sucesso.

— Ah — digo de novo. — Bom, vou contar pra Alicia.

Toda a adrenalina desapareceu. Então Bryce vai começar a concorrer com a Alicia. E daí? Estou bem mais preocupada com Tarkie e com o que ele tem feito com meu pai. E com o que está acontecendo entre Tarkie e Suze. E com o que *diabos* devo fazer agora.

Estou em uma situação muito difícil, percebo de repente. Se eu contar a Alicia sobre o empreendimento de Bryce, ela vai perguntar: "Como você descobriu?", e terei de admitir que conversei com Tarkie, e Suze vai ficar louca.

— Tarkie, você *não pode me dizer* o que está fazendo com o meu pai? — As palavras saem atropeladas. — Por favor!

— Becky... — Tarkie hesita. — Seu pai é um homem bom. E muito protetor. Ele não quer que vocês saibam o que ele está fazendo. Pra falar a verdade, eu não consigo entender o porquê, mas talvez você devesse respeitar isso. — Ouço um barulho do outro lado da linha que mais parece um carro sendo ligado. — Sinto muito, preciso ir. Mas, por favor, não fiquem preocupados.

— Tarkie, espere! — grito, mas o telefone é desligado, e eu fico parada, digerindo o que acabei de ouvir.

— Becky? — Luke está na minha frente. — Quem era? Você parece assustada.

— Era o Tarquin — digo com tristeza. — Ai, Luke, não acho que ele esteja tendo um colapso nervoso. Ele está tendo um colapso *matrimonial.* Disse que precisa ficar um tempo longe da Suze... que as coisas não estão bem entre eles... — Engulo em seco. — O que devo dizer a ela?

— Nada — diz Luke, decidido. — *Não* se meta no relacionamento deles. Ela vai transferir toda a raiva que está sentindo pra você.

— Ele disse que ela era... — Hesito antes de continuar. — Irracional.

— Bem — diz Luke de modo seco. — Acho que a Suze está passando por uma fase bem estranha. Mas se você disser que ela é irracional, a amizade de vocês vai acabar, com certeza.

Ficamos em silêncio por um momento. Meu estômago está embrulhado. Que situação horrível. Quero colocar a culpa em alguém, mas não sei nem se posso culpar Alicia por isso.

— É tudo muito ruim — digo com tristeza.

— Isso é muito sério. É uma situação difícil. — Luke me abraça forte e beija minha testa. Eu me entrego ao seu abraço e sinto seu cheiro familiar: uma mistura de loção pós-barba, roupa limpa e Luke.

— Ah, e a propósito, Bryce não está fundando uma seita — digo. — Ele está tentando derrubar Alicia. Tarkie quer que eu fale com ela. Mas como posso fazer isso? Não posso chegar e falar "Olha só, o Tarkie acabou de ligar pra mim!".

— Seria estranho — concorda Luke.

A ideia me ocorre de repente.

— Luke, *você* pode contar a Alicia. Diga que você ouviu por aí. E me mantenha fora disso.

— Ah, não, não. — Luke balança a cabeça, rindo baixinho. — Não vou entrar nessa.

— Por favor — peço. — *Por favor,* Luke.

Qual é a vantagem de ter um marido se ele não me proteger de vez em quando? Sei lá, está praticamente nos votos de casamento.

Ficamos em silêncio enquanto Luke enche o copo de suco. Então, ele olha para mim e suspira.

— Certo, vou fazer isso. Mas, Becky, você vai ter que contar a Suze em *algum momento* que conversou com o Tarquin. Ela pode acabar descobrindo.

— Eu sei. — Balanço a cabeça, concordando. — Vou fazer isso. Mas agora não posso. Ela vai me matar.

— O que mais ele disse?

— Não contou muito. Meu pai é um bom homem, ao que parece.

— Bom, isso nós já sabíamos. — Luke ri da minha cara. — Becky, se anime. São notícias boas, não são?

Ontem mesmo achávamos que o Tarquin tinha sido sequestrado e morto.

— Sim, mas tudo é muito *complicado*. — Com certa dificuldade, separo um *pain au chocolat*, um croissant de amêndoa e um bolinho dinamarquês. Vou colocar um deles dentro da bolsa para mais tarde, caso a Minnie queira um lanchinho. — E o que a gente faz agora? Sabe o que eu acho? Se o Tarkie está bem e se o papai não quer que a gente o encontre, acho que deveríamos ir pra casa.

— Certo. — Luke assente, pensativo. — Boa ideia. Você quer falar isso pra sua mãe ou quer que eu fale?

Ok, não foi uma boa maneira de abordar a questão. Eu deveria ter me dado conta de que minha mãe nunca concordaria em voltar para casa, nunquinha. No fim do que poderia ser chamado de "discussão acalorada" (os funcionários tiveram que pedir para abaixarmos o tom), chegamos a um acordo. Vamos procurar aquele outro velho amigo do papai, aquele que mora em Tucson. Raymond Earle. E, se não conseguirmos descobrir nada com ele, vamos para Los Angeles e esperamos o papai voltar.

E, sem dúvida, o papai vai se recusar a contar o que estava aprontando. E vai ser um daqueles grandes mistérios não solucionados de nossa era. E a mamãe vai morrer de ódio. Mas, como o Luke não para de dizer, isso não é problema meu.

Estamos todos no buffet de novo, numa última rodada. Não acredito que estou colocando mais comida no meu prato... Mas é que tem comida *demais*. Sempre que pensamos "comi demais", viramos e damos de cara com uma pilha enorme de waffles fresquinhos, ou espetinhos de frango, ou morangos cobertos por chocolate, e uma parte de nosso cérebro grita: "Paguei por isso! Preciso comer!", enquanto a outra parte está resmungando: "Estou cheia! Leve isso embooooora!"

Sirvo um copo de leite para Minnie e olho para Suze, que está pegando suco do outro lado do balcão. Meu corpo todo está tenso por causa da culpa. Nunca escondi nada da Suze.

Bem, só a vez que peguei emprestada aquela blusa da Monsoon, que nem era dela, e ela só descobriu anos depois. Mas, tirando isso...

Alicia está pegando algumas fatias de abacaxi no buffet, e observo quando Luke se aproxima dela, com o telefone na mão.

— Ah, Alicia — diz ele, casualmente. — Ouvi uma coisa por aí. O cara não deixou que eu contasse quem ele era, mas ele soube, por fontes confiáveis, que Bryce Perry está pretendendo concorrer com o Golden Peace abrindo um estabelecimento próprio.

— *O quê?* — O grito de choque de Alicia ressoa pela área do buffet.

— Foi o que me disseram. Pode ser que você queira investigar.

Ele parece bem tranquilo, nem olhou para mim. Meu Deus, eu amo o Luke.

— Então é *isso* que ele tem aprontado? — Os olhos de Alicia brilham. — Por isso ele escolheu o Tarquin? Pra se garantir?

— Pode ser.

O modo meio *new age* e zen dela parece estar perdendo força. Ela parece abismada.

— Bom — Luke dá de ombros. — Como eu disse, é só um boato, mas pode ser que você queira apurar essa história.

— Sim. Sim. — Ela parece furiosa. — Obrigada pelo toque, Luke. — Ela já está caminhando na direção de Suze. — Você não vai acreditar no que o Luke acabou de me contar — diz ela, e logo abaixa a voz, discretamente.

— Sério? — Consigo ouvir Suze perguntar, parecendo chocada. — Ai, meu Deus.

— Eu sei. Eu sei! — A raiva faz o volume da voz de Alicia aumentar de novo. — Durante todo esse tempo, ele tem sido o braço direito do Wilton, e agora descubro que ele está traindo a gente!

— *Então, isso...* — Suze para e faz uma pausa estranha. Os olhos dela estão distantes, e não consigo imaginar o que ela pode estar pensando.

Alicia pegou o telefone e está digitando uma mensagem de texto.

— Não sei o que Wilton vai dizer — continua ela. — Ele demorou anos pra ter uma lista incrível de clientes top de linha, e Bryce quer *roubá-la*?

Sinto uma onda de choque que me faz arregalar os olhos. Como é? Ela quer falar sobre clientes roubados?

Alicia, você se lembra de quando tentou roubar todos os clientes do Luke? Sinto vontade de gritar. *Você se lembra de quando tentou estragar tudo que ele trabalhou tanto para conseguir?*

Mas não faz sentido. Acho que ela já varreu esse episódio de sua memória.

Enquanto ela está concentrada na mensagem de texto, Danny se aproxima dela e de Suze, com o prato cheio de bacon. Vejo um brilho maldoso em seu olhar, e ele pisca para mim antes de falar.

— Eu soube que Bryce vai ser seu concorrente! — diz ele bastante interessado. — Que notícia! Diga, Alicia, ele vai cobrar menos que você? Porque tenho que confessar que o Golden Peace é *beeeem* caro.

— Não faço ideia — responde Alicia, tensa.

— Sabe, eu adoro as aulas do Golden Peace, assim como todo mundo. Mas se Bryce apresentar uma alternativa mais razoável, não vou nem pensar duas vezes. Afinal, todo mundo precisa levar os preços em consideração, não é? Até mesmo as estrelas de cinema. Imagino que você poderia perder muitos clientes.

— Danny! — Suze o repreende na hora.

— Estou só sendo sincero — diz ele de modo inocente. — Então, Alicia, se o Bryce abrir concorrência, seu império ruirá, não acha? — Ele olha para ela. — Será que você vai ter que procurar um emprego?

— Danny, cala a boca! — diz Suze, furiosa.

— Wilton e eu não vamos permitir que um *empregado* nos diminua — diz Alicia. — Quem o Bryce Perry pensa que é?

Ele é lindo de morrer, sinto vontade de dizer. E todo mundo o idolatra. Mas não falo nada porque acho que ela provavelmente me atacaria com um garfo.

— Vamos, Alicia. — Suze dá uma encarada mortal em Danny. — Vamos sentar um pouco.

Enquanto avalio se devo segui-las ou me esconder atrás dos muffins, vejo Elinor se aproximando. Ela parece *bem* melhor, e isso se deve à salada de frutas que ela está beliscando ou ao guarda-roupa Danny Kovitz Classic feito sob medida que está por vir (mal posso esperar para vê-la com aquele casaco).

— Quer um muffin? — pergunto educadamente, e ela lança um olhar de desdém para eles.

— Acho que não. — Ela olha para Suze e para Alicia. — O que o Luke estava falando sobre o Wilton Merrelle?

— Um dos funcionários dele está planejando abrir um centro concorrente e roubar todos os clientes dele. Por quê? Você o conhece?

— Ele é um homem horroroso — diz Elinor de modo seco, e eu tento não sorrir de tanta felicidade. Eu precisava ouvir esse tipo de comentário a respeito de Wilton Merrelle.

— Por quê? — pergunto para incentivá-la a falar mais. — Pode me contar. Sou muito discreta.

— Ele praticamente expulsou uma amiga minha do condomínio Park Avenue.

— Como ele fez isso? — pergunto, curiosa.

— Ele comprou o apartamento ao lado do dela e começou a infernizá-la. A coitada da Anne-Marie ficou arrasada. Ela não teve outra escolha a não ser vender o apartamento para ele.

— Coitada! — digo em solidariedade. — E o que aconteceu com ela?

— Ela foi forçada a passar mais tempo em sua propriedade nos Hamptons — diz Elinor, sem piscar.

Ok, Elinor precisa treinar mais para contar histórias tristes. Mas, mesmo assim, é bom ter um inimigo em comum com ela.

— Bem, Alicia é tão má quanto Wilton — digo. — É até pior. — Estou prestes a listar uma série de atos ruins de Alicia, mas vejo Elinor pegando uma uva em um palitinho de coquetel e olhando para ela com curiosidade.

— Que canapé minimalista — diz ela.

— Não é um canapé, é para a fonte de chocolate. Está vendo?

Elinor olha para o chocolate como se não fizesse a menor ideia do que era aquilo. Pego a uva da mão dela, mergulho a fruta no chocolate, espero esfriar e a entrego a ela.

— *Ah*. Isso me lembra os fondues que vemos em Gstaad.

— Nunca mergulhou nada numa fonte de chocolate antes?

— Naturalmente não — confirma ela com ar presunçoso.

Estou adorando isso. Primeira ressaca da vida. Primeira fonte de chocolate da vida. O que mais temos na lista de Primeiras Vezes de Elinor Sherman?

— Elinor — digo numa inspiração repentina. — Já usou calça jeans?

— Nunca — responde ela, parecendo meio revoltada.

Pronto. Já sei o que dar a ela de Natal. Jeans skinny azul-escuro da J Brand.

A não ser que... devo ousar dar a ela jeans *rasgados*?

Pensar em Elinor abrindo um embrulho com uma calça jeans desfiada no Natal me anima muito, a ponto de eu ainda estar sorrindo ao voltar para a mesa. Mas paro de repente ao ver a expressão preocupada de Suze.

— Preciso afastar Tarkie do Bryce — diz ela, desesperada. — Ele vai tentar explorá-lo para ganhar milhões.

— Se não mais — diz Alicia num tom sombrio, e digita no telefone de novo.

— Será que devemos ligar pra polícia de novo? — Suze olha ao redor em busca de apoio. — Agora que temos essa informação?

— Tarkie me falou ontem que não daria mais dinheiro a Bryce — digo. — Acho que ele vai ser forte. Dirá não.

— Bex, você não sabe de nada! Tarkie é extremamente vulnerável. Ele não ligou, não mandou mensagem... Foi frio comigo em Los Angeles... Ele *não está normal.*

Os olhos azuis dela brilham de modo intenso, e eu me recosto na cadeira. Ela consegue ser assustadora quando está com raiva.

— Suze... — começo com cuidado. — Olha. Sei que o Tarkie estava meio estressado em Los Angeles. Sei que ele falou coisas esquisitas. Mas isso não quer dizer necessariamente que ele tenha sofrido uma lavagem cerebral. Ele podia estar só... bem...

Paro de falar. Não posso dizer exatamente *Pode ser que ele só não queira falar com você no momento.*

— O que você sabe sobre isso? — pergunta Suze.

— Só estava falando o que eu acho.

— Bem, então não fale! Você está sempre tentando me diminuir. Não é, Alicia?

Os olhos de Suze estão brilhando de hostilidade, e sinto como se algo dentro de mim despertasse.

— Sabe de uma coisa, Suze? — grito. — Por que você me chamou pra essa viagem? Em Los Angeles você disse que precisava de mim, então eu larguei tudo pra vir! Mas parece que você não quer a minha companhia, minhas opiniões nem nada que eu tenho a oferecer. Você só liga pra Alicia. E por falar nisso, ela está *mentindo* pra você!

Eu não pretendia contar isso. Mas agora que falei, sinto uma satisfação enorme.

— Mentindo? — Suze estreita os olhos, chocada. — Como assim?

— Assim, mentindo! Você me disse que ontem as duas ficaram no quarto a noite toda, não foi?

— Ficamos. — Suze olha desconfiada para Alicia.

— Alicia não ficou! Quem você foi encontrar no lobby do Four Seasons à meia-noite, Alicia? E, antes que negue, Danny viu você lá. — Eu jogo isso na cara dela e me retraio, cruzando os braços. *Finalmente*. Alicia foi desmascarada. É uma mentirosa.

Só que a expressão dela não é de alguém que foi desmascarada. Ela não fica corada, não parece envergonhada, não deixa o copo cair, nem faz nenhuma das coisas que eu faria.

— Eu fui me encontrar com um detetive particular — diz ela com frieza.

Um o quê?

— Naturalmente, tenho usado meus recursos. — Ela me lança um olhar destruidor. — Mas eu não queria que a Suze soubesse que não tinha dado em nada, pra que ela não ficasse desanimada. Então, obrigada, Becky, por estragar todos os meus esforços.

Faz-se um longo e perturbador silêncio à mesa. Minha cabeça está fervilhando de confusão. Não acredito que ela saiu por cima de novo. O que ela é, uma *bruxa*?

— Tem alguma coisa a dizer, Becky? — pergunta Suze, falando exatamente como minha diretora falou quando comecei a mania do Leve a Seu Professor uma Peça de Roupa (que *ainda* acho uma boa ideia).

— Sinto muito — murmuro, olhando para baixo, exatamente como fiz na sala da professora Brightling.

— Certo. Bem. — Suze termina seu café. — Acho melhor mudarmos de assunto.

De: dsmeath@locostinternet.com
Para: Brandon, Rebecca
Assunto: Re: Está dando tudo errado!!

Prezada Sra. Brandon,

Obrigado pelo seu e-mail. Sinto muito por suas dificuldades.

De fato, nós nos conhecemos há muito tempo, e você pode "abrir seu coração" à vontade comigo. Sinto-me honrado por saber que vê em mim um "velho e sábio conselheiro, como o Papai Noel", e farei o melhor que puder para aconselhá-la.

Sra. Brandon, por favor: sugiro que tente se aproximar mais da Sra. Vaca Pernalta. Está claro que Lady Cleath-Stuart se uniu a essa mulher. Se a senhora se colocar no "campo" adversário, corre o risco de perder sua amiga. Encontre interesses em comum e comece por aí. Tenho certeza de que, com sua criatividade, poderá obter um ótimo resultado.

Espero que sua viagem continue sendo um sucesso e que a senhora encontre a felicidade com sua amiga de novo.

Atenciosamente,
Derek Smeath.

NOVE

Derek Smeath é muito sábio. Ele sempre me deu bons conselhos ao longo dos anos, que eu deveria ter seguido um pouco mais. (Ou, sabe como é. Pelo menos um pouco. Principalmente quando ele me disse para não fazer mais cartões de lojas por causa dos brindes. Nunca usei aquele conjunto de modeladores de cabelos.)

Então, quando saímos de Las Vegas, decido que dessa vez eu *vou* seguir o conselho dele. Se tiver de me unir à Vaca Pernalta para manter a amizade com Suze, eu o farei. De algum jeito. Vou ter de fazer a Poliana e me concentrar em todos os pontos positivos de Alicia. Já até pesquisei no Google "maneiras de se aproximar de colegas de trabalho de quem você não gosta" e encontrei umas dicas úteis, como "encontrem um hobby em comum" e "dê à pessoa um apelido carinhoso". (Só não sei como vou encontrar um apelido que seja melhor que Vaca Pernalta.)

Agora estamos acelerando pela estrada. Alicia e Suze estão sentadas em dois bancos em frente a uma mesa. Mamãe, Janice e Danny estão em um pequeno sofá com Minnie jogando *bridge*. (Eles fazem com que Minnie sempre seja o "jogador morto", o que é bem inteligente da parte deles. O único detalhe é que Minnie tem um monte de cartas só dela e as coloca sobre a mesa dizendo "*Minha vez*", tentando bater em todas as outras cartas.) Elinor ficou em Las Vegas para "descansar" por alguns dias, e eu não a critico por isso. A primeira ressaca da vida é sempre chocante. Acho que a dela vai durar cerca de uma semana.

Dos dois lados, vemos planícies desertas, com montanhas ao longe, e eu sinto uma emoção sempre que olho pela janela. *Isto sim* é vista. *Isto* sim é paisagem. Por que não temos nada parecido com isso na Inglaterra? Quando eu era pequena, meus pais costumavam dizer: "Olhe essa paisagem linda, Becky!", e estavam falando de três árvores e uma vaca. Não é à toa que eu não me animava e preferia ler *Debbie e seu vestido mágico brilhante.*

Quando me aproximo da mesa das meninas, Suze olha para a frente — e, por alguns momentos terríveis, acho que ela não vai se mexer para abrir espaço para mim. Mas, depois de um instante, ela chega para o lado, e eu me sento, tentando parecer normal. Como se nós três sempre andássemos juntas. Como se fôssemos muito amigas.

— Gosto muito da sua blusa, Alicia — digo sem jeito. Concluí que a maneira mais rápida de cair nas graças delas é elogiando Alicia. É uma blusa bem básica, mas isso não importa.

— Ah. — Alicia olha desconfiada para mim. — Obrigada.

— E o seu cabelo — acrescento de modo aleatório. — Adoro o seu cabelo. Tem um brilho tão bonito.

— Obrigada — repete ela, de modo sucinto.

— E... er... seu perfume.

— Obrigada — agradece ela mais uma vez. — É a fragrância do Golden Peace.

— Fica muito bom em você, humm... Ali — digo, atenta. Assim que digo isso, percebo que Alicia não combina com Ali, de jeito nenhum. Ela se vira, assustada, e vejo que Suze também está boquiaberta.

— Ali?

— Ou melhor... Lissy — digo depressa. — Alguém já chamou você de Lissy? Combina. Lissy. Liss. — Aperto o braço dela de modo simpático, mas parece que não funciona.

— Ai! — Ela arregala os olhos. — Não, ninguém. E, por favor, largue meu braço.

— Desculpa — digo, pensando em outros elogios. — Você tem um nariz bem bonito. É tão... humm... — Engulo em seco, para ganhar tempo. O que se pode dizer sobre um nariz? — Adoro o contorno das suas... narinas. — Ouço minhas palavras sem convicção.

Ai. Eu adoro o contorno das *narinas dela*?

Suze está olhando para mim de um jeito muito esquisito, que eu finjo não perceber, e Alicia se virou para me olhar com os olhos estreitados.

— Ah, *entendi* — diz ela. — *Entendi* o que está fazendo. Você quer o telefone do meu cirurgião plástico, não é? Mas não vai conseguir.

O quê? Olho para ela, espantada. Cirurgião plástico? *Como*?

Ah, Deus, não adianta. Vamos esquecer os elogios. E os apelidos.

— Então, o tai chi! — digo, animada. — É legal? Devo experimentar?

— Acho que não tem muito a ver com você — diz Alicia. — Você tem que ter *controle* sobre sua mente e seu corpo. — Ela abre um sorriso para mim e lança um olhar significativo a Suze.

— Ah. — Estou tentando não me sentir muito oprimida. — Bem, sei...

— Então, *quantos* quartos você falou? — Alicia corta a conversa comigo, voltando ao bate-papo claramente mais interessante que as duas estavam tendo antes.

Chega dessa história de aproximação. Fracasso total. E o que quartos têm de tão interessante, afinal? Por que algumas pessoas *cismam* em falar de casas e de preços de imóveis, e não conseguem decidir se papel de parede "da moda" já era e querem saber o que eu acho disso. (Certo, essa última pergunta é coisa da minha mãe. Eu sempre digo a ela que *não sei* nada sobre papel de parede da moda.)

— Ah, não tenho certeza — diz Suze. — Vinte e oito? Mas a metade deles está ruindo. Nem entramos neles.

— Vinte e oito — repete Alicia. — Minha nossa! Vinte e oito quartos.

Eles devem estar falando sobre o Letherby Hall. Coitada da Suze. Ela fica muito entediada quando as pessoas começam a perturbá-la querendo saber detalhes sobre Letherby Hall. Principalmente historiadores, que dizem coisas como "Acredito que você queira dizer mil setecentos e *quinze*", de um modo presunçoso. Certa vez, eu estava em um mercadinho com a Suze, quando um senhor a abordou. Ele começou a fazer perguntas sobre uma lareira importante no Grande Salão, e corrigia todos os detalhes. Na verdade, ele foi muito agressivo a respeito de qual antepassado de Tarkie havia encomendado o trabalho (sabe, quem se importa?), e, no fim, eu tive de derrubar um monte de tangerinas de propósito para distrair o senhor e ajudar Suze a fugir.

— E é uma daquelas casas que tem um título relacionado?

— Acho que sim — diz Suze, parecendo desinteressada. — Lorde da Casa Grande.

— Entendo. — Alicia delicadamente cerra o cenho. — Então, qualquer um que for dono da casa tem o direito de ser chamado de "Lorde".

— Creio que sim. — Suze parece distraída. — Bem, no nosso caso, não, porque Tarkie tem outro título.

A verdade é que Tarkie tem uns seis outros títulos, apesar de Suze ser modesta demais para citar isso. Na verdade, ela detesta falar sobre essas coisas. Eu, por outro lado, certa vez, pesquisei tudo num site, porque sempre imaginei ser a "Lady Brandon de algum lugar". Os títulos nem são tão caros. Custam, tipo, algumas centenas de libras, por algo que dura a vida toda. Sei lá... por um lado, por que *não* ser Lady Brandon?

(Só que o Luke me flagrou pesquisando e me perturbou por uma semana.)

Quando Suze levanta para ir ao banheiro, olho para Alicia. O olhar dela está distante e pensativo. E, sim, eu *sei* que deveria estar fazendo a Poliana, mas meu cérebro não aceita. Em vez de pensar *Que incrível! Aposto que a Alicia é um amor, talvez possamos tomar milk-shakes juntas*, estou pensando *Ai. O que ela está aprontando agora?*

Talvez eu seja naturalmente negativa, uma pessoa desconfiada, penso com meus botões. Talvez eu precise de terapia para conseguir lidar com Alicia. De repente, vem à minha mente uma imagem de nós duas na terapia de casal, sendo forçadas a dar as mãos uma para a outra, e dou uma risadinha estranha. Quando Suze volta, Alicia retoma as perguntas sobre Letherby Hall.

— Meu marido adoraria conhecer o lugar — diz ela. — Ele é um anglófilo.

— Ele pode ir! — Suze revira os olhos, entediada. — É caríssimo manter aquilo. Estamos sempre pensando em novas maneiras de fazer dinheiro lá. Você vai ver quando for visitar.

— Alicia vai ficar na sua casa? — pergunto, tentando passar a impressão de que a ideia é incrível. — Quando?

— *Ainda* não sabemos quando, claro — diz Suze, franzindo a testa como se eu fosse muito insensível por perguntar. — Vamos ter que esperar até que a situação com Tarkie seja resolvida.

— Ótimo — digo. — Parece perfeito.

Permaneço sentada por um tempo, não digo nada e só observo a paisagem, mas pensamentos bombardeiam meu cérebro sem trégua. Estou ficando cansada da minha mente desconfiada. Devo fazer a Poliana, lembro a mim mesma. *Poliana*. E não há motivo para desconfiar da Alicia. Nenhum.

Mas, *ai, Deus*. Alicia sempre apronta alguma coisa, desde que eu a conheço, e não consigo parar de imaginar o que pode vir em seguida. Suze não desconfia de nada, mantém a guarda baixa, e Alicia sabe disso...

E, então, eu me endireito na cadeira. *Espere aí.* Wilton Merrelle é um anglófilo. Um anglófilo predador e agressivo que consegue tudo o que quer. E aqui está Alicia, fazendo perguntas sobre Letherby Hall a Suze... E se Wilton Merrelle decidiu que quer uma propriedade e um título? E se ele quiser ser o Lorde Merrelle de Letherby Hall?

Durante cerca dos 30 quilômetros seguintes, fico em silêncio, pensando nessa hipótese. É uma ideia ridícula. Suze e Tarkie nunca venderiam a casa antiga deles, nem mesmo sob pressão. Claro que não.

Claro que não?

Olho de canto de olho para Suze. Ultimamente, ela tem mantido os cabelos sempre presos em um coque, como se não se importasse com nada. Seus lábios estão rachados e o rosto, manchado. A verdade é que não sei mais o que eu acho. Suze e Tarkie não estão numa fase boa, Tarkie acha que é difícil manter Letherby Hall, Suze não está pensando com clareza no momento...

Mas eles *não podem* vender a propriedade. Aquela casa é da família deles há zilhões de anos. Só de pensar nisso, eu me sinto mal. E justamente para Alicia, a Vaca Pernalta? Consigo imaginá-la usando uma tiara e obrigando todos os moradores da região a fazerem reverência enquanto uma menininha se aproxima, dá flores a ela e sussurra: "Você está linda, princesa Alicia." Ai. Isso não pode acontecer. *Não pode.*

De: dsmeath@locostinternet.com
Para: Brandon, Rebecca
Assunto: Re: Desastre!

Prezada Sra. Brandon,

Obrigado pelo seu e-mail. Sinto muito em saber que seus esforços para se aproximar da Sra. Vaca Pernalta fracassaram. Também sinto muito por saber que a senhora se sente muito impotente e com a impressão de que "tudo é impossível".

Se me permite ser sincero, Sra. Brandon, eu diria "Não desista". Atitude positiva fortalece a alma.

Em todos os anos que nos conhecemos, tenho observado com admiração sua abordagem dinâmica em relação aos problemas da vida e um senso inato de justiça. Isso já a fortaleceu antes e tenho certeza de que a fortalecerá de novo.

As coisas podem parecer difíceis no momento, mas sinto que a senhora vencerá.

Tudo de bom,
Derek Smeath.

DEZ

Concluí que a única desvantagem de uma viagem de carro é a parte da estrada. O resto é incrível — o trailer, os restaurantes, a paisagem, a música *country*. (Fiz Luke sintonizar numa estação de música *country* durante um tempo, e, *Meu Deus*, os cantores *country* entendem como nós nos sentimos. Uma música chamada "Só Seu Amigo Mais Antigo" quase me fez chorar.)

Mas as estradas são uma porcaria. Longas demais. Sei lá, isso é um absurdo. Alguém deveria repensá-las. Além disso, o mapa engana bastante. Faz você se iludir. Faz você pensar *Ah, vou percorrer só esse pedacinho de estrada, só um centímetro, não vai demorar muito*. Até parece! Um centímetro? Um dia inteiro da sua vida, pode apostar.

É uma boa distância até Tucson, no Arizona. É ainda mais longe quando você percebe que o rancho que está procurando fica *depois* de Tucson. Quando chegamos ao Red Ranch, Cactus Creek, Arizona, completamos praticamente um dia inteiro na estrada. Eu, Suze e Alicia nos revezamos ao volante. Estamos todos tensos, exaustos e sem forças para conversar. Além disso, Minnie me forçou a assistir a *Aladim* com ela com fones de ouvido, e a música do filme está ressoando em minha cabeça.

Antes de sairmos do trailer, escovo os cabelos, mas eles continuam sem graça e esquisitos porque eu encostei a cabeça um pouquinho para descansar. Minhas pernas parecem ter sido amarradas, e meus pulmões estão desesperados por um pouco de ar fresco.

Ao olhar ao redor, percebo que ninguém mais parece bem. Mamãe e Janice estão andando pelo chão de terra, como gado que sai de um caminhão e vê a luz. Suze e Alicia estão tomando Tylenol com água. Danny está fazendo uma série de alongamentos complexos de ioga. Minnie é a única animada. Ela está tentando pular uma pedra enorme, só que ela ainda não consegue pular, então, basicamente, só está correndo e balançando os braços. Quando Minnie percebe que estou observando-a, ela para, se abaixa e pega uma flor branquinha minúscula. Então, ela a leva para mim, toda corada e feliz consigo mesma.

— É uma *rosa* — diz ela com todo cuidado. — É uma rosa pra mamãe.

Minnie acha que toda flor é uma rosa, menos os narcisos, que ela chama de "parcisos".

— É linda, meu amor, obrigada! — agradeço. Eu a coloco em meu cabelo, como sempre faço, e imediatamente ela sai para pegar mais uma, ainda mais corada e mais feliz. (Brincamos muito disso, já estou acostumada a ver o chão do banheiro coberto de flores murchas na hora do banho.)

O céu tem um tom azul-escuro, e o ar nos dá aquela sensação quente, sombria. À distância, vejo montanhas rochosas vermelhas que parecem não ter fim e, ao nosso redor, árvores raquíticas exalam um cheiro de erva. E eu acho que acabei de ver um lagarto correndo. Olho para Luke, para ver se ele também notou, mas ele está olhando para o rancho com os olhos estreitados.

A entrada fica a poucos metros. Os portões são enormes e há câmeras de segurança e apenas uma pequena placa de madeira indicando que esse é o Rancho Vermelho, casa de Raymond Earle. O local está isolado, afastado da estrada, com cercas enormes mantendo os visitantes bem longe. Aparentemente, a propriedade tem mais de 400 hectares, mas Raymond não os cultiva por conta própria, ele os arrenda e vive em sua casa totalmente sozinho.

Descobrimos isso no Bites 'n' Brunch, onde paramos há vinte minutos para beber alguma coisa. Megan, a dona do estabelecimento, estava muito falante, e mamãe é a rainha de arrancar informações das pessoas, então, basicamente, descobrimos tudo o que Megan sabe sobre Raymond. E aqui está:

1. Ele não fica o tempo todo no rancho.
2. Ele não interage muito com as pessoas.
3. Ele reformou a cozinha há cerca de cinco anos, e os homens que trabalharam na casa disseram que ele é bem simpático.
4. É conhecido por sua cerâmica.

Então, não são *tantas* informações assim. Mas não importa. Estamos aqui agora. Hora do grande encontro. Hora de descobrir o que diabos está acontecendo.

— Vamos? — pergunta Danny e faz um gesto em direção ao rancho.

— Não podemos ir todos juntos — digo. — Vamos parecer um bando. — Estou prestes a acrescentar que vou sozinha, quando mamãe fala primeiro.

— Concordo — diz ela, reaplicando o batom. — Se tem alguém que deve falar com esse homem, esse alguém sou eu. Essa questão é entre eu e ele. Janice e eu vamos lá.

— É entre mim e ele — corrige Alicia, e eu lanço um olhar de matar na direção dela. Gramática? Sério? Numa hora dessas?

— Nós vamos — reforça Janice, animada.

— Quer que eu vá também? — pergunto. — Pra dar apoio moral?

— Não, querida, não precisa. Independentemente do que eu tiver que ouvir sobre o seu pai e o passado dele... — Mamãe olha para o nada. — A verdade é que prefiro que você não esteja presente pra ouvir sobre a outra mulher.

— Mamãe, você não sabe se é outra mulher!

— Eu sei, Becky — diz ela, com a voz trêmula como a de uma protagonista de uma série de televisão. — *Eu sei.*

Ai, Deus. Ela sabe? Estou dividida entre:

a) Mamãe acredita no pior porque é a rainha do drama... e

b) Depois de décadas de casamento, ela tem intuição de esposa e é *claro* que sabe.

— Tá, tudo bem — digo finalmente. — Você vai com a Janice.

— Ficaremos bem aqui — diz Luke. — Fiquem atentas ao telefone.

— Pergunte a ele sobre o Tarkie — pede Suze. — Ele deve saber de alguma coisa.

— Pergunte se a propriedade dele está à venda — acrescenta Danny. — Tenho um amigo que trabalha pra Fred Segal que está *cobiçando* um rancho, e esse parece perfeito...

— Danny! — digo, repreendendo-o. — Não é hora de pensar em venda de imóveis! É pra... — Olho para minha mãe, cujos lábios estão contraídos. — É pra descobrirmos a verdade.

Ficamos em silêncio enquanto mamãe e Janice atravessam a zona árida até os enormes portões de madeira. Há um sistema de comunicação interno e as duas param na frente do interfone. Mamãe fala primeiro. E depois, para minha surpresa, Janice tenta, e, então, mamãe de novo. Mas os portões permanecem obstinadamente fechados. O que está acontecendo?

Elas voltam e, quando se aproximam de nós, percebo que minha mãe está brava.

— Ele se recusou a nos receber! — exclama. — Dá pra acreditar nisso?

E todos reagem.

— Ai, meu Deus!

— Mandou vocês *embora*?

— Vocês falaram com ele? — pergunto acima do barulho. — Com o próprio Raymond?

— Sim! Primeiro, falamos com a governanta, sei lá, mas depois ela chamou o Raymond, e eu disse que era a esposa de Graham e expliquei o que aconteceu... — Ela faz uma pausa. — Não foi isso, Janice?

— Sim, foi — Janice assente. — Falou de forma impecável, querida. Muito clara, foi direto ao ponto.

— E...? — pergunto.

— E ele disse que não podia ajudar! — A voz de mamãe fica mais alta e irritada. — Dirigimos mais de seis horas só pra falar com ele, e ele não pode ajudar! Janice tentou falar com ele também...

— Tentamos de tudo — reforça Janice, desanimada.

— Mas ele nem sequer deixou a gente entrar por cinco minutos. Apesar de poder me ver! Pelas câmeras! Sei que ele conseguiu ver como eu estava triste. Mas, ainda assim, ele disse não.

— Você conseguiu ver o Raymond? — pergunto, com um interesse repentino. — Como ele é?

— Ah, não — diz mamãe. — Não conseguimos. Ele se escondeu, não foi?

Todos nós olhamos para os portões, resolutamente fechados para o mundo. Sinto uma queimação em meu peito. Quem esse homem pensa que é? Como pode ser tão malvado? Com a minha *mãe*?

— Eu vou lá — diz Alicia, decidida, e, antes que alguém possa protestar, ela caminha em direção aos portões, pegando um de seus cartões do Golden Peace. Todos nós observamos, mudos, enquanto ela aperta o botão, fala, mostra o cartão à câmera, fala de novo, começa a ficar muito brava e acaba voltando.

— Isso é um absurdo! — Ela está cuspindo fogo quando volta ao grupo. — Ele disse que nunca ouviu falar do Golden Peace! Bem, está na cara que ele é um mentiroso. Não sei por que estamos perdendo nosso tempo com ele.

— Ele é a única pista que temos! — diz mamãe.

— Bem, o seu marido bem que podia ter escolhido melhor os amigos dele — alfineta Alicia, retomando o velho comportamento malicioso.

— Bem, talvez você devesse guardar suas opiniões pra você! — responde mamãe com raiva e, por um momento, acho que ela e Alicia vão começar a discutir, mas Luke intervém.

— Deixa eu tentar — diz ele e caminha em direção à entrada do rancho. Enquanto ele fala ao interfone, todos observamos com ansiedade, esperando que talvez ele saiba quais são as palavras mágicas, como Ali Babá na entrada da caverna. Mas, instantes depois, ele se vira e balança a cabeça. Quando volta, parece pensativo.

— Acho que não vamos conseguir dobrá-lo — diz ele. — Ele mandou a governanta falar comigo. Não quer se envolver nisso.

— Então o que devemos fazer? — choraminga mamãe. — Ele está aqui, ele *deve* saber a história...

— Vamos nos reorganizar — diz Luke. — Está ficando tarde. Precisamos comer alguma coisa e dormir. Talvez tenhamos uma ótima ideia enquanto comemos.

Acho que todos meio que esperamos que a comida inspire um momento de genialidade em um de nós. Enquanto nos refestelamos com steaks, batatas fritas e pãezinhos no Tall Rock Inn, Cactus Creek, há uma sensação de otimismo. Certamente, um de nós pensará em algo brilhante.

Ah, vamos lá. Alguém tem de pensar em *alguma coisa*.

Geralmente as pessoas começam frases com "Aaah! Talvez..." e então perdem a confiança e se calam. Já tive umas cinco ideias envolvendo escalar os muros do rancho de Raymond que *não contei* a ninguém.

O problema é que nenhum de nós pensou no que faríamos depois que encontrássemos Raymond, pois imaginamos que seríamos bem-recebidos e que ele nos ofereceria a casa para passarmos a noite, e um belo jantar, enquanto ligava para o papai e resolvia tudo. (Bem, era o que eu esperava, de qualquer modo.)

Quando os pratos são retirados e o cardápio de sobremesas é entregue, a conversa já diminuiu bem, e estou tentando adivinhar quem será o primeiro a dizer "Vamos desistir".

Não serei eu. De jeito nenhum. Irei até o fim. Mas pode ser a Janice. Ela está meio irritada. Aposto que quer voltar para Oxshott.

— Querem pedir alguma sobremesa? — pergunta nossa garçonete, Mary-Jo, que se aproximou da mesa.

— Você não sabe de nenhuma maneira de entrar em contato com Raymond Earle, sabe? — pergunto de modo impulsivo. — Viemos falar com ele, mas ele está um tanto recluso.

— Raymond Earle? — Ela franze o cenho. — O cara do Rancho Vermelho?

— Exatamente. — Sinto uma pontada de esperança. — Você o conhece?

Talvez ela trabalhe para ele meio período, penso, com um otimismo repentino. Talvez eu possa ir ao rancho com ela, fingindo ser sua assistente...

— Lamento, querida. — A voz de Mary-Jo interrompe meus pensamentos. — Não o vemos muito. Patty? — Ela se vira para a mulher que está no bar. — Eles estão atrás do Raymond Earle.

— Não o vemos muito — repete ela, balançando a cabeça.

— É. — Mary-Jo se volta para nós de novo. — Não o vemos muito.

— Bom. Obrigada, de qualquer forma — digo, desanimada. — Pode trazer uma torta de maçã pra mim, por favor?

— Ele vai estar na feira amanhã. — Uma voz rouca vem do canto, e todos nós nos viramos e vemos um senhor de barba e camisa de caubói com aquelas pontas metálicas na gola. — Vai participar de uma mostra de cerâmica ou algo assim.

Todo mundo na mesa se vira animado, até a Minnie.

— Não acredito!

— Ele vai estar lá mesmo?

— Onde é a feira? — pergunta Luke. — Que horas começa?

— É em Wilderness. — Mary-Jo parece surpresa. — Feira de Wilderness. Pensei que vocês estivessem na cidade por causa da feira. É durante a semana toda, vocês não podem perder.

— E o Raymond vai participar? — pergunta mamãe.

— Ele costuma participar — afirma o homem barbudo, mexendo a cabeça. — Ele expõe cerâmica na Tenda das Cerâmicas. Não cobra quase nada. Ninguém compra nada, pelo que notei.

— Vocês deveriam ir, se nunca foram — diz Mary-Jo, entusiasmada. — É a melhor feira do Estado. Tem exposição de gado, concurso, dança coreografada...

Dança coreografada? Ai, meu Deus, eu *sempre* quis fazer dança coreografada.

Bom, não que estejamos aqui para isso. Olho para Suze, me sentindo culpada, para o caso de ela ler meus pensamentos.

— É, parece uma boa ideia — Luke está falando conosco. — Passamos uma noite aqui, vamos à feira amanhã cedo, encontramos o Raymond na tenda de artesanato e o colocamos contra a parede.

Todos suspiram aliviados à mesa. Finalmente a carranca de ansiedade da minha mãe se desfez. Vamos torcer para que esse tal de Raymond esteja lá, e não apenas os produtos dele, penso comigo mesma. Caso contrário, será o fim da linha para nós, e eu não sei o que farei com a mamãe.

No dia seguinte, acordo cheia de otimismo. Feira de Wilderness, aí vamos nós! Passamos a noite no Treeside Lodge, em Wilderness, que teve um cancelamento de um grupo grande e ficou muito feliz por ter hóspedes de última hora. Janice e mamãe tiveram de se apertar em um quarto minúsculo, o que não foi o ideal, mas era isso ou o trailer.

Todos os outros hóspedes do Lodge estão aqui por causa da feira, descobrimos isso no café da manhã. Todas as outras famílias estavam usando camisetas e bonés da feira e falando sobre os planos para aquele dia, e a ansiedade era contagiante. Pesquisei sobre a feira no Google ontem e descobri que é enorme! Tem um zilhão de tendas e estandes, além de um rodeio, exibições de aves e uma roda-gigante enorme. De acordo com o mapa, a Tenda das Cerâmicas fica na parte noroeste da feira. Perto da Tenda de Feixes Decorados e do Festival de Trambolhos, e perto dali fica a Rodeo Arena, onde haverá a Ordenha da Vaca Selvagem, o Encontro de Porcos e o Monta-Carneiros.

Parece outra língua para mim. Uma tenda inteira de feixes decorados? Como se decora um feixe? E o que seria um "trambolho"? E o que diabos é um encontro de porcos? E para que um "monta-carneiros"?

— Luke, o que você acha que é um monta-carneiros? — pergunto, desviando os olhos do laptop.

— Não faço a menor ideia — responde ele, colocando o relógio. — Uma competição para ver quem come mais carne de carneiro?

— Quem come mais carneiro? — Faço uma careta.

— Existe uma competição de empilhamento de biscoitos Oreo, para sua informação — diz ele. — Vi num site ontem à noite.

Isso parece bom. Acho que devo ser muito boa empilhando biscoitos Oreo. Já consigo me imaginar diante de uma pilha de 3 metros, sorrindo para a plateia ao receber o prêmio de primeiro lugar, que provavelmente é um pacote de Oreo.

Não que entraremos nas competições, eu lembro a mim mesma na hora. Estamos aqui para resolver algo importante. Provavelmente vamos ficar só meia hora.

— Pronto? — pergunto a Luke, quando ele pega a carteira. — Pronta, Minnie? Prontos para a feira?

— Feira! — grita Minnie, empolgada. — Ver o ursinho Pooh!

Humm. Esse é o problema de levar os filhos à Disneylândia. Eles ficam achando que todos os lugares são como a Disney, e não adianta querer explicar sobre marcas e direitos autorais para uma menina de 2 anos, como Luke fez ontem à noite.

— *Pode ser* que a gente veja o ursinho Pooh — digo, e Luke fala:

— *Não* vamos ver o ursinho Pooh.

Minnie olha para nós dois, confusa.

— *Não* vamos ver o ursinho Pooh — corrijo, depressa, ao mesmo tempo que Luke diz "*Pode ser* que a gente veja o ursinho Pooh".

Ai. Todo livro sobre criação de filhos diz que o mais importante é ter uma única resposta, caso contrário seu filho fica confuso e começa a explorar as diferenças entre a mãe e o pai. E acredito totalmente nisso, mas é um desafio. Certa vez, Luke disse para ela "A mamãe vai sair agora, Minnie", quando eu tinha mudado de ideia e, em vez de contradizê-lo, saí pela porta dizendo "Tchauuu" e entrei de novo pela janela.

(Minha mãe disse que eu estava totalmente louca e que os livros sobre criação de filhos fazem mais mal do que bem, e que ela e o papai nunca ligaram para essas bobagens, e "Veja como *você* ficou, Becky". Quando ela soltou isso, Luke abafou uma risada e falou "Não é nada", quando todo mundo se virou para olhar para ele.)

Coloquei calça jeans na Minnie e um colete de camurça com franjas, que Luke comprou para ela ontem, e ela está absolutamente linda: uma verdadeira *cowgirl*. Estou usando shorts e uma camiseta regata, e, ao me olhar no espelho, acho que estou... bem. Dá para o gasto.

De certo modo, não me importo mais tanto assim com minha aparência. Estou esperando que uma parte do meu cérebro volte ao normal — a parte que normalmente diria "Uau! Uma feira! Qual seria a roupa perfeita para a ocasião?". Mas isso não acontece. Ela está calada.

— Pronta? — pergunta Luke da porta.

— Sim. — Forço um sorriso. — Vamos.

Tudo bem. Beleza. Talvez eu só esteja amadurecendo, finalmente.

Quando chegamos ao lobby, todos estão reunidos nos esperando e há um quê de ansiedade no ar.

— Vamos todos direto pra Tenda das Cerâmicas — diz Luke ao grupo. — Jane e Becky vão abordar o Raymond, e nós ficamos de prontidão.

Houve uma pequena discussão ontem à noite sobre quem deveria acompanhar mamãe para falar com Raymond. Janice argumentou que ela era a Melhor Amiga, mas eu rebati o argumento com Filha. Então, Suze sugeriu: "Não podemos ir todos nós?", mas foi contrariada. Bem, eu venci, com a justificativa de que seja lá o que Raymond disser sobre meu pai, coisa boa ou ruim, minha mãe e eu devemos ouvir primeiro.

A única pessoa que não tinha o menor interesse em se encontrar com Raymond era Alicia. Na verdade, ela nem vai à feira. Disse que marcou uma reunião em Tucson. *Uma reunião em Tucson*? Fala sério. Quem marca reunião em Tucson?

Bom, acho que as pessoas que vivem em Tucson marcam. Mas você sabe... Além delas, quem mais?

Não acredito nem por um segundo nessa história de "reunião em Tucson". Alicia está aprontando alguma. Tenho certeza disso. E, se eu pudesse, ficaria de olho nela. Mas eu não posso porque: 1. Tenho de ir à feira, e 2. Ela já saiu para resolver seus assuntos, numa limusine.

Suze está sentada numa cadeira feita de barril, concentrada em seu telefone, digitando sem parar. Provavelmente está mandando uma mensagem para Alicia, porque elas estão longe uma da outra há, tipo... vinte minutos. Ela está com uma aparência horrível, e sinto vontade de abraçá-la, de tirá-la daquela tristeza. Mas nem sequer ouso me aproximar dela. Além de Suze não ser mais minha amiga da madrugada, penso, desanimada, ela não é mais nem minha amiga em horário comercial, pois está sentada bem longe de mim.

— Tudo certo? — Luke interrompe meus pensamentos. — Todo mundo pronto? Pronta, Jane?

— Ah, estou pronta — diz mamãe, com um olhar significativo, quase nefasto. — Pronta.

Nós ouvimos o barulho da feira antes de vê-la. A música ecoa pela atmosfera quente enquanto serpenteamos pela fila do estacionamento para trailers. Quando estacionamos, temos de comprar ingressos e depois procurar a entrada certa, e estamos morrendo de calor quando finalmente entramos pelo Portão B.

(Seria de se pensar que o Portão B fica perto do Portão A. Bom, não era.)

— Minha nossa! — exclama Janice, quando olhamos ao redor. — Está muito... lotado!

Sei o que ela quer dizer. Em todos os lados, há algo iluminado ou emitindo som, ou simplesmente extraordinário. Há barracas e tendas até onde a vista alcança. Cada alto-falante parece estar tocando uma música diferente. Um dirigível acima de onde estamos carrega uma faixa na qual se lê *Feira de Wilderness*, e, embaixo dela, há alguns balões de gás hélio, com pontos prateados no azul, que devem ter sido deixados por engano. Um grupo de líderes de torcida com trajes verde-água corre para dentro de uma tenda próxima, e eu vejo Minnie observá-las, encantada. Um homem leva um carneiro enorme em uma corda e eu, institivamente, dou um passo para trás.

— Bex! — Suze revira os olhos. — É só um carneiro.

Humpf. Ela pode dizer "É só um carneiro", mas o bicho tem esses chifres enrolados enormes e um olhar malvado. Provavelmente é o animal mais premiado da Exposição de Carneiros Matadores.

O ar está tomado por uma mistura de cheiros — combustível, esterco, carne na brasa e o aroma doce e pungente de donuts frescos, que é especialmente forte, e estamos bem ao lado da barraca de donuts.

— Bolo! — diz Minnie de repente ao ver a barraca. — *Gosto* disso, mamãe. — Ela puxa meu braço com insistência para que eu chegue mais perto.

— Nada de bolo — digo depressa, e começo a levá-la dali. — Vamos procurar as cerâmicas.

Apesar de estar cedo, há pessoas por todos os lados: reunindo-se para entrar nas barracas, fazendo fila para comprar comida, caminhando pelas passagens entre as atrações e parando de repente para consultar seus mapas da feira. Por isso, demoramos um pouco para chegar à Vila Criativa, e então não conseguimos descobrir qual é a barraca certa. Minha mãe está completamente concentrada, andando com o queixo empinado, mas Janice se distrai com as peças e eu preciso puxá-la, lembrando-a:

— Você pode ver os descansos de panelas bordados *depois*. — Francamente, ela é pior que a Minnie.

Finalmente, chegamos à Tenda das Cerâmicas e consultamos o Guia do Expositor. Raymond está na seção de Cerâmicas de Adultos e de Porcelana, e entrou na aula de Vaso, na aula de Jarro com Tampa e na aula de Diversos. Também tem alguns itens na Galeria Em Promoção. É fácil saber quais são as peças dele, porque elas são cinco vezes maiores que as dos outros expositores. Também está claro que ele não está aqui porque, à exceção de nós, só há sete pessoa na barraca, e são todas mulheres.

Por alguns minutos, mamãe e eu damos uma volta pelas barracas em silêncio, parando na frente de cada uma das peças de Raymond como se elas pudessem nos dar alguma pista. Ele colocou um pedaço de papel na frente de todas elas, para explicar sobre a influência da ceramista Pauline Audette (quem?) e como ele tira inspiração da natureza e mais algumas coisas sobre esmaltes.

— Bem, ele não está aqui — diz mamãe, finalmente, quando chegamos perto de um vaso grande e verde esmaltado, que ocupa quase toda a mesa.

— Mas ele deve ter *passado* por aqui — digo. — Talvez volte. Humm, com licença? — Abordo uma mulher de blusa de linha que está ao lado da mesa. — Estamos procurando Raymond Earle. Você o conhece? Acha que ele virá para a tenda hoje?

— Ah, o Raymond — diz a mulher, e revira os olhos ligeiramente. — Ele já esteve aqui hoje. Pode ser que volte mais tarde. Mas ele não costuma ficar por aqui.

— Obrigada. Esse vaso é seu? — pergunto. — Que lindo!

Isso é uma mentira descarada, porque o vaso é a coisa mais feia que eu já vi. Mas acho que é melhor fazermos alguns amigos e aliados para o caso de termos de enfrentar Raymond ou coisa assim.

— Puxa, obrigada — agradece a mulher, e dá um tapinha no vaso, de modo protetor. — Tenho peças em promoção também, se estiver interessada. — Ela aponta para a galeria nos fundos.

— Ótimo! — digo, tentando parecer animada. — Vou dar uma olhadinha depois. Então você também foi influenciada por Pauline Audette?

— Pauline Audette? — pergunta a mulher. — O que tem Pauline Audette? Eu nunca nem tinha *escutado falar* dela até conhecer o Raymond. Sabe, ele escreveu pra ela na França. Convidou-a para ser jurada do concurso. Não recebeu resposta, *não* que ele admita isso. — Seus olhos brilham. — Se quer saber minha opinião, acho pretensioso.

— Totalmente pretensioso — concordo depressa.

— Por que precisamos de uma juíza francesa se temos Erica Fromm, que mora aqui em Tucson?

— Erica Fromm — digo, assentindo. — Claro.

— Você se aventura? — Ela se concentra em mim com interesse renovado.

— Ah... Humm... — Não consigo dizer não logo de cara. — Bem... um pouco. Quando tenho tempo, sabe?

O que é meio que quase verdade. Quero dizer, tive aulas de cerâmica na escola, e talvez volte a praticar. De repente, eu me imagino com um avental de ceramista, fazendo um vaso incrível enquanto Luke está atrás de mim beijando meu pescoço. E todo mundo abrindo seus presentes no Natal e dizendo "Nossa, Becky, não sabíamos que você tinha talento para arte!" Não sei *por que* nunca pensei em fazer cerâmica antes.

— Então... boa sorte — digo. — Foi ótimo conhecer você. Meu nome é Becky, a propósito.

— Dee. — Ela aperta minha mão e eu caminho até mamãe, que está observando uma coleção de bonequinhas de argila.

— E então? — Ela olha para mim, animada. — Conseguiu alguma informação?

— Parece que o Raymond talvez volte mais tarde — falo. — Vamos ter que ficar de olho na tenda.

É Luke quem assume o plano. Mamãe e Janice farão o primeiro turno, porque as duas querem ver as peças, de qualquer forma. Danny ficará com o segundo, mas primeiro ele vai à barraca de refrescos para tomar um *ice tea* tradicional de Wilderness, que parece ter 80 por cento de Bourbon.

— Vou levar a Minnie à Vila das Crianças, comprar um balão pra ela e faremos o terceiro turno — diz Luke daquele jeito impositivo. — E, Becky, você e Suze podem ficar com o quarto turno. Enquanto isso, podem passear e aproveitar a feira juntas. Tudo bem pra você, Suze?

Ai, meu Deus. Sei exatamente o que Luke está fazendo. Ele está tentando me empurrar para cima da Suze para podermos fazer as pazes. O que é muito bonitinho da parte dele. Mas eu me sinto como um panda recebendo ordem de acasalar com outro panda que não gosta de mim e deixa isso bem claro. Suze se mostra totalmente desanimada com a ideia de passar um tempo comigo. Ela franze a testa e lança um olhar intenso e nada simpático para mim.

— Não me importo se tiver que ficar de olho na tenda sozinha — diz ela. — Você três deveriam ficar juntos.

Sinto uma pontada de dor no coração. Ela realmente está contra mim? Nem sequer tolera passar algumas horas comigo?

— Não, é melhor fazer como eu sugeri — diz Luke, depressa. — E, enquanto estivermos andando pela feira, podemos todos ficar de olho pra ver se Raymond aparece.

Ontem à noite, Luke encontrou uma foto de Raymond em um site de notícias de Tucson. Eu não quero me gabar, mas meu pai é *muito* mais bonitão que todos os velhos amigos dele. Corey tem a cara toda repuxada de plásticas e é esquisito, mas Raymond parece velho. Tem sobrancelhas grandes, grisalhas e desgrenhadas, e, na foto, ele está olhando carrancudo para a câmera, de um jeito bem contrariado.

— O sinal do celular é ruim aqui — diz Luke —, mas de vez em quando funciona. Então, se alguém vir Raymond, é só mandar mensagem de texto pros outros imediatamente, está bem?

Quando todos se dispersam, Luke me lança um olhar significativo, que eu acredito ter a intenção de dizer "Levante a cabeça", e, então, ele e Minnie desaparecem em meio às pessoas. E ficamos só eu e Suze.

Não fico sozinha com a Suze há... nem consigo me lembrar. De repente, o sol esquenta minha cabeça, e sinto a pele pinicar. Respiro fundo algumas vezes, tentando relaxar. Quando olho para Suze, percebo que ela está encarando o chão, como se nem quisesse tomar conhecimento de que estou ali. Não sei o que dizer. Não sei por onde começar.

Ela está sentada em uma pilha de caixotes de madeira, de calça jeans e camiseta branca, com botas de caubói antigas, que ela sempre usava em Londres. São botas perfeitas para esse lugar, e sinto vontade de dizer isso a ela, mas algo bloqueia minha garganta. Quando puxo o ar para dizer alguma coisa — *qualquer coisa* —, o telefone dela emite um barulho. Suze pega o aparelho, olha para ele e fecha os olhos.

— Suze? — pergunto, tensa.

— *O que foi?* — pergunta ela. Eu nem sequer falei direito e ela está sendo agressiva.

— Eu só... O que você quer fazer primeiro? — Pego o Guia da Feira com dedos trêmulos. — Vamos ver os porcos?

É um baita sacrifício da minha parte, porque, na verdade, tenho medo de porcos. Também não sou louca por carneiros, mas porcos são aterrorizantes. Suze e Tarkie têm alguns na fazenda em Hampshire e, sinceramente, eles mais parecem monstros malvados que não param de guinchar.

Mas Suze os adora e dá nomes a todos. E talvez se formos ver os porcos daqui, poderemos falar sobre as orelhas pontudas deles, sei lá.

— Os porcos americanos provavelmente são bem interessantes — insisto, já que Suze não respondeu. — Ou os carneiros? Há várias espécies raras aqui, ou... olha, uma apresentação de bodes pigmeus!

Quando Suze levanta a cabeça, seu olhar está distante. Acho que ela não ouviu sequer uma palavra do que eu disse.

— Bex, preciso fazer uma coisa — diz ela. — Encontro você mais tarde, está bem? — Ela levanta em um pulo e sai apressada, passando voando pela Tenda das Cerâmicas, misturando-se às pessoas.

— Suze? — Olho para o caminho que ela percorre em choque. — *Suze?*

Ela não pode me deixar assim. Temos de ser uma equipe. Temos de ficar juntas. Antes de avaliar se é uma boa ideia, já estou seguindo-a.

Felizmente, Suze é muito alta e tem os cabelos bem claros, então é fácil acompanhá-la, apesar de a multidão estar aumentando a cada minuto. Ela caminha determinada e passa pela Arena de Rodeio, pela Vila da Comida, pela área na qual as crianças podem tocar os animais e passa direto por uma arena onde um rapaz está fazendo seu cachorro passar por dentro de um arco. Ela nem sequer *olha* para as barracas de chapéus de caubóis, para as botas e para as selas, apesar de eu saber que, normalmente, Suze passaria horas alisando-as. Ela está tensa e preocupada. Consigo perceber pela postura dela. E isso fica claro em sua expressão, quando Suze finalmente para em uma área aberta atrás do Porco Assado.

Ela se recosta num poste alto de madeira e pega o telefone. Percebo que ela parece mais do que preocupada, está assustada. Parece desesperada. Para quem ela está mandando mensagem? Será que é para Alicia?

Quando meu telefone bipa, eu me afasto depressa, para longe da vista dela. Espero ver uma mensagem da minha mãe, do Luke, ou até mesmo do Danny — mas é do Tarquin.

Oi, Becky. Só para saber. A Suze está bem?

Olho para o telefone assustada. Não, ela não está bem. Ela *não* está bem! Ligo para o Tarkie e entro em uma barraca cheia de conservas caseiras, para que Suze não me veja

— Becky? — Tarquin parece surpreso por eu ter telefonado. — Está tudo bem?

— Tarkie, você faz ideia do que estamos passando? — Eu praticamente grito. — Suze está arrasada, estamos correndo atrás de um homem em uma feira local, e a mamãe não faz a menor ideia do que o meu pai está aprontando...

— Vocês não estão nessa ainda, não é? — Tarquin parece chocado.

— Claro que estamos!

— Vocês não podem dar um pouco de privacidade ao seu pai, pelo amor de Deus? — Tarquin parece bem bravo — Não conseguem *confiar* nele?

Eu paro de repente. Não tinha pensado na situação dessa forma. E, por um momento, eu me sinto repreendida — até meu sangue começar a ferver de novo. Muito legal esses caras terem partido em uma missão, achando que são bacanas dando uma de heróis. Mas e quem ficou? E quem pensou que eles estavam mortos?

— Será que ele não podia ter confiado na minha mãe? — pergunto, furiosa. — Você não podia ter confiado na Suze? Vocês são casados! Deveriam dividir as coisas!

Faz-se silêncio, e eu sei que peguei pesado. Quero falar mais coisas. Quero gritar "Seja feliz com a Suze! Sejam felizes!"

Mas não se pode meter a colher em briga de marido e mulher. É como tentar entrar numa nuvem. A coisa toda meio que se dissipa, até você sair dela.

— Bem, vocês não podem mais nos seguir — diz Tarkie, depois de uma pausa dolorosa. — Nós três nos separamos. Não tem nada a seguir.

— Vocês se *separaram*? — Olho para o telefone. — Como assim?

— Nós nos separamos. Estou ajudando o seu pai com... — Ele hesita. — Uma coisa. Ele está resolvendo as coisas dele. Bryce desapareceu, só Deus sabe pra onde foi.

— *Bryce desapareceu*? — pergunto, chocada.

— Partiu ontem à noite. Não faço ideia de pra onde foi.

— Ah, sei.

Eu me sinto totalmente perdida. Depois de tudo isso. Bryce não enganou Tarquin para que ele entrasse em seu plano maléfico. Ele não fez lavagem cerebral nele. Bryce caiu fora.

— Becky, volte pra Los Angeles — diz Tarquin, como se lesse minha mente. — Pare essa busca. Desista.

— Mas talvez a gente possa ajudar vocês — insisto. — O que estão fazendo? O que está havendo?

Deixe-nos saber!, sinto vontade de gritar. *Por favor*!

— Nós não precisamos da ajuda de vocês — diz Tarquin de modo direto. — Diga a Suze que estou bem. Estou ajudando o seu pai. Estou me sentindo útil pela primeira vez desde... sempre. Vou fazer isso, está bem? Não preciso de nenhuma interferência sua nem de Suze. Tchau, Becky.

E então ele desliga. Nunca me senti tão impotente em toda a minha vida. Sinto vontade de chorar de frustração, ou de pelo menos chutar um barril.

Certo, no fim das contas, chutar um barril não fez com que eu me sentisse melhor. (Estou de chinelos, e os barris são muito duros.) Também não resolveu bater um punho na palma da mão, como vemos nos filmes. (Nunca entendi o lance do boxe e agora entendo menos ainda. Minha mão está doendo por *eu* ter dado um soco nela. Imagine se fosse outra pessoa e eu não pudesse pedir para que ela parasse.)

A única coisa que fará com que eu me sinta melhor é conversar com Suze. Preciso contar a ela sobre os telefonemas do Tarkie. Tenho de dizer a ela que ele está seguro e longe do Bryce. É uma questão urgente, e preciso ser corajosa, não posso ficar com medo.

Mas, ao sair da Barraca de Conservas, eu me sinto uma pilha de nervos. Suze parece amigável como uma leoa cuidando de seus filhotes, da comida da família e das Joias da Coroa, tudo ao mesmo tempo. Ela está perto da clareira, com o telefone na mão direita, as sobrancelhas franzidas e está olhando freneticamente de um lado para o outro.

Comecei a ensaiar em minha mente maneiras de puxar assunto de modo casual — *Meu Deus, Suze, que bom te encontrar aqui* — quando ela para. Está de pé, observando, alerta. Esperando alguma coisa. O quê?

Um instante depois, consigo avistar o que ela está vendo, caminhando na direção dela, e eu me assusto, quase desmaio. *Não!* Devo estar tendo alucinações. Não posso estar vendo o que estou vendo. Mas a pessoa alta de passadas largas é inconfundível.

É o Bryce.

Bryce. O próprio. Aqui. Na Feira de Wilderness.

Fico boquiaberta quando observo Bryce se aproximar de Suze. Ele está lindo e bronzeado, como sempre, de chinelos e shorts. Parece calmo e tranquilo, enquanto Suze parece totalmente desesperada. Mas ela não parece surpresa ao vê-lo. Está na cara que esse encontro foi combinado. Mas... o quê?

O quê está acontecendo?

Como Suze pode estar se encontrando com Bryce? Como?

Estamos atrás dele. Estamos preocupados com o que ele está armando. Temos falado sobre ele, tentando adivinhar seus pensamentos, praticamente acreditando que ele era um *serial killer. E Suze estava falando com ele o tempo todo?*

Estou muito confusa. Quero gritar "*Como éééé?*" "*Explique isso!*" Quero ir até eles e dizer "*Vocês não podem fazer isso!*"

Mas apenas observo em silêncio, enquanto eles conversam sobre alguma coisa que não consigo escutar. Os braços de Suze estão cruzados de modo protetor à frente do corpo, e ela diz frases curta e diretas, enquanto Bryce parece calmo e tranquilo como sempre. Eu meio que espero que ele pegue uma bola de vôlei e comece a jogar.

Finalmente, parece que eles chegam a uma conclusão. Bryce faz um simples movimento de cabeça, como se estivesse assentindo, e então coloca a mão no braço de Suze. Ela o afasta com uma ferocidade que até mesmo eu me sobressalto, e Bryce dá de ombros. Parece estar se divertindo. Então, ele se afasta, misturando-se à multidão, e Suze fica sozinha.

Ela se curva ao lado de um bloco de feno decorativo, com a cabeça abaixada, parecendo desesperada, e algumas pessoas que passam por ali a observam com certa preocupação. Ela está em transe, e eu penso duas vezes se devo falar com ela. Algo me diz que ela vai me atacar com mais raiva ainda quando se der conta de que eu a vi com Bryce.

Mas preciso fazer isso. Isso não diz respeito apenas à nossa amizade. Tem a ver com tudo.

Caminho na direção dela, decidida, e espero até que ela olhe para mim. Ela levanta a cabeça e, por um momento, parece um animal acuado. Todos os músculos do corpo dela estão tensos. Suze olha ao redor freneticamente, como se quisesse checar se havia mais alguém comigo — e então, quando se convence de que estou sozinha, gradualmente volta a me encarar.

— Suze... — começo, mas minha voz sai completamente rouca, e eu nem sei direito o que estou tentando fazer.

— Você... — Ela engole em seco como se não conseguisse dizer aquilo, e eu balanço a cabeça, assentindo.

— Suze...

— Não. — Ela me interrompe com a voz embargada. Seus olhos estão muito vermelhos. Ela parece estar passando mal, penso de repente. Passando mal de preocupação. E não é por achar que Tarkie está correndo perigo. É outra coisa, algo que ela está escondendo de todos nós.

Pelo que parece uma eternidade, ficamos apenas olhando uma para a outra, e é como se estivéssemos tendo uma conversa silenciosa.

Queria que você conversasse comigo.

Eu também.

As coisas ficaram bem estranhas, não é?

Sim.

Então vamos resolver isso.

Consigo perceber que a postura defensiva dela está cedendo, pouco a pouco. Lentamente, os ombros dela caem. Sua mandíbula relaxa. Ela olha direitamente em meus olhos pela primeira vez em muito tempo, e eu tenho uma sensação horrível ao ver que ela está desesperada.

Mas tem outra coisa acontecendo aqui. Algo que abalou o equilíbrio entre nós. Até onde consigo me lembrar, era sempre eu quem me metia em enrascadas e Suze quem me ajudava a sair delas. É assim que somos. Mas, agora, as coisas parecem invertidas. Não sei exatamente o que está acontecendo — mas de uma coisa tenho certeza: Suze está em apuros.

Há um zilhão de perguntas que quero fazer, mas acho que ela precisa se acalmar um pouco primeiro.

— Venha — digo. — Não me importa que ainda seja de manhã, mas precisamos de uma bebidinha.

Eu a levo para a Barraca da Degustação de Tequila, e ela me acompanha parecendo triste. Peço duas doses de tequila e entrego uma a ela. Então, olho bem para ela, com um olhar sério, e digo:

— Tá bom, Suze. Você precisa me contar tudo. O que está acontecendo entre você e o Bryce?

E, claro, assim que olho para o rosto dela, entendo.

Bem, eu meio que soube assim que ele apareceu. Mas, quando a encaro, a sensação que tenho é de uma faca sendo enfiada em meu peito.

— Suze, você *não fez isso.*

— Não! — diz ela, como se eu a tivesse escaldado. — *Não totalmente...*

— O que é "não totalmente"?

— Eu... nós... — Ela olha ao redor. — Podemos procurar um lugar melhor para nos sentarmos?

— Suze. Me conta de uma vez. — Sinto um nó na garganta. — Você traiu o Tarkie?

De repente, começo a ter flashbacks do casamento dos dois. Suze estava linda e radiante. Ela e Tarkie estavam muito confiantes e otimistas. Estávamos todos muito confiantes e otimistas.

E, tudo bem, Tarkie consegue ser meio esquisito de vez em quando. Ele pode ter um gosto duvidoso para roupas. E para música. E para tudo. Mas ele não trairia Suze de jeito nenhum, *nenhum*. Só de pensar em como ele ficaria magoado se descobrisse isso já fico com os olhos marejados.

— Eu... — Ela leva a mão ao pescoço. — O que conta como traição? Beijar?

— Vocês só se beijaram?

— Não exatamente.

— Vocês...

— Não! — Ela hesita. — Não *exatamente*.

Há uma pausa, enquanto minha imaginação passa por vários cenários diferentes.

— Você *sentiu* que estava traindo?

Mais uma longa pausa. E, de repente, os olhos dela também estão marejados.

— Sim — diz ela, com a convicção falha. — Sim, *eu queria* estar. Eu estava cansada. Tarkie andava tão arrasado, e tudo estava tão difícil na Inglaterra, e Bryce era tão alegre e otimista e... sabe...

— Meio como o deus do sexo.

Eu consigo me lembrar de quando Suze e Bryce se conheceram, e me recordo de ter visto uma faísca entre os dois. Mas nunca na vida eu pensei que...

Isso só mostra que não sou desconfiada o bastante. É isso. Nunca mais vou acreditar em nada. Imagino que todo mundo esteja tendo casos extraconjugais e eu nunca percebi.

— Exatamente — Suze está dizendo. — Ele era muito diferente. Muito confiante a respeito de tudo.

— Então, quando vocês... — Minha mente está vasculhando o passado, tentando entender. — Quer dizer, você não ia ao Golden Peace *tanto assim*... Era à noite?

— Não me pergunte quando! — grita Suze, angustiada. — Não me peça datas, horários nem locais! Foi um erro, sim! Consigo ver isso agora. Mas é tarde demais. Ele me pegou.

— Como assim, ele te pegou?

— Ele quer dinheiro — diz Suze sem ânimo. — Muito.

— Você *não vai dar* dinheiro pra ele, né? — Fico olhando para ela.

— O que mais eu posso fazer?

— Suze! Você não pode fazer isso! — Acho que vou desmaiar de tão horrorizada que fico. — Você não pode dar nada a ele!

— Mas ele vai contar pro Tarkie! — Lágrimas começam a rolar pelo rosto dela. — E o meu casamento vai acabar... as crianças... — Ela olha para seu copo de tequila. — Bex, eu estraguei a minha vida toda e não sei o que fazer. Não podia contar pra ninguém. Tenho me sentido muito sozinha.

Sinto uma pontada de dor. Bem, talvez seja indignação. Ou raiva.

— Você podia ter me contado — digo, tentando parecer calma, em vez de magoada, indignada e irritada. — Você podia ter confiado em *mim*, Suze.

— Não, não podia! Você e o Luke têm um relacionamento perfeito. Você nunca teria entendido.

O quê? Como ela pode dizer isso?

— Quase nos separamos em Los Angeles! — respondo, sem acreditar no que ela acabou de dizer. — Tivemos uma baita briga e Luke foi para casa na Inglaterra, e eu não sabia se ele voltaria ou não. Então acho que teria entendido, se você tivesse me dado uma chance.

— Ah. — Suze enxuga as lágrimas. — Bem... Ah, eu não sabia que as coisas tinham ficado tão ruins entre vocês.

— Eu tentei te contar, mas você não estava interessada! Você me ignorou!

— Bom, *você* me ignorou!

Estamos olhando uma para a outra, ofegantes, com o rosto corado e com nossos copos de tequila nas mãos. Sinto que finalmente estou me despindo de todas as máscaras que possam existir e dizendo a Suze tudo o que estava entalado há muito tempo.

— Tá bom, Suze, talvez eu tenha te ignorado. — Praticamente cuspo as palavras. — Talvez eu tenha errado em Los Angeles. Mas, sabe de uma coisa? Pedi desculpas um milhão de vezes, vim com você nessa viagem, estou fazendo meu melhor... e você nem sequer *olhou* pra mim. Você não conversa comigo, não olha nos meus olhos, só sabe me criticar. Você só quer saber da Alicia. Mas eu sou sua amiga. — Uma montanha de mágoa represada está vindo à tona, e meus olhos de repente ardem por causa das lágrimas. — Eu sou sua *amiga*, Suze.

— Eu sei — sussurra ela, olhando para o copo. — Eu sei disso.

— Então por que você está me tratando assim? — Seco o rosto de qualquer jeito. — E não estou inventando isso. O Luke também percebeu.

— Ai, meu Deus. — Suze parece mais angustiada do que nunca. — Eu sei. Tenho sido péssima. Mas eu não conseguia nem olhar pra você.

— Por que não? — Estou muito agitada, praticamente berrando. — Por que não?

— Porque eu sabia que você ia descobrir tudo! — diz ela. — Você *me conhece*, Bex. Alicia não. E eu consigo fingir quando estou com ela. — Quando Suze olha para mim, vejo que está chorando. O rosto dela está muito vermelho e o nariz está escorrendo. — Não consigo esconder nada de você.

— Você escondeu o Bryce de mim — digo.

— Evitando você. Ai, Bex. — Suze passa as mãos pelos cabelos. — Tenho andado angustiada há tanto tempo... queria ter te contado desde o começo...

Nunca vi Suze tão arrasada. Ela parece estar menor, e sua agitação tão característica desapareceu. O rosto está contraído, e os cabelos estão ensebados por baixo dos apliques.

— E se meu casamento terminar, Bex? — pergunta ela, e eu sinto tremor percorrendo meu corpo.

— Não vai. Suze, vai dar tudo certo. — Eu a abraço. — Não chore, vamos resolver isso.

— Tenho sido tão idiota. — Ela chora e soluça. — Tããããããoooo idiota. Não é?

Mas não respondo. Só a abraço mais forte.

Já fui tão idiota. Já me meti em tantas confusões. E Suze nunca foi grosseira comigo nem me repreendeu. Ela sempre esteve do meu lado. Então, é isso que farei também.

Enquanto estamos ali sentadas, nos entregando à música mexicana, penso no passado, em quando as coisas começaram a ficar esquisitas entre nós duas. Eu achava que era tudo culpa minha. Pensei que fosse por minha causa e pelas minhas preocupações. Nunca me ocorreu que ela poderia ter suas próprias preocupações.

— Ai, minha nossa. — Levanto a cabeça quando percebo. — *Era por isso* que você estava tão desesperada pra afastar Tarkie e Bryce. Porque o Bryce podia contar pra ele.

— Em parte foi por isso — admite Suze.

— Espera. — Puxo o ar, assustada. — Você *inventou* a história da lavagem cerebral?

— Não! Eu estava mesmo preocupada com o Tarkie! — diz Suze na defensiva. — Ele está muito vulnerável... E o Bryce é um cara do mal, manipulador... — Ela para de falar e respira fundo. — Ele corre atrás de dinheiro sempre que pode. A princípio, ele pensou que o Tarkie tinha muito dinheiro, por isso foi atrás dele. Então, ele se deu conta de que eu tenho meu próprio dinheiro também, então ele... Bem. — Ela engole em seco. — Começou a me perseguir.

— Você não pode dar dinheiro pra ele. Você sabe disso. — Suze não reage e eu olho para ela, séria. — Você sabe disso, não sabe, Suze? O que você falou pra ele?

— Disse que vou encontrar com ele às sete da noite pra levar o dinheiro.

— *Suze!*

— Bem, o que mais eu posso fazer?

— Se você der dinheiro a ele uma vez, ele terá poder sobre você pra sempre. Nunca devemos ceder a um chantagista. Todo mundo sabe disso.

— Mas e se ele contar pro Tarkie? — Suze coloca o copo na mesa e passa as mãos pelo cabelo de novo. — Bex, e se eu tiver estragado tudo? E se o Tarkie e eu nos separarmos?

E as crianças? — A voz dela está trêmula. — Eu coloquei minha vida toda em risco, tudo...

Um integrante da banda mexicana se aproxima e balança os maracás para Suze com um sorriso no rosto. Ele oferece um deles a ela, mas o coitado escolheu a moça errada.

— *Me deixa em paz*! — grita ela, e o homem dos maracás se afasta, assustado.

Por um tempo, ficamos sentadas em silêncio. Minha cabeça está girando, e não é só por causa da tequila. Eu ainda tenho um milhão de perguntas para Suze, tipo *Quem tomou a iniciativa*? E *Como assim "não exatamente"*? Mas não posso pensar nisso agora. O mais importante é nos livrarmos de Bryce.

— Suze, o Tarkie não vai te deixar — digo abruptamente.

— Por que não? Ele me deixaria, sim. — Ela olha para mim com olhos tristes. — Sei que sou insuportável de vez em quando. Perco a paciência com ele e falo um monte de besteiras...

— Eu sei — digo, sem jeito. — Ele me falou. Olha, Suze, você precisa saber de uma coisa. Tenho falado com o Tarkie e não contei a você.

Os olhos dela brilham de choque e ela puxa o ar, assustada. Por um terrível momento, acho que ela vai gritar comigo. Mas, então, ela solta o ar e a onda de raiva passa.

— Tá bem — diz ela, finalmente. — Eu deveria saber. E ele disse "Minha esposa é uma cretina".

— Não! Claro que ele não falou nada disso! — Tento pensar em como dizer isso com jeitinho. — Ele disse... humm... que vocês têm tido dificuldades.

— Dificuldades! — Ela ri de uma maneira amargurada.

— Escute, Suze — continuo, ansiosa. — *Tudo bem.* Tarquin é bem mais forte do que você pensa. Ele não está mais com o meu pai agora, está cuidando das coisas sozinho pra ajudar, e parece estar muito confiante. Acho que o Bryce não fez nenhuma lavagem cerebral nele. Acho que o motivo pelo qual ele estava tão irritado em Los Angeles era... outro.

— Eu.

— Não só você. A situação toda. Mas agora ele está longe disso tudo... está se sentindo útil... acho que ele está bem melhor.

Suze fica em silêncio por um momento, pensando.

— Tarkie adora o seu pai — diz ela, finalmente. — O seu pai é o pai que ele teria adorado ter.

— Eu sei.

— Ele contou o que eles estão fazendo?

— Claro que não. — Reviro os olhos. — Ele me disse pra darmos um pouco de privacidade ao meu pai e que era melhor voltarmos pra Los Angeles.

— Talvez ele tenha razão. — Suze coloca os pés na beirada do banco e envolve as pernas com os braços. — Sei lá... O que estamos fazendo? O que todos nós estamos *fazendo*?

Acho que essa é uma daquelas perguntas que você não deve responder. Então, em vez de dizer *Estamos atrás do Tarkie porque você pediu, Suze,* bebo mais um gole da minha tequila.

— Sinto que estou vivendo uma maluquice — diz ela de repente. — E descontei tudo em você, Bex.

— Não descontou, não. — Dou de ombros, sentindo-me envergonhada.

— Descontei, sim. — Ela olha para mim com os olhos enormes e tristes. — Tenho sido péssima. Não acredito que você ainda está falando comigo.

— Bem... — hesito, tentando encontrar as palavras certas. — Você é minha amiga. E eu fui péssima em Los Angeles. Nós duas fomos péssimas.

— Eu fui *pior* — diz Suze enfaticamente. — Porque eu tentei fazer você se sentir culpada o tempo todo. Mas o que eu estava fazendo? *O que eu estava fazendo*? O tom de voz dela aumenta e novas lágrimas começam a descer pelo seu rosto. — Tem sido uma loucura. Desde que eu vim pra Los Angeles, acho que eu queria fugir daquela vida chata no Reino Unido. Mas agora daria qualquer coisa pra... — Ela para de falar e esfrega os olhos. — Eu daria tudo pra...

— Você *pode* ter a sua vida de volta. Mas, antes de qualquer coisa, você *não pode* dar dinheiro ao Bryce.

Suze fica em silêncio por um tempo, apertando as mãos uma na outra.

— Mas e se ele contar pro Tarkie? — sussurra ela.

— Você não pode ter medo disso. — Eu me preparo para dizer o que sei que é o certo. — Suze, você mesma tem que contar pro Tarkie. O mais rápido possível.

Quando ela olha para mim, parece muito mal. Mas, depois de um tempão, que parece meia hora, ela assente.

Acho que eu me sinto quase tão mal quanto Suze. Já tive de admitir um monte de coisas esquisitas ao Luke ao longo dos anos, como quando vendi os seis relógios Tiffany dele no eBay sem falar nada com ele. Mas vender relógios Tiffany e beijar outro homem são coisas que nem sequer estão na mesma *categoria*.

E quando digo beijar, estou sendo gentil com Suze, porque obviamente foi muito mais do que um beijo. (Mas foi o que, exatamente? Ela não me contou, e claro que sou madura demais para pedir para ela desenhar. Terei de usar minha imaginação.)

(Bem, não faça isso, não. Ai. Imaginação *maldosa*.)

Combinamos que eu ligaria e passaria o telefone para ela, e, quando pressiono o botão de discagem rápida, meu coração está batendo forte.

— Tarkie! — digo, furiosa, assim que ele atende. — Olha, você precisa falar com a Suze agora e, se não fizer isso, nunca mais vou falar com você, e, quando eu contar isso ao meu pai, ele também vai parar de falar com você. Essa situação é *ridícula*. Você não pode continuar telefonando pra mim e evitando a Suze. Ela é sua *esposa*. E tem coisas muito importantes pra falar.

Faz-se silêncio do outro lado, e, então, ele diz:

— Certo, coloque a Suze na linha. — Ele parece um pouco arrependido.

Passo o telefone a Suze e depois me afasto. Estava meio que esperando que Suze pedisse para que eu ficasse com ela, para que eu pudesse encostar o ouvido na parte de trás do celular e ouvir o que Tarkie diria. Mas ela disse que precisava conversar com ele em particular.

E... sabe como é. É o casamento dela e tudo. Apesar de achar que eu *conseguiria* ser muito solícita e que daria a ela coragem suficiente e a ajudaria quando ela não soubesse o que dizer. Bom, é o que eu acho.

Tá, tudo bem. Ela saiu da barraca e eu estou sentada perto da banda mexicana, tomando uma Coca diet para diluir a tequila. Um rapaz num poncho me deu um tamborim há pouco e parecia tão animado que não tive coragem de recusar. Então estou batucando e cantando no que *considero* um espanhol muito bom ("Aheya-aheya-aheya-aheya") e tento não imaginar Suze e Tarquin de pé nos degraus de um fórum, mas não consigo, porque aquela imagem não sai da minha cabeça.

Meu coração dá um solavanco e o tamborim cai do meu lado. Ela está de pé ao lado da barraca, o rosto corado, ofegante, parecendo muito assustada.

— O que aconteceu? — pergunto quando ela se aproxima. — Suze, você está bem?

— Bex, as árvores de nossas propriedades — diz ela, agitada. — As árvores. Consegue se lembrar de alguma coisa em relação a elas? Qualquer coisa que seja?

Árvores? Do que ela está falando?

— Humm, não — digo. — Não sei nada sobre as árvores. Suze, concentre-se. O que aconteceu? Como as coisas ficaram?

— Não sei. — Ela está inexpressiva.

— *Você não sabe*? Como pode não saber? O que ele disse?

— Conversamos. Eu contei a ele. Ou melhor, ele não entendeu muito bem, pra falar a verdade... — Ela coça o nariz.

Consigo imaginar a conversa. Suze dizendo "Uma coisa terrível aconteceu, Tarkie", e Tarkie pensando que ela perdeu o rímel.

— Você *contou* a ele, de verdade? — pergunto, séria. — Ele sabe mesmo o que aconteceu?

— Sim. — Ela engole em seco. — Sim, ele... ele entendeu, no fim. Sei lá, o sinal não estava bom...

— E?

— Ele ficou muito chocado. Acho que me enganei pensando que ele imaginaria... mas ele não imaginou.

Francamente. Claro que não teria como ele imaginar isso. Estamos falando do Tarkie. Mas não digo isso a Suze, porque ela está surtando.

— Fiquei pedindo desculpas e dizendo que não foi tão ruim quanto ele provavelmente estava imaginando — Suze puxa o ar —, e que eu não consegui, sabe como é, ir até o fim com o Bryce, e ele perguntou se deveria se sentir *grato* por isso.

Muito bem, Tarkie, penso. Mas também: muito bem, Suze. Sei lá, afinal, ela não foi *infiel de fato*, não *é*? No sentido legal da coisa.

(Existe um sentido legal? Preciso perguntar isso ao Luke, ele vai saber.)

(Na verdade, não, não vou perguntar ao Luke, senão ele vai querer saber por que eu quero saber isso, o que poderia levar a todos os tipos de desentendimentos dos quais *não* preciso no momento.)

— Bom, por fim, eu disse que precisávamos nos encontrar e conversar, o mais rápido possível — continua Suze, com a voz embargada. — E ele disse que não.

— *Não?* — pergunto, boquiaberta.

— Ele disse que estava fazendo algo muito importante pro seu pai e que não ia interromper. E então o sinal caiu. Então... — Suze dá de ombros, como se não ligasse, mas vejo que ela está nervosa.

— Então a conversa acabou assim? — pergunto, sem acreditar.

— Sim.

— E você não sabe como as coisas vão ficar agora?

— Não. — Ela se senta em um banquinho ao meu lado e eu olho para ela, sentindo-me meio tonta. Está tudo errado. Uma pessoa liga para o marido para fazer uma confissão completa e sincera, para conversar sobre tudo, e então, no fim, os dois se separam ou fazem as pazes.

Não é?

O problema do Tarkie é que ele não vê TV, por isso ele não faz ideia de como essas coisas são.

— Suze, você precisa comprar uns DVDs de seriados. Tarkie não tem nenhuma referência.

— Eu sei. Ele não disse nada do que eu pensei que diria.

— Ele falou que precisava de um tempo?

— Não.

— Ele disse "Como vou confiar no que você disser agora?"?

— Não.

— Bom, *o que* ele disse então?

— Ele falou que conseguia entender o fato de eu ter me sentido atraída pelo Bryce e que ele também tinha sido enfeitiçado por ele...

— Verdade. — Concordo.

— ... mas que somos Cleath-Stuarts, e Cleath-Stuarts não se enrolam, é tudo ou nada.

"Tudo ou nada?" Faço uma careta.

— O que ele quis dizer com isso?

— Não sei! — resmunga Suze. — Ele não foi claro. E depois começou a falar de uma árvore famosa que temos em Letherby, a Torre da Coruja. — O olhar de doida volta. — Você sabia que todas as nossas árvores grandes têm nomes?

Sei. No quarto de hóspedes de Suze tem um livro sobre essas árvores, e eu já *tentei* lê-lo, mas adormeço sempre que chego à parte que conta que Lorde Henry Cleath-Stuart levou sementes da Índia para a Inglaterra em 1873.

— Falar sobre uma árvore é bom! — exclamo, animada. — É um ótimo sinal. É como se ele dissesse "Quero que nosso casamento dure". Suze, se ele está falando sobre árvores, acho que vocês estão numa boa.

— Você não entende! — resmunga ela de novo. — Eu não sei qual é a Torre da Coruja! Temos milhões de árvores chamadas Alguma Coisa da Coruja. E tinha uma muito famosa que foi atingida por um raio e morreu. Pode ser que seja essa.

— Ai, meu Deus. — Olho para ela, com a confiança abalada. — Sério?

— Talvez Tarkie esteja dizendo que Bryce é o raio e agora nosso casamento é um toco queimado com fumaça saindo dele. — A voz dela falha.

— Mas talvez não seja isso — rebato. — Talvez a Torre da Coruja seja um carvalho sadio que ainda está de pé depois de muitas dificuldades e aborrecimentos. Você não *perguntou* pra ele de qual árvore estava falando?

Suze parece mais agoniada do que antes.

— Eu não podia admitir que não sabia — diz ela com a voz baixa. — Tarkie sempre fala que eu deveria me interessar mais pelas árvores da propriedade. Então, no ano passado, eu falei com ele que tinha conversado com o jardineiro e que tinha sido muito interessante.

— E você fez isso?

— Não — sussurra ela, cobrindo o rosto com as mãos. — Fui andar a cavalo.

— Deixa eu ver se entendi. — Coloco o tamborim em cima do balcão, porque não dá para pensar direito segurando um tamborim. — Tarkie achou que estava te passando uma mensagem, um código, que você entenderia graças ao amor que vocês dois sentem pelas árvores da família.

— Sim.

— Mas você não tem a menor ideia do que ele quis dizer.

— Não.

Francamente. É esse o problema de morar em uma casa enorme com grandes símbolos poéticos por todos os lados. Se eles morassem em uma casa normal, com uma macieira e uma cerca viva, não haveria nenhuma dificuldade.

— Vamos pensar. Suze, você precisa descobrir qual árvore é a Torre da Coruja. Ligue pros seus pais, pros pais dele, telefone pro seu jardineiro... pra todo mundo.

— Já fiz isso — admite ela. — Deixei mensagem pra todo mundo.

— Então, o que a gente faz agora?

— Não sei. Esperamos.

Não consigo acreditar nisso. Basicamente o casamento da Suze está acabado... ou não. Depende de uma árvore. Isso é a cara do Tarquin.

Mas acho que podia ter sido pior. Ele podia esperar que ela conhecesse todo o enredo de uma ópera de Wagner.

Suze desce do banquinho e começa a andar de um lado para o outro, mordiscando os dedos e conferindo o telefone a cada dois segundos. Seus olhos estão arregalados, e ela murmura sozinha "Não é a castanheira? Talvez seja aquele freixo grande". Ela vai enlouquecer desse jeito.

— Olha, Suze. — Tento segurar o braço dela, mas não consigo. — Fica calma. Não há nada que você possa fazer agora. Você precisa pensar em outra coisa. Vamos dar uma volta na feira. Suze, *por favor* — imploro, tentando segurar o braço dela de novo. — Você passou por uma fase muito estressante. Não é bom pra você. É muito cortisol na veia. Veneno!

Aprendi isso no Golden Peace. Na verdade, frequentei um monte de aulas de uma disciplina chamada Limite Seu Nível de Estresse, que teriam sido muito úteis se eu não chegasse sempre atrasada, depois da ioga, e passasse a aula toda totalmente irritada. (Na verdade, acho que teria me sentido menos estressada se *não* tivesse ido à aula.)

— Tá bom — concorda ela por fim, ainda andando de um lado para o outro. — Certo. Talvez eu deva tentar esquecer esse assunto.

— Exatamente! Olha, ainda temos muito tempo até irmos para a Tenda das Cerâmicas. Vamos procurar uma distração.

— Isso. — Suze para de andar de um lado para o outro, mas os olhos dela ainda estão arregalados. — Você tem razão. O que podemos fazer? Será que posso pegar um cavalo emprestado? Poderia entrar em alguns eventos. Nunca estive num rodeio.

Um rodeio? Ela *pirou*?

— Humm... talvez! — digo, assustada. — Na verdade, eu estava pensando mais em... tipo... andar por aí? Olhar os produtos expostos? Eles têm galinhas, sabia?

Suze sempre teve uma queda por galinhas (que eu entendo ainda menos do que o lance com os porcos). Abro meu guia e estou prestes a ler para ela algumas das raças, quando os olhos dela brilham.

— *Já* sei. — Ela segura meu braço e me puxa. — Já sei.

— Aonde está indo? — protesto.

— Você vai ver.

Suze parece bastante determinada, então não há motivo para discutir. E pelo menos ela parou de roer as unhas como uma doida. Passamos por todas as barracas de comida, pelas arenas de animais e pela Vila da Criatividade. (Duas vezes, na verdade. Acho que a Suze está meio perdida, não que ela admita isso.)

— Chegamos. — Suze finalmente para na frente de uma barraca com uma placa na qual se lê *Pisada*. Ouço "Sweet Home Alabama" tocando no aparelho de som lá dentro.

— O que é isso? — pergunto sem entender.

— Vamos comprar botas — diz Suze. — Estamos numa feira na zona rural, então precisamos de botas de caubói decentes. — Ela me leva para dentro da barraca e eu sinto o cheiro de couro. Na verdade, sinto um cheiro tão forte que preciso de um momento para entender a cena maravilhosa à minha frente.

— Ai, meu Deus — gaguejo, por fim.

— Não é simplesmente... — Suze parece tão encantada quanto eu.

Estamos de pé, de braços dados, olhando para cima, absolutamente fascinadas, como duas peregrinas no templo sagrado.

Sabe, já tinha visto botas de caubói expostas, um monte de vezes. Sabe como é. Uma prateleira aqui, outra ali. Mas nunca vi nada parecido com isso. As estantes vão até o teto da tenda. Cada uma tem cerca de 15 prateleiras, e todas estão lotadas de botas. Há modelos marrons e pretos; cor-de-rosa e verde-água. Alguns têm pedrinhas decorativas. Outros têm bordados. Alguns têm pedrinhas *e* bordados. Embaixo de uma placa na qual se lê *Botas de luxo*, tem um par branco com estampa de cobra que custa $500, e um par feito com couro de avestruz azul-claro que custa $700. Tem até um par de botas pretas que vão até à coxa marcadas como *Última Moda*, mas são meio esquisitas, para ser sincera.

É tudo tão incrível que nenhuma de nós duas consegue falar. Suze tira as botas marrons de caubói que comprou em Covent Garden e calça um par branco e cor-de-rosa. Com o jeans azul e os cabelos loiros, elas ficam *demais*.

— Olha essas. — Pego um par bege para ela, com pedrinhas delicadas formando desenhos nas laterais.

— São lindas. — Suze praticamente ronrona de desejo.

— Ou essas! — Encontrei um par de botas de couro pretas e marrom-escuro com cheiro forte e marcante, cheiro de couro. — Para o inverno!

É como devorar chocolate. Cada par é mais atraente e delicioso. Durante cerca de vinte minutos, não faço nada além de entregar botas a Suze e observar enquanto ela as calça. As pernas dela parecem não ter fim, e ela fica jogando o cabelo para o lado e dizendo:

— Queria que o Caramel estivesse aqui.

(Caramel é o mais novo cavalo dela. E, tenho de confessar, estou bem feliz por ele *não estar* aqui, se ela está pensando em participar de um rodeio.)

Por fim, ela escolhe as botas bege com pedrinha e um par preto com um bordado incrível. Aposto que vai comprar os dois.

— Espere. — Ela olha pra mim de repente. — Bex, e você? Por que não está experimentando nenhuma?

— Ah — digo, surpresa. — Na verdade, não estou a fim.

— Não está a fim? Do quê? — Ela olha para mim, confusa. — De experimentar as botas?

— Sim, acho que não.

— *Nem um pouco?*

— Bom... não. Mas vá em frente — digo, incentivando-a.

— Não quero continuar. — Suze parece um pouco desanimada. — Queria comprar um par de botas *para nós duas*. Sabe, pra compensar. Para voltarmos a sermos amigas. Mas se você não quiser...

— Não, eu quero! Seria incrível! — digo depressa.

Não posso magoar Suze. Mas estou com aquela sensação esquisita de nó no estômago. Tentando ignorar o que sinto, pego um par de botas da prateleira mais próxima e Suze me dá um par meias.

— Elas são lindas. — Eu as calço. — São marrons com um desenho preto brilhante e servem perfeitamente em mim. — Tamanho perfeito também. Pronto. Achei. — Tento sorrir.

Suze está de meias, segurando dois pares, com os olhos estreitados.

— É *isso?*

— Humm... sim.

— Não vai experimentar mais nenhuma?

— Bom... — Passo os olhos pelas botas, tentando me animar. *Botas*!, digo a mim mesma. *Suze quer me dar botas lindas! Oba!*

Mas tudo isso soa falso em meus ouvidos. Quando Suze as experimenta, fico muito animada por ela — mas, comigo, de algum modo, é diferente. Para mostrar que estou de boa vontade, pego um par turquesa e meto os pés dentro dele. — Essas são legais também.

— Legais?

— É... — Procuro a palavra certa. — Lindas. Elas são lindas — digo, tentando parecer entusiasmada.

— Bex, pode parar! — diz Suze, irritada. — Volte ao normal! Fique animada!

— Mas *estou* animada! — respondo, mas até mesmo eu consigo perceber que não estou convencendo.

— O que aconteceu com você? — Suze olha para mim, o rosto corado pela agitação.

— Nada!

— Aconteceu alguma coisa, sim! Você ficou esquisita. Ficou toda... — Ela para de repente. — Espera. Você está enrolada com dinheiro, Bex? Porque eu vou pagar...

— Não, pela primeira vez, não estou enrolada. Olha... Perdi um pouco a vontade de comprar. Só isso.

— *Perdeu* a vontade de comprar? — Suze deixa os dois pares caírem no chão.

— Só um pouco. Sabe como é... Pra mim. Adoro comprar coisas pra Minnie e pro Luke... Olha, leve um par de botas pra você. — Abro um sorriso para ela. — Eu compro outro dia. — Pego as botas caídas no chão e as dou para ela. — São fabulosas.

Mas Suze não move um músculo. Está olhando para mim, assustada.

— Bex, o que está acontecendo?

— Nada. É só que... sabe? Tudo está meio estressante, eu acho.

— Você parece desanimada. Não tinha notado antes. Estava envolvida demais em... — Ela para. — Eu não estava prestando atenção em você.

— Não há nada em que prestar atenção. Olha, Suze, eu estou *bem*.

Silêncio. Suze ainda está me olhando daquele jeito atento. Então, ela se aproxima, segura meus braços e me encara.

— Bex, o que você mais quer na vida agora? Não estou falando só de coisas, mas... tipo... *experiências*. Férias. Um emprego. Um sonho... qualquer coisa!

— Eu... bem...

Tento pensar em algum desejo. Mas é esquisito. É como se esse espaço dentro de mim estivesse oco.

— Só quero... que todo mundo seja saudável — digo, e sei que é uma resposta ruim. — Paz mundial. Coisas comuns.

— Você não está bem. — Suze solta meus braços. — Não sei *o que* te deu.

— Só porque não quero um par de botas de caubói?

— Não! Porque nada está *motivando* você. — Ela olha para mim assustada. — Você sempre teve uma... energia. Onde ela foi parar? Você está entusiasmada com o que agora?

Não digo nada, mas por dentro, algo está estranho. Na última vez que me senti animada em relação a alguma coisa, quase acabei com todos os meus relacionamentos.

— Sei lá. — Dou de ombros, evitando o olhar dela.

— Pense. O que você *quer*? Bex, estamos sendo sinceras uma com a outra.

— Bem — digo, depois de uma grande pausa. — Acho...

— O quê? Bex, *me conta*.

— Bem — tento de novo e dou de ombros. — Acho que, acima de tudo, quero outro bebê, um dia. Mas ainda não aconteceu. Então, sei lá, talvez nunca aconteça. Mas deixa pra lá. — Pigarreio. — Sabe como é, isso não é um problema.

Olho para Suze e vejo que ela ainda está me encarando, surpresa.

— Bex, eu não tinha me dado conta disso. Você nunca falou nada sobre esse assunto.

— Bem, eu não fico *falando* sobre isso. — Reviro os olhos e me afasto alguns passos. Não quero solidariedade Na verdade, nem deveria ter contado.

— Bex...

— Não. — Balanço a cabeça. — Não precisa falar nada. De verdade. Está tudo bem.

Caminhamos um pouco sem falar nada e entramos na tenda ao lado, que tem vários acessórios em couro sobre as mesas.

— Então... o que vocês vão fazer depois dessa missão? — pergunta Suze, por fim, como se estivesse pensando nisso pela primeira vez agora. — Luke vai voltar pro Reino Unido?

— Sim. Quando resolvermos essa questão do meu pai, vamos pegar nossas coisas e voltar pra casa. Acho que vou tentar arrumar um emprego na Inglaterra. Mas não sei se vou conseguir. As coisas estão bem difíceis lá, sabe. — Pego um cinto de couro xadrez, olho para ele sem qualquer expressão e o devolvo à mesa de novo.

— Queria que você tivesse se tornado estilista em Hollywood — diz Suze, e eu fico tão chocada que preciso me apoiar na mesa.

— Não, senhora! Você me perturbou por causa disso!

— Isso foi naquela época. — Suze morde o lábio. — Mas adoraria ter visto seu nome nas telas de cinema. Teria me dado muito orgulho.

— Bem, já passou. — Desvio o olhar, com o rosto sério. É muito doloroso pensar nisso tudo. — E não tenho um emprego para o qual voltar.

— Você pode escolher uma carreira na Inglaterra. Fácil!

— Talvez.

Eu me aproximo de outro estande, longe do olhar penetrante dela. Não quero que Suze entre em minha concha protetora. Estou muito machucada por dentro. E acho que ela percebe isso, porque, quando chega perto de mim, só pergunta:

— Quer um desses?

Ela me mostra um colar de couro horrendo, feito com rolhas de vinho.

— Não — digo, determinada.

— Graças a Deus. Porque isso me deixaria preocupada.

Os olhos dela me observam, achando graça, e acabo sorrindo. Senti saudade dela. Da velha Suze. Sinto saudade de como nós duas éramos antes.

Bem, tem sido incrível ser esposa, mãe e tudo isso, uma adulta, na verdade. Eu me sinto realizada. É gratificante. Mas às vezes eu adoraria ficar na minha num sábado à noite, assistindo a *Dirty Dancing* e pintando os cabelos de azul.

— Suze, você se lembra de quando éramos solteiras, de quando tínhamos o nosso apartamento? — pergunto de repente. — Você se lembra de quando tentei fazer curry? E nós duas estávamos longe de nos casarmos. Muito menos de ter filhos.

— E de cometer adultério — diz ela.

— Não pense nisso! Eu estava pensando... era assim que você acreditava que sua vida de casada seria?

— Não sei — responde ela, depois de pensar um pouco. — Não, acho que não. E você?

— Pensei que seria mais simples — admito. — Meus pais sempre fizeram tudo parecer muito fácil. Sabe como é, almoço de domingo, partidas de golfe, taças de licor... Tudo parecia fazer sentido. A vida era muito calma e organizada.

Mas agora olha o que está acontecendo. Olha pra gente. Tudo é tão *estressante*.

— Mas está tudo bem com você — diz Suze. — Você e Luke estão bem.

— Bom, você e o Tarkie também vão ficar numa boa — digo, com o máximo de confiança que consigo passar. — Tenho certeza disso.

— E nós duas? — pergunta Suze, e ela não parece tranquila. — Bex, tenho sido tão má com você.

— Não tem, não! — digo na hora. — Sabe... estamos... é...

Paro de falar, meu rosto está quente. Não sei o que dizer. Sei que Suze está sendo amorosa e adorável agora... mas e quando Alicia voltar? Vou ser deixada de lado de novo?

— Amizades mudam. — Tento parecer feliz. — Sei lá.

— *Mudam*? — Suze parece chocada.

— Ah, você entendeu — digo, sem jeito. — Você é mais amiga da Alicia agora...

— Não, não sou! Ai, meu Deus... — Suze fecha os olhos com força, parecendo agoniada. — Tenho sido uma grossa. Eu me senti *muito* culpada... acho que fiz tudo errado. Foi horrível. — Ela abre aqueles olhos azuis. — Bex, a Alicia não é minha melhor amiga. Ela nunca poderia ser minha melhor amiga. Você é minha melhor amiga. Pelo menos... espero que ainda queira ser. — Ela para na minha frente, com a cabeça erguida, os olhos ansiosos. — Você é minha melhor amiga?

Sinto a garganta apertar quando encaro aquele rosto tão familiar. Parece que um peso está sendo tirado das minhas costas. Algo que vinha incomodando há muito tempo e com o qual eu já tinha me acostumado está se desprendendo.

— Bex? — Suze tenta de novo.

— Se eu telefonasse pra você de madrugada... — De repente, minha voz fica baixa. — Você atenderia?

— Na hora. — responde Suze sem pestanejar. — Eu estaria à sua disposição. Independentemente do que precisasse, eu faria. — De repente, lágrimas estão brilhando nos olhos dela. — E eu não preciso te fazer essa pergunta, porque, quando eu precisei de você, você me ajudou. Você veio. Você está aqui.

— Mas ainda estava cedo — digo, para fazer justiça. — Eram umas oito da noite.

— Não importa. — Suze me dá um empurrãozinho, e eu dou uma risada, apesar de estar quase chorando. Eu estava sem rumo por achar que tinha perdido minha amiga. E agora eu a tenho de volta. Bom, acho que a tenho de volta.

Dou um passo para trás, tentando me recuperar. E então, num impulso, pego uma pulseira feia de couro, feita de tampinhas de garrafas de cerveja (é mais feia que o colar de rolhas de vinho) e a mostro para Suze, na hora. — Sabe de uma coisa? Você ficaria *ótima* com isso.

— É mesmo? — pergunta ela, com os olhos brilhando. — Bem, e você ficaria *divina* com isso. — Ela pega uma faixa de cabelo coberta com uvas falsas e nós duas rimos. Estou procurando o pior item da mesa quando meus olhos são atraídos para uma figura familiar entrando na tenda.

— Oi, Luke! — Aceno para ele. — Estamos aqui! Notícias da mamãe?

— Mamããão! — grita Minnie, que está pendurada no braço do Luke. — Carneiros!

— Nenhuma notícia, até onde eu sei — diz Luke acima do barulho. — Como estão as coisas? — Ele me cumprimenta com um beijo e então olha para mim e depois para Suze, e para mim de novo. Percebo a dúvida em seu olhar: *vocês fizeram as pazes?*

— Tudo certo — digo enfaticamente. — Na verdade, não está *tudo* certo... sabe.

Tudo certo exceto pelo fato de Suze estar sendo chantageada por seu amante secreto e possivelmente prestes a enfrentar o fim de seu casamento, tento comunicar com o olhar, mas não sei se ele entende.

— Luke, você conhece as árvores de Letherby? — pergunta Suze, com o tom tenso de volta à voz. — Ou o Tarkie já conversou com você sobre elas? Você se lembra de uma chamada Torre da Coruja?

— Humm, não. Desculpa. — Luke parece um pouco confuso com a pergunta, como seria de se esperar.

— Tudo bem. — Suze fica desanimada.

— Depois eu explico — digo. — Humm... Suze, você não se importa que eu conte ao Luke, não é? Sobre... tudo?

O rosto dela fica corado, e Suze olha para o chão.

— Acho que não — diz ela, desanimada. — Mas não na minha frente. Eu *morreria* de vergonha.

O que foi?, pergunta Luke para mim, sem emitir som.

Mais tarde eu conto, respondo da mesma forma.

— Carneiro! — Minnie ainda está gritando, animada. — Carneeeeiro! — Ela está puxando o braço do Luke com tanta força que ele faz uma careta.

— Espera, Minnie! Precisamos conversar com a mamãe primeiro.

— O que ela quer? Quer comprar um carneiro?

— Ela quer *andar* num carneiro — diz Luke com um sorriso. — É isso que é o "monta-carneiros". Crianças pequenas podem andar de carneiros. Na arena.

— *De jeito nenhum.* — Olho para ele. — Elas andam de carneiro? É isso?

— Bem, elas se agarram a eles, é mais do que andar. — Ele ri. — É bem engraçado.

— Ai, meu Deus. — Olho para ele horrorizada. — Minnie, querida, você não vai fazer isso. Vamos comprar um carneiro de brinquedo pra você. — Seguro o braço de Minnie, mas ela me afasta.

— Andar de carneeeeiro!

— Ah, deixa ela andar! — diz Suze, despertando de seu transe. — Eu andava de carneiro na Escócia.

Ela está falando sério?

— Mas é perigoso! — digo.

— Não é, não! — Suze me repreende. — Elas vão de capacete. Eu já vi.

— Mas ela é muito pequena!

— Na verdade, eles começam com 2 anos e meio. — Luke ergue as sobrancelhas. — Vim aqui para sugerir que deixemos.

— Deixar Minnie andar de carneiro? — Estou quase sem fala. — Você endoidou?

— Cadê seu espírito aventureiro, Bex? Sou a madrinha da Minnie e acho que ela deve andar de carneiro. — De repente, os olhos da Suze estão brilhando de um jeito familiar. — Vamos, Minnie, estamos no Velho Oeste agora. Vamos andar de carneiro.

Será que eu sou a única adulta responsável por aqui? *Será*?

Quando chegamos à arena dos carneiros, estou muda, chocada. Nem sei por onde começar. São animais selvagens. E as pessoas estão colocando seus *filhos* em cima deles. E acham isso o máximo. No momento, um menino de bandana, que parece ter uns 5 anos, está agarrado à traseira de um carneiro branco, grande e peludo, que está saltando pela arena. As pessoas na plateia gritam para incentivá-lo e filmam com seus celulares, e o homem ao microfone está narrando:

— E o jovem Leonard ainda está se segurando... É isso aí, Leonard... Ele tem jeito... Aaaaah.

Leonard caiu do carneiro, o que não surpreende, porque, sinceramente, o animal mais parece uma fera. Três homens correm para segurar o carneiro, então Leonard se levanta, com um sorriso orgulhoso, e a multidão vai à loucura.

— Vamos aplaudir Leonard!

— Leo-nard! Leo-nard! — Um grupo de pessoas, que deve ser a família do menino, está cantando. Leonard faz uma breve reverência e então tira a bandana do pescoço e a joga para a plateia.

Ele o *quê*? É apenas um menino que acabou de cair de um carneiro, não um campeão de Wimbledon! Olho para Suze em busca de apoio, mas o rosto dela está radiante.

— Isso me lembra a minha infância — diz ela, animada. O que não faz sentido. Suze foi criada por uma família aristocrática na Grã-Bretanha, não num rancho no Arizona.

— Sua mãe e seu pai usavam chapéus de caubói? — pergunto, revirando os olhos.

— Algumas vezes — responde Suze sem pestanejar. — Você sabe como a mamãe era. Ela costumava participar das gincanas usando as roupas mais horrorosas.

Na verdade, eu *consigo* acreditar. A mãe da Suze tem uma coleção bem eclética de roupas, deveria sair na *Vogue*. Ela também é muito atraente, daquele jeito rústico. Se tivesse uma boa estilista por perto o tempo todo — como eu, por exemplo —, estaria sempre linda de morrer, maravilhosamente estranha. (Porque, em quase todo o resto do tempo, ela é só estranha.)

Outra criança entrou na arena, no mesmo carneiro. Ou talvez em outro. Como posso saber? Parece igualmente animado, e a menininha já está quase caindo.

— E aqui está Kaylee Baxter! — diz o apresentador. — Kaylee faz 6 anos hoje!

— Vamos! — diz Suze. — Vamos deixar a Minnie ir!

Ela segura a mão da Minnie e caminha em direção à Tenda de Ingressos. Tem um termo para preencher, com espaços para assinar, e Luke cuida de tudo isso, enquanto eu tento pensar em outros motivos para convencê-los de que não é uma boa ideia.

— Acho que a Minnie não está se sentindo muito bem — digo a ele.

— Carneiro! — diz Minnie, pulando sem parar. — Anda-de-carneiro. Anda-de-carneiro. — Os olhos dela estão brilhando, e seu rosto está tomado de ansiedade.

— Olha, ela está febril. — Levo a mão à testa dela.

— Não está, não. — Luke revira os olhos.

— Quer dizer... Acho que ela torceu o tornozelo mais cedo.

— Seu tornozelo está doendo? — pergunta Luke para ela.

— Não! — respondeu Minnie enfaticamente. — Não dói. Anda-de-carneiro.

— Becky, você não pode enfiá-la numa redoma — diz Luke para mim diretamente. — Ela precisa conhecer o mundo. Precisa correr alguns riscos.

— Mas ela tem *2 anos*! Com licença. — Rapidamente, eu me dirijo à mulher que está recolhendo as fichas. Ela é magra e bronzeada, e na jaqueta dela está escrito: *Montadores Mirins de Wilderness: Instrutora.*

— Sim, querida? — Ela desvia o olhar da mesa. — Pegou sua ficha?

— Minha filha tem só 2 anos — explico. — Acho que ela é muito pequena pra entrar, não é?

— Ela já tem 2 e meio?

— Bem, sim, mas...

— Então tudo bem.

— Não está tudo bem! Ela não sabe andar de carneiro! Ninguém sabe andar de carneiro! — Ergo as mãos. — Que maluquice!

A mulher dá uma risada.

— Senhora, não entre em pânico. Os pais acompanham os pequenos. — Ela me dá uma piscadela. — Eles não montam de verdade. Só acham que montam.

— Não quero que minha pequena ande nisso — digo com firmeza. — Mas, se ela for andar, não quero, *não quero mesmo*, que ela caia.

— Ela não vai cair, senhora. O pai dela vai segurar firme. Não é, senhor?

— Claro — garante Luke.

— Então, se ela vai andar, preciso de uma ficha.

Não há nada que eu possa fazer. Minha filhinha linda vai andar de carneiro. De *carneiro*. Luke entrega a ficha à moça, e nós caminhamos para a entrada de competidores. Um cara com uma camiseta da Arizona State Fair coloca um capacete e um colete em Minnie, e então a leva para um cercadinho com seis carneiros de tamanhos diferentes em baias separadas.

— Você vai andar direitinho nesse carneiro — diz ele a Minnie, que está prestando muita atenção. — Não solte esse carneiro danado. Não se solte, está bem?

Minnie assente, ansiosa, e o homem ri.

— Os pequenos me divertem — diz ele. — Ela vai soltar o carneiro assim que começar. Senhor, segure-a com firmeza. — Ele olha para Luke.

— Tá — concorda Luke. — Vamos lá. Pronta, Minnie?

Ai, Deus. Eu estou passando mal. É praticamente um rodeio. Eles estão colocando minha filha em cima de um carneiro. E vão abrir o portão e ela vai para a arena... é como em *Gladiador*.

Tá bom, não é exatamente como em *Gladiador*. Mas é quase tão ruim quanto. Meu estômago revira quando observo entre os dedos, com as mãos no rosto, e Suze está tirando fotos com o celular e gritando "Vai, Minnie!".

— Agora nós dois acompanhamos — o rapaz está dizendo a Luke. — Não tire as mãos dela e tire-a de lá o mais rápido que puder.

— Certo. — Luke assente.

— Esse carneiro é velho e dócil. Nós o deixamos pros pequenos. Mas, mesmo assim, é melhor ter cuidado.

Olho para Minnie. As sobrancelhas dela estão unidas, ela está concentrada. Nunca a vi tão focada, a não ser aquela vez em que quis usar o vestido de fada que estava lavando, e ela se recusou a vestir outra roupa o dia todo.

De repente, um sinal toca. Está acontecendo. O portão está abrindo.

— Vai, Minnie! — grita Suze de novo. — Você consegue! Segure firme!

Meu corpo todo está tenso, esperando que o carneiro comece a saltar como um louco e lance Minnie a 3 metros dali. Mas ele não faz isso, em parte porque o rapaz com camiseta da Arizona State Fair está segurando firme o animal. O carneiro está se debatendo, mas, basicamente, não pode ir a lugar nenhum.

Ah. Ah, entendi.

Certo, não é *tão* ruim quanto eu pensei.

— Bom trabalho, querida! — diz o rapaz depois de cerca de dez segundos. — Você andou muito bem de carneiro. Pode sair agora...

— É só isso? — pergunta Suze quando Luke dá um passo para trás e tira uma foto. — Pelo amor de Deus, não durou nada!

— Anda-de-carneiro — grita Minnie, determinada. — Qué anda-de-carneiro!

— Você vai sair...

— *Anda-de-carneiro*!

Eu não sei o que aconteceu — se a Minnie chutou o carneiro ou o quê —, só sei que, de repente, o bicho deu um salto, se soltou das mãos do rapaz de camiseta e começou a trotar depressa pela arena, com Minnie agarrada nele.

— Ai, meu Deus — grito. — Socorro!

— Segure firme, Minnie! — grita Suze ao meu lado.

— Salvem a minha filha! — Estou quase histérica. — Luke, pega ela!

— Olha isso, meu povo! — O apresentador está falando ao microfone. — Minnie Brandon, 2 anos, senhoras e senhores, só 2 anos e ela está *firme*!

O carneiro está trotando e se debatendo, e Luke e o cara de camiseta estão tentando detê-lo, mas Minnie está muito bem segura em suas costas. A questão é, quando Minnie quer muito uma coisa, os dedos dela ganham uma força fora do comum.

— Ela é incrível! — grita Suze. — Olha isso!

— Minnieeee!! — grito, desesperada. — Socoooooorro! — Não consigo mais olhar. Preciso fazer alguma coisa. Pulo a cerca e corro para dentro da arena da melhor maneira que consigo com meus chinelos, ofegante. — Vou salvar você, Minnie! — grito. — Solta a minha filha, seu carneiro!

Eu me lanço na direção do animal e me agarro aos pelos dele, tentando derrubá-lo.

Minha nossa. Ai. Carneiros são *fortes*. E ele pisou no meu *pé* e saiu correndo.

— Becky! — grita Luke. — O que você pensa que está fazendo?

— Parando o carneiro! Pega ele, Luke!

Quando começo a correr atrás do carneiro de novo, ouço a risada da plateia.

— E a mãe da Minnie entrou na corrida! — diz o apresentador. — Vai, mãe da Minnie!

— Vai, mãe da Minnie! — Um bando de adolescentes se une ao coro. — *Mãe da Minnie! Mãe da Minnie!*

— Calem a boca! — digo, irritada. — Me deem a minha *filha*! — Eu me lanço em direção ao carneiro quando ele sai trotando, mas ele é rápido demais, e eu acabo caindo num monte de lama, ou coisa pior. Ai. Minha *cabeça*.

— Becky! — grita Luke do outro lado da arena. — Você está bem?

— Estou! Pegue a Minnie! — Balanço os braços. — Pare esse maldito carneiro!

— Pare esse maldito carneiro! — repetem os adolescentes na hora, com sotaques britânicos forçados. — Pare esse maldito carneiro!

— Calem a boca! — grito para eles.

— Calem a boca! — repetem eles, felizes.

— Ah, calem a boca!

Odeio adolescentes. E odeio carneiros.

Agora Luke, o cara da camiseta da Arizona State Fair e mais dois encurralaram o carneiro. Eles o seguraram e estão tentando tirar Minnie de cima dele, mas ela está meio relutante.

— Anda-de-carneiro! — Ouço quando ela grita irritada e se agarra aos pelos do animal. Ela olha para a plateia, percebe que é o centro das atenções, e sorri, erguendo uma mão para acenar para todos. Que *exibida*!

— Bem, vejam isso, senhoras e senhores! — O apresentador está dizendo. — Nossa mais nova competidora ficou mais tempo no carneiro! Vamos dar a ela uma salva de palmas....

A plateia começa a comemorar e finalmente Luke arranca Minnie de cima do bicho e a tira dali, ainda de capacete e colete, mas ela começa a se debater, protestando.

— Minnie! — Corro na direção dela, desviando do carneiro, que agora está sendo levado de volta para o cercado. — Minnie, você está bem?

— De novo! — O rosto dela está rosado de alegria. — Anda-de-carneiro de novo!

— Não, querida. De novo, *não*.

Minhas pernas estão fracas devido ao alívio quando tiro Minnie da arena.

— Viu? — digo a Luke. — Foi perigoso.

— Viu? — responde Luke com calma. — Ela se saiu bem.

Ok. Sei que este é um daqueles momentos do casamento em que "concordamos que discordamos", como quando dei uma gravata amarela de Natal pro Luke (ainda acho que ele fica muito bem de amarelo).

— Bom, acabou. — Tiro o capacete e o colete dela. — Vamos tomar um chá, uma vodca dupla, qualquer coisa. Estou um caco.

— A Minnie arrebentou! — Suze corre até nós, com o rosto iluminado. — Nunca vi nada igual!

— Bem, ela continua inteira, isso é o mais importante. Preciso beber alguma coisa.

— Espere um pouco. — Suze segura a mão da Minnie, tirando-a da minha. — Quero conversar com você. Os dois. — Ela parece bem agitada. — Eu acho que a Minnie realmente tem talento. Vocês não acham?

— No quê? — pergunto, confusa.

— Em montaria! Viram como ela conseguiu ficar em cima do carneiro? Imaginem quando montar um cavalo!

— Humm... sim — digo sem entusiasmo. — Bem, talvez ela queira fazer isso um dia.

— Você não está entendendo — diz Suze, entusiasmada. — Quero que ela treine. Acho que ela poderia ser uma amazona.

— *O quê?* — Não estou acreditando.

— Ela tem um equilíbrio natural incrível. Entendo dessas coisas, Bex. A gente percebe logo. Bom, a Minnie é uma baita promessa!

— Mas Suze... — Paro de falar, me sentindo impotente. Por onde começar? Não posso dizer *Você está louca, ela só se agarrou a um carneiro.*

— É meio cedo, eu acho. — Luke sorri com gentileza para Suze.

— Luke, me deixe fazer isso! — pede ela, com uma intensidade repentina. — Me deixe transformar a Minnie em uma campeã. Pode ser que meu casamento tenha acabado, que minha vida esteja destruída... mas isso eu posso fazer.

— Seu casamento *acabou*? — exclama Luke, chocado. — Como assim?

Então *é por isso* que Suze está obcecada pela Minnie.

— Suze, para com isso! — Seguro os ombros dela. — Você não sabe se o seu casamento terminou.

— Sei, sim! A árvore é um toco de carvão — diz Suze quase chorando. — Tenho certeza disso.

— A árvore? — Luke parece confuso. — Por que ainda está falando sobre árvores?

— Não é, não! — digo a Suze, da maneira mais confiante que consigo. — É frondosa e verde. Frutífera. E... com pássaros cantando nos galhos.

Suze fica calada, e eu aperto seus ombros com mais força, tentando passar um pouco de positividade para ela.

— Talvez — sussurra ela, finalmente.

— Vamos — diz Luke. — Vou pagar uma bebida pra todo mundo, e também preciso beber alguma coisa. — Ele sai andando de mãos dadas com Minnie, e eu me apresso para alcançá-lo. — O que diabos está acontecendo? — pergunta ele, num murmúrio.

— Bryce — murmuro para ele, tentando ser discreta.

— *Bryce*?

— Shh! — sussurro. — Chantagem. Tarkie. Árvore. Torre da Coruja.

Tento transmitir tudo para ele no olhar, esperando que ele leia as entrelinhas, mas ele olha para mim sem entender.

— Não faço a menor ideia — diz ele. — Que. Porra. Está. Acontecendo?

Às vezes, eu me desespero com Luke. Sério.

De: dsmeath@locostinternet.com
Para: Brandon, Rebecca
Assunto: Re: Gostaria de ter um chapéu de uma feira rural?

Prezada Sra. Brandon,

Muito obrigado por oferecer um Stetson personalizado escrito "Smeathie" de um lado e "É um fenômeno" do outro. Apesar de ser um gesto muito gentil de sua parte, devo recusar. Tenho certeza de que a senhora está certa, ele ficaria "fabuloso" em mim quando eu estivesse cuidando do jardim, mas não sei se é um "look" que consigo manter em East Horsley.

Mudando de assunto, fico muito feliz por saber que a senhora e a Sra. Cleath-Stuart conseguiram se entender, e espero que tenham sucesso em outros assuntos também.

Atenciosamente,
Derek Smeath

ONZE

Certo, aqui está meu veredicto a respeito de feiras rurais. Elas são muito divertidas e interessantes e têm milhões de tipos de porcos. O que, você sabe, é legal se a pessoa curte porcos. A única *coisinha* chata é o fato de ser absolutamente exaustivo passar o dia nelas.

São cinco e meia da tarde, e estamos completamente esgotados. Todos nós fizemos dois turnos vigiando a Tenda das Cerâmicas, mas ninguém viu nem sequer a sombra de Raymond. Suze também não teve nenhuma notícia de Tarkie, mas está sendo muito corajosa e não toca no assunto. Ela passou um tempão ao telefone com os filhos à tarde, e eu vi que ela se esforçou para parecer feliz — mas não estava sendo muito convincente. Este é o nosso terceiro dia de viagem, e Suze não é muito boa em ficar longe dos filhos, nem mesmo na melhor das situações. (E esta não é uma das melhores situações, nem de longe.)

Agora, Danny está de novo na Tenda das Cerâmicas, mamãe e Janice foram fazer compras e eu estou dando batata frita para Minnie na Tenda Aquele Sentimento do Campo, que tem blocos de feno e uma pista de dança. Ao mesmo tempo, estou tentando animar Suze, que vai se encontrar com Bryce mais tarde.

— Não dá muita trela — digo a ela com firmeza. — Fala com o Bryce que você não vai entrar no jogo dele. E, se ele quiser te enfrentar, então vamos fazer jogo duro.

— Pensei que eu não iria entrar no jogo. — Suze parece confusa.

— Er... Não vai — digo, um tanto confusa também. — Você vai fazer *jogo duro*. É diferente.

— Tá. — Suze ainda parece assustada. — Bex, você vai comigo?

— Sério? Tem certeza de que quer que eu vá?

— Por favor — implora ela. — Preciso de apoio moral. Tenho medo de acabar tendo um treco quando eu o vir de novo.

— Tudo bem, eu vou. — Aperto a mão dela, e ela aperta a minha com gratidão.

Tem sido revigorante andar pela feira com Suze. Só por estarmos andando, conversando e mostrando coisas uma à outra. Senti *muito* a falta dela.

Como se estivesse lendo a minha mente, ela de repente me dá um abraço.

— Hoje foi incrível — diz ela. — Apesar de tudo.

A banda está tocando uma música *country*, e uma mulher de colete de couro subiu ao palco. Agora ela está dando instruções a respeito de uma coreografia de dança, e há cerca de vinte pessoas na pista.

— Vamos, Minnie — chama Suze. — Dance comigo!

Não consigo não sorrir quando Suze leva Minnie para a pista. À tarde, ela comprou um par de botas de caubói para Minnie, e as duas estão exatamente como duas *cowgirls*, balançando a perna e tudo.

Bem, Suze está balançando a perna. Minnie está só pulando.

— Pode me dar a honra dessa dança? — A voz de Luke me pega de surpresa, e eu olho para ele com um sorriso nos lábios. Ele passou a tarde respondendo e-mails, então eu mal o vi. Mas aqui está ele, sorrindo, com o rosto bronzeado por ter passado muito tempo no sol.

— Você sabe dançar essas coreografias? — pergunto.

— Vamos aprender! Vem. — Ele pega a minha mão e me arrasta para a pista. Está lotada agora, e todo mundo está indo para trás e para a frente em sincronia. Tento seguir as instruções, mas é um pouco difícil fazer isso de chinelos. Não dá para girar e um dos chinelos não para de sair do meu pé.

Por fim, desisto e faço um gesto para Luke indicando que vou me sentar de novo. Ele me acompanha, parecendo confuso.

— O que foi?

— Meus chinelos. — Dou de ombros. — Acho que eles não foram feitos pra dançar essas coreografias.

Um instante depois, Suze e Minnie voltam para a mesa.

— Vem dançar, Bex! — Suze estende uma mão, com os olhos brilhando.

— Não consigo dançar de chinelos. Deixa pra lá. — Acho que Suze não vai ligar se eu não for, mas ela está olhando para mim com cara de brava.

— Suze? — pergunto, surpresa.

— *Deixa pra lá* nada! — diz ela. — Eu quis comprar botas de caubói pra você. — Ela se vira para Luke. — Mas ela não deixou. E agora não consegue dançar!

— Ah, não é nada de mais — digo, ficando irritada. — Me deixa em paz.

— Bex anda toda esquisita — diz Suze a Luke. — Ela nem me deixou comprar um presente pra ela. Bex... *por quê?*

Ela e Luke estão olhando para mim agora, e consigo ver a preocupação estampada no rosto deles.

— Não sei, tá bem? — De repente, meus olhos se enchem de lágrimas. — Só não estou a fim. Quero fazer alguma coisa útil. Vou voltar pra Tenda das Cerâmicas. Luke, por que você não vai trabalhar mais um pouco? Sei que ainda tem coisas pra fazer. Te vejo mais tarde, Suze. Sete horas na Barraca do Porco Assado, não é isso? — E, antes que eles possam responder, saio depressa.

Enquanto caminho em direção à Tenda das Cerâmicas, minha mente está em turbilhão. Não sei por que não deixei Suze comprar as botas para mim. Sei que ela poderia pagar por elas. Será que estou punindo Suze? Ou estou me punindo? Ou estou punindo... Er...

Na verdade, não sei quem mais eu poderia estar punindo. Só sei que Suze tem razão: estou meio confusa. Fiz tudo errado no meu emprego, com meu pai, com tudo... Sinto que cometi um erro atrás do outro sem perceber. E então, quando chego à Tenda das Cerâmicas, eu me dou conta: estou com medo. No fundo, estou com medo de estragar as coisas ainda mais. Algumas pessoas perdem a coragem de andar de cavalo, de esquiar, de dirigir... bem, eu perdi a coragem de viver.

A Tenda das Cerâmicas está bem mais cheia do que antes, e demoro um pouco para encontrar Danny sentado no canto. Ele está com o caderno de esboços aberto e desenha uma roupa, cem por cento concentrado. Consigo ver esboços acumulados aos seus pés e parece que ele está desenhando há algum tempo. Ele não está atento à chegada de Raymond?

— Danny! — chamo, e ele se sobressalta. — Algum sinal do Raymond? Você está tomando conta?

— Claro. — Ele assente, atento. — Estou de olho. — Ele observa as pessoas na tenda por alguns segundos e então abaixa a cabeça de novo e seu lápis volta a se movimentar.

Francamente. Ele não está de olho nada.

— Danny! — Bato no desenho dele. — Você não está vigiando a tenda? Se o Raymond entrasse aqui agora, você ia perceber?

— Caramba, Becky! — Danny olha para mim. — Vamos encarar os fatos, Raymond não vem. Se ele quisesse estar aqui, estaria aqui. Todos os outros artistas estão aqui. — Ele faz um gesto indicando o espaço da tenda. — Conversei com eles, e todos disseram que Raymond raramente aparece.

— Bem, mesmo assim. Devemos pelo menos tentar.

Mas Danny não está ouvindo. Ele está desenhando um vestido com cinto e uma capa, que por sinal é lindo de morrer.

— Continue desenhando então. Não se preocupe com o Raymond. Vou ficar de olho na tenda.

— Estou liberado da tarefa? — Os olhos dele brilham. — Tá, vou pegar uma bebida. Te vejo depois. — Ele pega os desenhos, enfia-os em sua pasta de couro e sai dali.

Quando ele desaparece, volto minha atenção às pessoas na tenda. Meus olhos estão estreitados e eu me sinto totalmente alerta. Danny diz que Raymond não vai aparecer, mas, e se ele aparecer? E se depender de mim descobrir o segredo? Se eu conseguisse descobrir isso, se conseguisse pelo menos obter alguma pista... talvez eu não me sentisse tão inútil.

Confiro a foto de Raymond em meu celular e observo os rostos ao meu redor, mas não consigo vê-lo em lugar nenhum. Dou a volta na tenda algumas vezes, passando pela multidão, olhando para todos os vasos e pratos. Gosto bastante de uma tigela cor de creme com detalhes vermelhos, mas, quando me aproximo, vejo que ela se chama *Carnificina*, e meu estômago se revira. Esses detalhes vermelhos são...

Ai, credo. Por que alguém faria isso? Por que alguém chamaria uma tigela de *Carnificina*? Meu Deus, os ceramistas são *esquisitos*.

— Você gosta disso? — Uma mulher loira e magra com um avental aparece ao meu lado. — É a minha peça preferida. — Vejo uma credencial na qual está escrito *Artista* ao redor de seu pescoço, então acho que ela a fez. E isso significa que ela é Mona Dorsey.

— Adorável! — digo educadamente. — E aquela é linda também. — Aponto para um vaso com faixas grandes e pretas. Acho que Luke iria gostar dele.

— Essa é a *Profanação*. — Ela sorri para mim. — Vem em um conjunto com o *Holocausto*.

Profanação e Holocausto?

— Excelente! — digo, tentando parecer calma. — Absolutamente. Mas eu estava pensando... Você por acaso tem uma obra um pouco mais alegre?

— Mais alegre?

— Mais feliz. Sabe como é. Animada.

Mona parece não ter entendido.

— Tento dar sentido às minhas peças — explica ela. — Está tudo aqui dentro. — Ela me entrega um livreto no qual está escrito *Festival Criativo de Wilderness: Guia dos Artistas*. — Todos os artistas da mostra explicam sua vida e o processo criativo. O meu é para mostrar os desejos mais sombrios e mórbidos da natureza humana.

— Certo — digo. — Humm... incrível!

— Está interessada em alguma peça?

— Não sei — digo com sinceridade. — Quer dizer, adorei essas obras. Mas gostaria mais se elas fossem *um pouco* menos depressivas e niilistas.

— Me deixe pensar — diz Mona, refletindo. Ela indica uma garrafa alta de pescoço fino. — Essa se chama *Fome num Mundo Farto*.

— Humm... — Faço cara de pensativa. — Ainda assim é *bem* deprimente.

— Ou a *Arruinado*? — Ela pega um jarro azul e preto com tampa.

— É bem bonito. — Eu me apresso em dizer. — Mas ainda assim é um nome *um tiquinho* sombrio.

— Você acha que *Arruinado* é um título sombrio? — Ela parece surpresa, e eu hesito, confusa. Como *Arruinado* pode não ser um título sombrio?

— Um pouco — digo, por fim. — Só... sabe como é... aos meus ouvidos.

— Estranho. — Ela dá de ombros. — Ah, agora *este* é diferente. — Ela pega um vaso azul-escuro com pinceladas brancas. — Gosto de pensar que este tem uma camada de esperança por baixo do desespero. Foi inspirado na morte da minha avó.

— Ah, que bonito. — Como se chama?

— *Violência do Suicídio* — diz ela, orgulhosa.

Por um momento, não consigo falar. Tento me imaginar recebendo Suze para o jantar e dizendo "Você precisa ver meu vaso novo, *Violência do Suicídio*".

— Ah, tem também o *Espancado* — continua Mona. — É muito lindo...

— Na verdade, vou deixar aqui por enquanto — digo, tentando dar o fora dali depressa. — Mas, sabe... os vasos são lindos. Muito obrigada por me mostrá-los. E boa sorte com os desejos humanos sombrios e mórbidos! — falo, toda simpática, enquanto dou meia-volta.

Minha nossa. Eu não fazia ideia de que cerâmica fosse algo tão profundo e deprimente. Pensei que fosse só argila e tal. Mas, por sorte, tive uma ótima ideia enquanto estávamos conversando. Vou dar uma olhada na descrição do Raymond no livreto sobre os artistas para ver se encontro alguma pista.

Vou até a lateral da tenda, me recosto num banquinho e folheio o livreto até encontrar o nome dele: *Raymond Earle, artista local.*

Nascido em Flagstaff, Raymond Earle... blá-blá-blá... design industrial... blá-blá... filantropo da região e incentivador das artes... blá-blá... amor pela natureza... blá... inspirado em Pauline Audette... por muitos anos, correspondeu-se com Pauline Audette... gostaria de dedicar esta exposição a Pauline Audette...

Viro a página e quase caio do banquinho, chocada.

Não acredito. *Não acredito.*

Não pode ser.

Será... *sério?*

Enquanto olho para a página, de repente, me pego rindo alto. É extraordinário. É esquisito demais! Mas podemos usar isso?

Claro que sim, digo a mim mesma com firmeza. É uma chance boa demais. *Temos* de usá-la.

Um casal que está perto olha para mim com cara esquisita, e eu sorrio para eles.

— Me desculpem. Acabei de ver uma coisa muito interessante. É uma ótima leitura! — Mostro o livreto para eles. — Vocês deveriam pegar um também!

Quando eles saem de perto, permaneço grudada ao banquinho, olhando para o livreto de vez em quando, com a mente fervilhando de ideias. Estou bolando um plano atrás do outro. Estou tendo picos de adrenalina. E, pela primeira vez em muito tempo, estou me sentindo animada. Determinada. Positiva.

Fico na tenda por mais um tempo, até mamãe e Janice voltarem. Ao vê-las passando, não consigo não parar, surpresa com a cena. Minha mãe está usando um Stetson cor-de-rosa e um cinto de pedrinhas prateadas combinando. Janice está arrastando um banjo e está com um colete de couro com franjas. As duas estão coradas, mas não sei se por causa do sol, por estarem correndo de um lado para o outro ou por terem tomado muito *ice tea* com *Bourbon*.

— Algum sinal dele? — pergunta mamãe assim que me vê.

— Não.

— São quase sete horas! — Mamãe olha meio mal-humorada para o relógio. — Já estamos quase no fim do dia!

— Pode ser que ele venha no fim da exposição — digo. — Nunca se sabe.

— Acho que sim. — Mamãe suspira. — Bem, ficaremos aqui até o fim. Aonde você vai agora?

— Preciso sair e... — Paro no meio da frase. Não posso dizer *Tenho que ajudar a Suze a lidar com seu ex-amante chantagista*. Sei lá, Suze e minha mãe são íntimas, mas não *tanto* assim.

— Vou encontrar com a Suze — digo. — A gente se fala depois, tá? — Sorrio para mamãe, mas ela não vê. Está olhando ao redor.

— E se não encontrarmos esse tal de Raymond? — Quando ela se vira de novo para mim, seu rosto está tomado pelo desânimo. — Vamos desistir? Vamos embora?

— Na verdade, mãe, tenho um plano — digo, tentando animá-la. — Eu te conto mais tarde. Mas agora seria melhor se você se sentasse e relaxasse. — Pego algumas cadeiras extras ao lado da tenda. — Pronto. Por que vocês não bebem algo bem refrescante? Janice, que banjo é esse?

— Vou aprender a tocar, querida — responde ela, entusiasmada, quando se senta. — Sempre quis tocar banjo. Podemos fazer uma farra no trailer!

Acho que nada é capaz de irritar mais o Luke quando ele está dirigindo do que uma cantoria acompanhada por um banjo.

— Humm... ótimo! — digo. — Perfeito. Vou pegar um *ice tea* pra vocês duas.

Compro dois *ice teas* de pêssego correndo na barraca de bebidas, entrego-os à mamãe e à Janice, e então saio apressada. Já são quase sete horas, e eu estou começando a ficar ansiosa. E só Deus sabe o que Suze pode estar sentindo.

Nós tínhamos marcado de nos encontrarmos na Barraca do Porco Assado para irmos juntas ao local combinado. Mas, quando estou quase chegando, levo um susto. Alicia está lá com a Suze. Por que Alicia está com a Suze?

— Ah, oi, Alicia — cumprimento-a, tentando parecer simpática. — Pensei que você estivesse em uma reunião em Tucson.

Reunião em Tucson. Francamente. Cada vez que digo isso parece menos provável que seja verdade.

— Pensei em encontrar vocês assim que acabasse— explica Alicia, com a voz calma. — E ainda bem que fiz isso. Essa história é inacreditável.

— Contei à Alicia — diz Suze, trêmula.

— Você não deve se sentir culpada, Suze. — Alicia coloca a mão no ombro dela. — Bryce é traiçoeiro.

Lanço a Alicia um olhar de desaprovação. Detesto pessoas que dizem *Você não deve se sentir culpada.* Quando alguém diz isso, na verdade, quer dizer *Só estou fazendo você se lembrar de que deve se sentir culpada.*

— Todo mundo erra — digo. — O importante é você se livrar do Bryce de uma vez por todas. Então, é melhor irmos logo.

— Alicia também vai pra me dar apoio moral — diz Suze.

Seria minha imaginação ou há realmente um tom de desculpa na voz dela?

— Ah, sim. — Forço um sorriso. — Ótimo! Então podemos ir? — Olho para Suze. — Já sabe o que vai dizer?

— Acho que sim.

— Ei! Encontrei vocês! — A voz de Danny nos distrai. Todas nos viramos e o vemos segurando um grande algodão doce em uma das mãos e um *ice tea* na outra, com o portfólio preso de forma meio desajeitada embaixo do braço. Ele para e nos analisa com mais atenção. — O que está acontecendo?

Se Suze pode contar a Alicia, então posso contar a Danny, decido. E ele vai descobrir, de qualquer modo.

— Bryce está aqui — digo. — Suze vai encontrar com ele. Ele tem tentado chantageá-la. É uma longa história.

— Eu *sabia*! — exclama Danny, — Eu disse isso desde o começo.

— Não sabia, não! — protesto.

— Suspeitava. — Ele se vira para Suze. — Você dormiu com ele, não dormiu?

— Errado — rebate ela.

— Mas vocês se pegaram. O Tarkie sabe?

— Sim, contei tudo pra ele.

— Ah, minha nossa! — Danny ergue as sobrancelhas, mordiscando o algodão doce. — Ponto pra você, Suze.

— Obrigada — diz Suze, orgulhosa.

— Mas... espera. — Percebo que Danny está pensando demais. — Achei que o Bryce estivesse tentando extorquir o Tarkie pra abrir um novo centro de ioga. Está dizendo que ele também está tentando tirar dinheiro de você? Marido e mulher?

— Parece que sim — confirma Suze, com frieza.

— Ele *é bom* — diz Danny. — Alicia, o que você acha disso tudo? Parece que o Bryce vai abrir mesmo esse centro. Está pronta pra concorrência?

Danny é muito malvado. Sei que ele está tentando deixar Alicia irritada.

— Ele não vai abrir nada — diz Alicia, séria. — Não tem a menor chance de aquele *sujeitinho* ameaçar a Golden Peace com um concorrente de segunda categoria. Pode acreditar, o Wilton não vai deixar que isso aconteça. — Ela olha para o relógio. — É melhor irmos andando.

— Sim, é melhor mesmo — concorda Suze.

— Vamos nessa — reforça Danny.

— *Você* não vai — diz Suze.

— Claro que eu vou — responde ele, sem se deixar abater. — Apoio moral nunca é demais. Quer um *ice tea*?

— Ele dá a Suze o copo de plástico. — É praticamente cem por cento Bourbon.

— Obrigada — diz ela meio relutante e toma um gole. — Minha nossa! — Ela cospe.

— Eu avisei. — Danny sorri. — Quer mais?

— Não, obrigada. — Suze ergue o queixo, determinada. — Estou pronta.

Conforme caminhamos em direção ao local combinado, ninguém diz nada. Somos um grupo protegendo Suze, prontos para defendê-la. E não vamos cair em nenhum golpe do Bryce. Nos manteremos firmes e resolutos, e *não* vamos nos deixar distrair pela aparência dele...

Ai, meu Deus, lá está ele, recostado em uma barraquinha de café, que já está fechada, todo bronzeado, dourado, com os olhos azuis intensos, concentrados em algo ao longe. Ele parece um modelo da Calvin Klein. *Humm* é o que passa pela minha mente, e eu não consigo me controlar. Ai. Minha mente é má, muito má...

E, então, ele nos vê e sua expressão muda, e o *humm* desaparece na hora. Não acredito que o vi como algo além de odioso.

— Suze. — Ele parece surpreso ao ver todos nós. — Trouxe reforços, hein?

— Bryce, tenho uma coisa pra te dizer — começa ela, a voz trêmula e os olhos fixos em um ponto além do ombro dele, exatamente como sugeri que ela fizesse. — Você não pode me chantagear. Não vou te dar dinheiro nenhum e peço que me deixe em paz. E não ouse importunar meu marido. Nada do que você disser poderá me prejudicar. Fui totalmente franca e sincera com ele. Você não tem poder sobre mim, então pare de entrar em contato.

Desista foi uma sugestão minha. Acho que é legal e parece formal.

Aperto a mão da Suze para encorajá-la e sussurro "Excelente!". Ela ainda está olhando fixamente para o nada, então aproveito a oportunidade para analisar Bryce discretamente. Seu rosto está calmo, mas, ao reparar em seus olhos, percebo que ele está pensando.

— Chantagear? — pergunta ele por fim, e começa a rir. — Que exagero. Peço uma doação pra uma causa importante e você chama isso de chantagem?

— Uma causa importante? — repete Suze, sem acreditar.

— *Uma causa importante*? — exclama Alicia, que parece mais indignada que qualquer pessoa. — *Como ousa*? Sei o que você está aprontando, Bryce, e, pode acreditar, nunca terá sucesso. — Ela dá um passo à frente, de modo desafiador, com o queixo erguido. — Você nunca terá os recursos de que dispomos. Nunca terá o poder que temos. Meu marido vai *acabar* com as suas tentativas ridículas de concorrer com a gente. Já contei pra ele sobre o seu plano, e não vai vingar. E quando o Wilton acabar com você, Bryce... — Ela para. — Você vai se arrepender por sequer ter pensado nisso.

Nossa! Alicia parece chefe da Máfia. Se eu fosse Bryce, estaria aterrorizada. Mas devo dizer que ele não parece nem um pouco assustado. Está olhando para Alicia como se não tivesse a menor ideia do que ela está falando. E, então, dá uma risada contida, incrédula.

— Caramba, Alicia, isso está realmente acontecendo?

Percebo uma mudança esquisita e discreta nos olhos dela.

— Não sei o que você quer dizer — rebate ela, no tom mais gélido de Rainha Alicia que já ouvi. — E devo lembrar que você ainda é funcionário do meu marido.

— Claro. Deixa pra lá — diz Bryce.

Faz-se uma pausa estranha e, durante esse tempo, ninguém fala nada. Estou tentando entender a *vibe*. Suze está ofegante ao meu lado, com os punhos cerrados; Alicia está olhando para Bryce com os olhos arregalados; Danny observa tudo, boquiaberto. Mas é Bryce que não está agindo como eu esperava. Ele não está nem olhando para Suze. Ele ainda encara Alicia, estudando-a.

— Ou talvez... eu desisto — diz ele lentamente, e, em seus olhos, há um brilho de desafio. — Talvez eu tenha me cansado dessa besteira.

— Nesse caso, terá que cumprir as cláusulas de seu acordo de confidencialidade descritas no contrato — diz Alicia, antes que alguém possa falar qualquer coisa. — Devo lembrar que temos um departamento jurídico muito, *muito* bom.

O tom de Alicia ficou mais áspero, e nós trocamos olhares confusos. O que isso tem a ver com Suze?

— Então pode me processar — diz Bryce. — Não vai rolar. Você deixaria tudo ser exposto na imprensa? — Ele abre os braços.

— Bryce! — exclama Alicia. — Pense bem.

— Cansei de pensar "bem"! Quer saber? Sinto muito pelos seus coitadinhos.

— Sente muito pelo quê? — Suze parece ter acordado de um transe. — Alicia, do que ele está falando?

— Não faço a *menor* ideia — responde ela, furiosa.

— Ah, *por favor*! — Bryce balança a cabeça. — Você é uma mulher manipuladora, Alicia Merrelle!

— Não vou tolerar ser ofendida dessa maneira! — Alicia parece estar bastante irritada. — E sugiro que essa conversa acabe agora mesmo. Vou ligar pro meu marido, e ele vai tomar providências...

— Pelo amor de Deus! — diz Bryce, perdendo a paciência. — Já chega! — Ele se vira para Suze e fala diretamente com ela: — Não estou concorrendo com Wilton Merrelle. Estou *trabalhando pra* ele. Claro que eu estava tentando arrancar dinheiro de você, mas não era pra mim, era pros Merrelles.

Faz-se um silêncio aterrador. Eu ouvi direito?

— O quê? — exclama Suze, finalmente, e Bryce suspira, impaciente.

— Wilton está montando um centro concorrente. Ele acredita que se conseguiu lotar um Golden Peace, consegue lotar dois. Só que este novo centro terá uma marca diferente. Preços mais baixos. Ele quer pegar todos os clientes que saírem do Golden Peace e que buscam uma alternativa. É ganho certo. — Ele olha para Alicia. — Como você bem sabe.

Eu olho para Suze, estou totalmente sem palavras, e então me viro para Alicia. Ela está pálida.

— Você quer dizer... — Minha mente não consegue processar tudo isso. — Você quer dizer...

— Você quer dizer que Wilton Merrelle está por trás disso tudo? — pergunta Danny, com os olhos inquietos. — Então, quando você foi atrás do Tarquin...

— Claro — assente Bryce. — Foi ideia do Wilton. Ele achou que conseguiria tirar alguns milhões do Tarquin. — Ele dá de ombros. — Não foi tão fácil. Vocês, ingleses, são difíceis.

— Vocês estão nos *usando*? — Suze se vira de repente para Alicia, cujo rosto passou de pálido para um tom quase transparente, cadavérico. — Todo esse tempo você estava fingindo ser minha amiga... e tudo o que você queria era o nosso *dinheiro*?

Bom, Alicia é admirável. Praticamente consigo *ver* os músculos do rosto dela se forçando a voltar à expressão soberba de antes. Quase uma campeã olímpica em "retomar o controle de si mesma".

— Não faço a menor ideia do que Bryce está falando — diz ela. — Nego tudo.

— Quer negar esses e-mails? — pergunta Bryce, que parece estar se divertindo. Ele mostra o telefone para Suze, que olha para Alicia, sem ação. — Wilton queria que eu mirasse em vocês dois. E Alicia sabia disso. — Ele se vira para Alicia. — Você não encontrou com ele em Tucson pra conversar sobre isso?

Tucson?

Ahh! Então retiro o que eu disse sobre Tucson. As pessoas fazem reuniões lá, sim. Quem poderia imaginar, não é?

Os músculos do rosto de Alicia estão tensos de novo. Na verdade, há um músculo saltando em sua face. Os olhos dela estão vidrados. Ela puxa o ar, e então se dirige a Bryce.

— Nós vamos arrancar suas calças — diz Alicia para ele, de um jeito tão ameaçador que eu me retraio.

— Então é verdade. — Suze parece totalmente perdida. — Não consigo acreditar. Fui uma *idiota*.

Bryce olha para todos nós e balança a cabeça.

— Que loucura. Tô fora. Foi divertido estar com você, linda — diz ele para Suze, e ela estremece. — Becky, vá a uma das minhas aulas qualquer dia desses. — Seus olhos se semicerram naquele sorriso sensual dele. — Você está progredindo.

— Prefiro apodrecer no inferno — digo com raiva.

— Você é quem sabe. — Ele parece estar se divertindo. — Até mais, Alicia.

Bryce vai embora, e nós ficamos em silêncio de novo. Parece que fomos atingidos por um terremoto. Praticamente consigo ver a poeira no ar.

— A Becky sabia — diz Danny por fim, quebrando o silêncio.

— *O quê?* — Suze se vira para mim, assustada.

— Eu não sabia... — Eu me apresso em corrigir.

— Ela sabia que a Alicia estava aprontando alguma coisa — reforça Danny. — Ela estava de olho em você, Suze.

— É mesmo? — Suze vira aqueles olhos azuis enormes para mim, e eu vejo mais dor neles. — Ai, meu Deus. Ai, Bex. Não sei como pude achar que a Alicia podia ser *qualquer coisa* além de uma duas caras do mal... — Ela se vira para Alicia com raiva. — Por que você veio com a gente nessa viagem? Pra ter certeza de que Bryce ia conseguir tirar dinheiro de mim? E com quem você foi se encontrar no Four Seasons? *Não* foi com um detetive particular.

— Suze, tem mais uma coisa — sussurro depressa. — Você precisa tomar cuidado. Eu acho que a Alicia está querendo o Letherby Hall.

— Como assim? — Suze dá um passo em nossa direção, afastando-se de Alicia. Está olhando para aquela Vaca Pernalta atentamente, como se ela fosse uma bomba prestes a explodir.

— Letherby Hall? — repete Alicia. — Está *maluca*?

Mas eu a ignoro.

— Presta atenção, Suze. Ela não para de fazer perguntas sobre a casa. Por que ela estaria tão interessada no título da propriedade? *Porque*... — Começo a contar nos dedos. — O marido dela é um anglófilo. Eles adorariam ser Lorde e Lady da Casa Grande. Ela quer a sua casa. Ela quer o seu título... e provavelmente todas as joias da família também.

Tudo bem, pensei nas joias agora... mas tenho certeza de que tenho razão. Alicia adoraria ter aquelas tiaras antigas e todas aquelas coisas. (Suze acha que a maioria delas é grotesca, e eu concordo, até certo ponto.)

— Becky, você é mais doida do que eu pensava. — Alicia começa a rir. — Por que eu desejaria ter Letherby Hall, pelo amor de Deus?

— Você não me engana, Alicia. — Lanço a ela um olhar glacial. — A propriedade é incrível e você é uma esnobe. Não pense que não sabemos que você é uma alpinista social.

Alicia olha para mim, para Suze e depois de novo para mim — mas, dessa vez, ela não está pálida. Parece realmente incrédula.

— Alpinista social? Na *Inglaterra*? Você acha mesmo que Wilton e eu queremos passar nossos dias numa casa tenebrosa, num frio de matar, sem calefação e com um monte de vizinhos caipiras?

Casa tenebrosa? Sinto uma onda de indignação por Suze e não consigo deixar de gritar:

— Letherby Hall não é uma casa tenebrosa! É uma propriedade georgiana muito valorizada, tem uma biblioteca com paredes de madeira originais e um quintal especialmente requintado, com trabalho de paisagismo de 1752!

Eu não fazia ideia de que sabia de tudo isso. Acho que eu devia estar bem mais concentrada do que imaginei quando o pai do Tarkie me contou sobre o lugar.

— Não importa. Pode acreditar em mim. — Alicia olha com cara de cachorro pidão para Suze. — Prefiro gastar meu dinheiro com coisas melhores a investir em montes de tijolos velhos e em ruínas.

— Como ousa falar isso?! — Estou muito irritada agora. — Não insulte a casa da Suze! E por que fez tantas perguntas sobre o lugar se não estava interessada?

Pronto! Ha! Peguei ela.

— Eu tinha que conversar sobre alguma coisa. — Alicia olha desesperada para Suze. — Não tem muito o que falar sobre aquele seu marido ridículo, né? Sério, Suze. Que tédio.

Acho que seria capaz de dar umas bofetadas na Alicia agora. Mas não vou fazer isso. Então, olho para Suze, que diz com a voz embargada:

— Acho melhor você ir embora, Alicia.

E todos nós ficamos olhando enquanto ela vai embora.

Algumas coisas são difíceis demais de serem digeridas. É Danny quem fala primeiro:

— Bebida.

E nos leva a uma barraca perto dali. Enquanto bebemos ponche de maçã, ele nos conta sobre a nova coleção que fez para Elinor e nos mostra seus desenhos — e, na verdade, é a melhor coisa para se fazer no momento. É exatamente nisso que Suze precisa se concentrar: em algo que não seja a bagunça que sua vida está.

Finalmente, ele fecha o caderno de esboços, e nós nos entreolhamos, como se retomássemos de onde paramos. Mas, ainda assim, não consigo falar sobre Alicia. Não quero gastar meu tempo falando dela.

— Bex — Suze me chama e dá um suspiro vacilante. — Não sei como... Não acredito que eu *caí* na armadilha dela...

— Pare — eu a interrompo com delicadeza. — Não vamos falar sobre isso. Se voltarmos a esse assunto é porque ela venceu e conseguiu estragar nossas vidas. Entende?

Suze pensa por um momento e então abaixa a cabeça.

— Entendo.

— Muito bem. — Danny aplaude. — Acho que podemos apagar a existência dela de nossas mentes. *Que* Alicia?

— Exatamente — concordo. — *Que* Alicia?

Quero dizer, é claro que *falaremos* sobre a Alicia. Provavelmente passaremos uma semana inteira reclamando dela e talvez tentando furar uma foto dela com dardos. (Na verdade, estou bastante ansiosa para fazer isso.) Mas agora não. Ainda não é o momento.

— Então — digo, tentando mudar de assunto. — Que dia!

— Acho que a sua mãe não teve muita sorte com o Raymond — comenta Suze.

— Ela teria mandado uma mensagem se tivesse encontrado com ele.

— Não acredito que passamos o dia todo vigiando aquela tenda pra nada.

— Não foi pra nada — digo. — Janice comprou um banjo.

Suze dá uma risadinha, e eu também acabo sorrindo.

— E agora... o que vamos fazer? Pra onde vamos? — Suze morde o lábio. — Sejamos francos, não faz mais sentido continuarmos procurando o Tarkie. — Ela fala com calma, mas seu tom de voz é de incerteza.

— Talvez não faça. — Olho nos olhos dela e rapidamente desvio o olhar.

— Mas e os seus pais?

— Ai, Deus. — Eu me encolho na cadeira. — Não faço a menor ideia.

— Devemos tentar ir à casa do Raymond de novo? Ou é melhor voltarmos pra Los Angeles, como o seu pai sugeriu desde o começo? Sei lá, talvez ele estivesse certo.

Suze olha para mim, e eu vejo que está sendo muito difícil para ela dizer o que está pensando. — Talvez tenha sido uma ideia idiota.

— Não! — digo no mesmo instante.

— Ainda não podemos voltar — diz Danny. — Estamos em uma missão. Precisamos completá-la.

— Tá! Tudo bem. — Suze se vira para ele. — Mas não temos a menor ideia do que fazer agora. Fracassamos ao tentar falar com Raymond e não temos nenhuma pista, nenhuma ideia...

— Na verdade... — eu a interrompo. — Eu tive uma ideia...

— É mesmo? — Suze olha para mim. — Qual?

— Bem, foi mais ou menos uma ideia — digo. — É meio estranha. Na verdade, é meio doida. Mas é a última coisa que podemos fazer. E, se não der certo, talvez a gente possa desistir e voltar pra Los Angeles.

Danny e Suze estão olhando para mim com curiosidade.

— Bem, então conta — pede Suze. — Que ideia maluca é essa?

— Certo. — Hesito, e então enfio a mão na bolsa para pegar o livreto *Festival Criativo de Wilderness: Guia dos Artistas*. — Antes que eu fale alguma coisa, deem uma olhada nisso.

Observo enquanto eles analisam a página; vejo quando os dois se surpreendem, assim como eu me surpreendi.

— Ai, meu *Deus* — diz Suze e olha para mim sem acreditar. — Então, o que... quer dizer, como nós...

— Como eu disse, tive uma ideia.

— Claro que teve — diz Danny. — Você sempre tem ideias ótimas. Diga, Bequinha.

Ele abre um sorriso incentivador para mim e se senta para ouvir, e, mais uma vez, sinto a adrenalina tomar conta do meu corpo. Aquela onda positiva. Como se amigos de longa data estivessem vindo me dar um abraço.

DOZE

Depois que conto, todo mundo acha que a ideia é maluca. Inclusive Suze, que acha a ideia boa, mas, ainda assim, uma loucura. Luke diz que é uma péssima ideia. Mamãe ainda não se decidiu se acha boa ou ruim, mas torce desesperadamente para que dê certo. Janice permanece dividida entre um otimismo louco e um pessimismo absoluto. Danny curtiu muito — mas só porque ele criou meu traje.

— Pronto. — Ajusto o lenço. — Perfeito. — Eu me viro para olhar para minha plateia. — O que vocês acham? Gêmeas idênticas, não?

— Você não se parece nada com ela — fala Luke.

— Eu sou igualzinha a ela!

— Querida, acho que você precisa ir ao oftalmologista.

— Ah, eu consigo ver semelhança — retruca Danny. — Você se parece um pouquinho com ela.

— Só *um pouquinho*? — Fico meio desanimada.

— Todo mundo é um pouco diferente do que vemos nas fotos — diz Danny, me passando confiança. — Tudo bem. Tá bom. — Ele pega o livreto *Guia dos Artistas*, se aproxima de mim e o abre na página com a foto de Pauline

Audette. E não me importa o que Luke diz, eu me pareço com ela, *sim*. É estranho, ainda mais agora que estou vestida como ela.

Estou usando a bata que Danny comprou na feira ontem à noite, por cima de uma calça mais larguinha da Janice. Amarrei um pedaço de pano com estampa *tie-dye* no cabelo, porque Pauline Audette sempre usa lenços no cabelo, como se fosse um arco. Acho que estou a *cara* de uma ceramista francesa.

— Certo, vou praticar — afirmo. — Meu nome, *ês* Pauline Audette.

Felizmente, há vários vídeos de Pauline Audette no YouTube, porque ela faz uma coisa chamada "Miniescultura". Pega um monte de argila e molda em algo em cerca de cinco segundos. Tipo uma árvore ou um pássaro. (Devo dizer que ela é incrível.) Então, eu assisti a inúmeros vídeos dela e *acho* que peguei o sotaque. — Sou *cerramiste* — continuo. — Minha *inspirração* vem da *naturrees*.

— O que é isso? — pergunta Janice, confusa.

— Natureza, querida — explica mamãe. — Natureza em francês.

— Vim ao *Arrizona parra* passar *férrias*. E me *lembrrei* do *senhorr* Raymond, que *escrreve* muitas *carrtas parra* mim. Pensei: "Uh! Vou *visitarr Monsieur* Raymond." — Paro e olho ao redor. — O que vocês acham?

— Não diga "uh!" — diz Luke.

— Parece o Hercule Poirot — fala Suze. — Ele nunca vai acreditar se você falar assim.

— Bom, é nossa única chance — respondo, um pouco ofendida. Pensei que meu sotaque fosse muito bom. — E, tudo bem, não vou falar "uh!". Vamos, assistente, vamos.

Suze vai fingir que é minha assistente. Ela está toda de preto e com óculos sem grau. Os cabelos estão presos num rabo de cavalo, e ela passou batom vermelho. Danny diz ser o look de uma "assistente de artista francesa".

Eu me viro em direção à porta do trailer e olho ao redor para os rostos esperançosos.

— Desejem sorte pra nós!

Alicia não está mais conosco, claro. Não faço a menor ideia do que ela fez ontem à noite. Chamou outra limusine, acredito, e voltou para Los Angeles. (Ela deixou algumas coisas no trailer, e Danny queria fazer uma fogueira com elas, mas decidimos devolver tudo com um bilhete apropriado.) Ontem, durante o jantar, eu expliquei para minha mãe e Janice que Alicia e o marido estavam tentando arrancar dinheiro do Tarkie e da Suze e que ela era má. E elas logo disseram que tinham *desconfiado* de que Alicia estava aprontando alguma coisa, que pressentiram isso, e que tinham me alertado!

Francamente, não é?

— Becky, e se você for presa? — pergunta Janice, de repente em pânico. — Já tivemos um problema com a polícia.

— Não vou ser presa! — digo. — Não é contra a lei fingir ser outra pessoa.

— É, sim! — exclama Luke, levando a mão à testa. — Meu Deus, Becky, isso é fraude.

Luke é sempre tão *literal*.

— Ah, tá, talvez em alguns casos. Mas isso não é uma fraude — digo com ar confiante. — É uma busca pela verdade. Qualquer pessoa entenderia isso, até mesmo um policial. E eu já me arrumei, não posso dar pra trás agora. Vejo vocês depois.

— Espere! — pede Luke. — Lembre-se: se a governanta ou qualquer funcionário não estiver na casa, se o seu telefone ficar sem sinal ou se você perceber que tem algo errado, *vá embora*.

— Luke, eu estarei segura! — garanto. — Ele é amigo do meu pai, lembra?

— Humm. — Luke não parece convencido. — Bom, tome cuidado.

— Tomaremos. Vamos, Suze.

Nós descemos a escada do trailer depressa e andamos na direção do rancho de Raymond. Luke leva o trailer para longe dali, depois da primeira curva, para que o veículo fique fora de vista. Quando nos aproximamos dos enormes portões, começo a ficar muito nervosa, mas não digo nada a Suze. Sei que ela iria falar *Então não vamos fazer isso.* E eu quero muito fazer isso. É nossa última chance.

Além disso... tem mais uma coisa. Colocando esse plano em prática, ainda que seja um pouco ridículo, eu me sinto viva, dinâmica. E acho que Suze também se sente assim. Ela não teve notícias do Tarkie, nem da Torre da Coruja, de *nada*. Mas concentrar todas as energias nisso está fazendo com que ela se sinta melhor.

— Vamos! — Ao chegar perto do rancho, seguro a mão de Suze. — Nós podemos fazer isso! Você fez aula de teatro, lembra? Se eu me meter em alguma confusão, você me ajuda.

Os portões de madeira do rancho são enormes, e eu conto três câmeras viradas para nós. É tudo bastante intimidador, mas eu me lembro de que sou Pauline Audette e caminho confiante em direção ao interfone. Aperto o botão e espero alguém responder.

— Espera, Suze! — peço baixinho, de repente. — Qual é o nosso código?

— Merda. — Ela olha para mim com olhos arregalados. — Não sei.

Passamos a manhã toda falando sobre ter um código, mas não pensamos em nada.

— Batata — digo depressa.

— Batata? — Ela me encara. — Está *maluca*? Como vou arrumar um assunto pra falar "batata"?

— Bem, então pense em algo melhor. Vamos!

— Não consigo — confessa ela, parecendo contrariada. — Você me colocou numa situação difícil. Só consigo pensar em *batata*.

— Alô? — A voz contida de uma mulher ressoa pelo interfone, e meu estômago se revira.

— Olá! — cumprimenta Suze, dando um passo à frente. — Meu nome é Jeanne de Bloor. Estou com Pauline Audette para falar com o Sr. Raymond Earle. Pauline Audette — repete ela, articulando as palavras.

Suze inventou o nome Jeanne de Bloor. E também que Jeanne nasceu em Haia, se estabeleceu em Paris, mas tem um namorado na Antuérpia há muito tempo, fala cinco idiomas e está aprendendo sânscrito. (Suze é muito detalhista quando o assunto é criar um personagem. Ela fez anotações e tudo.)

Faz-se silêncio ao interfone, e Suze e eu nos entreolhamos, sem entender. E então, quando estou prestes a sugerir que ela tente de novo, ouvimos a voz de um homem no aparelho.

— Alô? Aqui é Raymond Earle.

Ai, meu Deus. Meu estômago está praticamente derretendo, mas eu dou um passo à frente para falar.

— Allo — digo ao interfone. — Meu nome *és* Pauline Audette. Nós trocamos mensagens.

— Pauline Audette? — Ele parece surpreso, como era de se esperar.

— Vi sua exposição na *feirra. Querro* falar com o *senhorr* a *respeito* do seu *trrabalho*, mas não consegui *encontrrá-lo.* Por isso, vim a sua *casá.*

— Viu minhas obras? Quer falar sobre as minhas obras?

Ele parece muito animado, e sinto uma pontada de culpa. Eu não deveria estar fazendo isso com um pobre e inocente ceramista. Nem estar alimentando as esperanças dele. Sou uma péssima pessoa.

Mas ele não deveria ter mandado mamãe e Janice embora. Olho por olho.

— Posso *entrrar*? — pergunto, mas os portões já estão se abrindo.

Entramos!

— Jeanne — digo depressa, para manter as aparências para as câmeras. — Você vai me *acompanharr* e *fazerr* anotações.

— *Muto* bem — concorda Suze de um jeito esquisito, que eu acho que deve ser um sotaque holandês, e quase dou uma risada.

A casa fica a menos de um quilômetro e passamos por um caminho muito malconservado. Acho que ele imaginou que estaríamos de carro. Mas não posso voltar e pegar o trailer. Enquanto caminhamos, vejo esculturas por todos os lados. Tem um boi feito com o que parecem ser peças de carro, e o rosto de um homem gritando feito de ferro, e muitas peças esquisitas e abstratas criadas aparentemente com pneus velhos. É tudo meio estranho, e fico feliz quando chegamos à casa do Raymond, até ouvir os latidos dos cães.

— Este lugar *é assombrado* — digo a Suze quando tocamos a campainha.

A casa provavelmente já foi imponente, mas agora está um pouco deteriorada. É feita de pedra e madeira, com gabletes e uma varanda, tem uma porta enorme entalhada, mas uma parte dos desenhos na madeira parece apodrecida, e consigo ver duas janelas quebradas remendadas. O latido dos cães fica ainda mais alto, e nós duas nos encolhemos.

— O seu celular ainda tem sinal? — murmuro para Suze, e ela confere o telefone.

— Tem. E o seu?

— Sim, tudo certo — falo mais alto, para Luke ouvir. No bolso, o telefone da Suze está gravando tudo, e o meu está em uma ligação com o Luke, para que todo mundo no trailer possa ouvir o que está acontecendo.

— Desçam! — Ouvimos a voz de Raymond vinda de dentro da casa. — Entrem.

Do lado de dentro, uma porta se fecha. Em seguida, ouvimos o que parecem ser 25 travas sendo destrancadas, e, então, a porta da casa é aberta, e Raymond Earle nos cumprimenta.

A primeira palavra que me ocorre é *cinzento*. A barba de Raymond se parece com um cobertor cinza e peludo, e vai até o peito. Ele está usando uma bandana azul e branca na cabeça e sua calça jeans velha está coberta de lama, argila ou algo do tipo. A casa tem cheiro de cachorro, tabaco, pó e comida velha, e um leve fedor de plantas apodrecidas.

Uma ou duas velas perfumadas resolveriam o problema. Dá uma vontade de mandar para ele o link da loja de Jo Malone.

— Srta. Audette. — Ele faz uma reverência e sua barba o acompanha. — Me sinto honrado.

Ai, Deus. Eu me sinto ainda mais culpada por enganá-lo agora que estamos aqui. Precisamos entrar no estúdio dele o mais rápido possível e colocar meu plano em prática.

— Estou *encanté* em conhecê-lo depois de tanto tempo — falo com seriedade. — Assim que cheguei a Wilderness, me *lembrrei* do *senhorr* Raymond que me *escrreveu carrtas* tão gentis.

— Bem, estou muito feliz por conhecê-la! — Ele segura minha mão e a aperta com vigor. — Foi uma bela surpresa!

— Vamos logo ao estúdio para falar do *trrabalho* — sugiro.

— Claro. — Raymond parece muito surpreso. — Eu vou... Entrem, entrem.

Ele nos conduz por um corredor amplo com uma lareira e um teto abobadado de madeira, que seria incrível se não estivesse uma bagunça. Há botas empoeiradas, casacos, cestos para cães, um balde cheio de tijolos e um carpete enrolado ali perto.

— Aceitam uma cerveja? Água gelada? — Raymond nos leva até uma cozinha bagunçada, que tem cheiro de alguma coisa com carne. A parede dos fundos é coberta de prateleiras, nas quais há quadros encostados, desenhos e algumas esculturas esquisitas. Uma governanta está tentando limpá-los, mas vejo que não está achando fácil.

— Cuidado! — Raymond diz a ela de repente. — Não tire nada do lugar! — Ele se vira para mim. — Srta. Audette?

— *Non, merci. Gostarria* de ver o seu *trrabalho.* A peça que mais ama no mundo. — Estou tentando apressá-lo, mas Raymond não parece ser do tipo que faz as coisas depressa.

— Tenho muitas perguntas a fazer — diz ele.

— E eu tenho muitas *perrguntas* a fazer ao *senhorr* — comento. O que, pelo menos, é verdade.

— Deve ter visto meu Darin. — Ele meneia a cabeça na direção das prateleiras.

Darin? O que é um Darin? Darin é um artista?

— Absolutamente — afirmo depressa. — Vamos?

— O que acha de como ele usa a forma? — O olhar dele é ansioso.

Olha, era exatamente esse tipo de pergunta que eu gostaria que ele não fizesse. Preciso pensar numa resposta convincente e artística, depressa. Algo a respeito da forma. Mas nunca prestei atenção às aulas de arte.

— A *forrma* está *morrta* — acabo dizendo, com meu sotaque mais gaulês. — *C'est morte.*

Perfeito. Se a forma está morta, não tenho de falar sobre ela.

— Vamos ao estúdio — acrescento, tentando arrastar Raymond daquela cozinha. Mas ele não se mexe. Parece um pouco assustado.

— A forma está *morta*? — repete ele, por fim.

— *Oui, c'est fini.*

— Mas...

— A forma *non ecziste* mais. — Estendo as mãos, tentando parecer convincente.

— Mas Srta. Audette, co-como pode dizer isso? — gagueja Raymond. — Seu design... seus textos... seus livros... está realmente desistindo do trabalho de uma vida inteira? Não pode ser!

Ele me olha consternado. Claramente fiz o pior comentário possível. Mas não posso voltar atrás agora.

— *Oui* — digo, depois de uma pausa. — *C'est ça.*

— Mas *por quê*?

— Sou uma *artiste* — declaro, tentando ganhar tempo. — Não mulher, não *serrhumano*, e sim uma *artiste*.

— Eu não entendo — reage Raymond, parecendo triste.

— Devo *prrocurar* a *verrdade* — acrescento, com uma inspiração repentina. — Devo ser *corrajosa*. O *artiste* deve ser *semprre corrajoso*, acima de tudo, *comprreende*? Devo destruir velhas convicções. Assim uma *artiste* de *verdade serrei*.

Ouço um resmungo vindo de Suze, mas ignoro.

— Mas...

— Não desejo me *alongarr* nisso. — Eu o interrompo, sendo firme.

— Mas...

— Ao estúdio! — Balanço as mãos. — *Allons-y!*

Meu coração está acelerado quando sigo Raymond pela casa. Não quero mais conversar sobre arte, só quero saber do meu pai.

— Você é a Pauline Audette ou o Yoda? — sussurra Suze em meu ouvido.

— Cala a boca! — repreendo-a.

— Precisamos ir direto ao ponto!

— Eu sei!

Chegamos a uma sala ampla, com paredes brancas e teto de vidro. É clara e está bagunçada, com uma mesa de madeira pesada ao centro e vasos, toda coberta com manchas de argila. Mas não é isso que estou observando. Estou olhando para as grandes prateleiras no fundo da sala. Elas estão cobertas de estátuas e esculturas de argila, além de vasos esquisitos. Bingo. Era *isto* que eu queria.

Olho para Suze, e ela meneia a cabeça para mim.

— Na sua opinião, Raymond — começo —, quais são as peças mais valiosas na sala?

— Bem. — Raymond hesita. — Deixe-me ver. Claro, tem a *Duas Vezes*. — Ele faz um gesto para uma escultura que parece ser um homem com duas cabeças. — Esta foi indicada ao Prêmio Instituto Stephens, há alguns anos. Foi citada em alguns sites, acho que você não... — Ele lança um olhar esperançoso para mim.

— Que bela peça — digo, assentindo depressa. — E quais são *prreciosas* ao seu *corração*?

— Ah, não sei. Raymond ri alto, de um jeito esquisito. — Tenho um lugar especial para esta. — Ele aponta uma peça muito maior e abstrata, de várias cores diferentes.

— A-ha! Vamos examiná-las... — Pego a *Duas Vezes*, e Suze pega a colorida. — Vamos estudá-las à luz... — Eu me afasto de Raymond, e Suze me acompanha. — A-ha! Esta, ela me *lembrra*... uma *batata*.

Suze estava certa. *Batata* é uma palavra muito, muito ruim para servir de código. Mas dá certo. Com um simples movimento, Suze e eu seguramos as esculturas no alto.

(A de Suze parece bem mais pesada que a minha. Eu me sinto um pouco mal por isso. Mas ela é forte.)

— Certo — falo com a voz mais ameaçadora. — Preciso contar uma coisa. Não sou Pauline Audette. Meu nome é Rebecca e sou filha de Graham Bloomwood. Quero saber a verdade sobre o que aconteceu na viagem de carro que vocês fizeram. Se não me contar, vamos quebrar essas peças. Se pedir ajuda, quebraremos tudo. Então, é melhor começar a falar — digo, ofegante, pensando em completar com "otário", mas me controlo.

Já deu para perceber que Raymond é daqueles caras lentos que pensam muito antes de fazer qualquer coisa. Parece que estamos aqui há meia hora, nossos braços estão doendo, o coração acelerado, esperando que ele reaja. Ele olha para mim e depois para Suze. Pisca. Faz careta. Abre a boca para falar e para.

— Precisamos saber — digo, tentando forçá-lo a agir. — Precisamos saber a verdade, agora mesmo. Já.

De novo, Raymond franze o cenho, como se estivesse pensando nos grandes mistérios da vida. Meu Deus, que agonia.

— Você não é a Pauline Audette? — pergunta ele, finalmente.

— Não.

— Bom, graças a Deus. — Ele balança a cabeça sem acreditar. — Pensei que tivesse enlouquecido. — Ele chega mais perto de mim. — Mas você se parece com ela. É igualzinha.

— Eu sei.

— É *incrível*. Vocês não são parentes?

— Até onde sei, não. É incrível, não *é*? — Não consigo evitar ceder um pouco à conversa dele. Eu *sabia* que era parecida como Pauline Audette.

— Bem, deveria pesquisar pra descobrir. — Os olhos dele brilham de interesse. — Talvez vocês tenham algum parente em comum. Poderia ir a algum daqueles programas de TV...

— Chega dessa *enrolação*! — interrompe Suze, falando como um general. — Precisamos saber a verdade! — Ela franze o cenho, olhando séria para mim, e percebo que me deixei levar pelo papo.

— É isso mesmo! — eu me apresso em dizer e seguro a *Duas Vezes* mais alto ainda. — Estamos aqui por um motivo, Raymond, e por isso é melhor você começar a falar.

— E não tente fazer nenhuma gracinha — diz Suze de modo ameaçador. — Se você chamar a polícia, essas duas peças de cerâmica vão virar caquinhos. — Do jeito que ela fala, parece que está doida para começar a quebrar tudo. Eu não sabia que Suze tinha um lado tão violento.

Mais um minuto de silêncio — que parece meia hora — enquanto Raymond digere a informação.

— Você é filha do Graham? — pergunta ele por fim, olhando para mim. — Você não se parece com ele.

— Bom, sou. E ele desapareceu. Estamos tentando localizá-lo e ajudá-lo, mas, até onde sabemos, ele está tentando consertar alguma coisa. Você sabe o que é?

— Ele esteve aqui? — pergunta Suze.

— Ele fez contato?

— Pode nos dizer o que está acontecendo?

Raymond está impassível desde que começamos a falar. Ele me encara por alguns segundos, depois desvia o olhar, e eu sinto uma pontada no estômago. Ele sabe.

— O que é? — pergunto. — O que aconteceu?

— O que ele está *fazendo*? — pergunta Suze.

O olho de Raymond brilha novamente, e ele olha para o lado mais distante da sala.

— Você sabe, não é? — Tento fazer com que ele olhe para mim. — Por que não fala? Por que não recebeu a minha mãe?

— Diga! — exclama Suze.

— Independentemente do que Graham esteja fazendo, é problema dele — diz Raymond, sem desviar o olhar.

Ele sabe. Viemos até aqui só para isso, ele sabe e não vai nos contar. Sinto uma onda de fúria tomar conta de mim e começo a tremer.

— Vou jogar isso no chão! — grito, balançando a *Duas Vezes*. — Vou jogar tudo no chão! Consigo fazer um bom estrago em trinta segundos! E não me importo se você chamar a polícia, porque é o meu pai que está envolvido nessa história e eu *preciso* saber o que está acontecendo!

— Jesus! — Raymond parece chocado com meu acesso de raiva. — Calma. Você é filha do Graham mesmo? — Em seguida, ele se dirige à Suze. — Graham sempre foi a calma em pessoa.

— Ainda é — diz ela.

— Sou um pouco mais parecida com a minha mãe — admito.

— Então... você é filha do Graham — repete ele pela terceira vez.

Meu Deus, ele é sempre lento assim?

— Sim, eu me chamo Rebecca — declaro. — Mas, por algum motivo, que ninguém me conta qual é, meu pai não queria me dar esse nome.

— E as filhas do Brent e do Corey também se chamam Rebecca — acrescenta Suze.

— A filha do Brent disse que nós todas nos chamamos Rebecca, mas eu não sei por que, e na verdade estou cansada de não saber sobre minha própria vida — digo, com a voz trêmula e, quando paro de falar, um silêncio esquisito toma a sala.

Raymond parece estar processando tudo. Ele olha para mim e depois para Suze. Em seguida, seu olhar para nos vasos, ainda acima de nossas cabeças. (Os braços da Suze devem estar doendo muito agora.)

E então, finalmente, ele parece ceder.

— Está bem — diz ele.

— Está bem? — pergunto, surpresa.

— Vou contar o que o seu pai está fazendo.

— Então, você *sabe*?

— Ele estava aqui. — Ele indica um sofá manchado de tinta. — Podem se sentar. Vou contar o que eu sei. Aceitam *ice tea*?

Apesar de Raymond aparentemente ter concordado em colaborar, não soltamos a cerâmica, só para garantir. Nós nos sentamos, segurando as duas esculturas enquanto Raymond serve chá de um jarro, e então se acomoda em uma poltrona à nossa frente.

— Bom, tem a ver com o dinheiro — diz ele, como se fosse totalmente óbvio, e toma um gole da bebida.

— Que dinheiro?

— Brent cedeu seus direitos. Quer dizer, isso foi há alguns anos. Mas o seu pai só descobriu agora, achou que era errado. Quis fazer algo a respeito. Eu disse que isso era problema deles, mas o seu pai levou a coisa a sério. Ele e o Corey sempre tiveram uma... não sei como vocês chamariam isso. Eles sempre se estranharam. Corey irritou o seu pai. Bem, é isso o que ele está fazendo.

Raymond se recosta no sofá, como se agora tudo estivesse perfeitamente claro, e toma outro gole de *ice tea*. Olho para ele, completamente perdida.

— O quê? — pergunto, finalmente. — Do que você está falando?

— Bem, você sabe — responde ele dando de ombros. — A mola. O dinheiro. — Ele olha para mim atentamente. — Estou falando sobre *o dinheiro*.

— Que dinheiro? — pergunto, já meio irritada. — Você não para de falar de dinheiro, mas não sei do que se trata.

— Não sabe? — Raymond parece surpreso. — Ele não contou a vocês?

— Não!

— Ah, Graham. Você não é tão santinho, então. — Ele dá uma gargalhada, do nada.

— Do que você *está falando*? — Estou explodindo de frustração.

— Ok. — Raymond abre um sorriso para mim. — Preste atenção porque a história é boa. Nós quatro nos conhecemos em Nova York, quando éramos garçons. Corey e Brent estudavam ciências. Eu fazia pós-graduação em design. Seu pai era... não lembro o que seu pai era. Éramos jovens, queríamos ver aonde a vida ia nos levar, e decidimos ir para a região oeste. Para uma aventura.

— Estou acompanhando. — Balanço a cabeça, concordando por educação, apesar de meu coração estar apertado. As pessoas dizem "a história é boa" quando, na verdade, querem dizer "Vou compartilhar uma parte qualquer da minha vida, e você tem que fazer cara de quem está achando o máximo". A verdade é que meu pai me contou essa história um milhão de vezes. Logo, estaremos na parte do pôr do sol e do calor de matar e da vez em que eles passaram a noite no deserto. — Onde o dinheiro entra nessa história?

— Vou chegar lá. — Raymond ergue uma das mãos. — Nós fomos, partimos para o Oeste. E conversávamos. Muito. Não havia celular naquela época, lembre-se. Não havia wi-fi. Só música e papo. Nos bares, ao redor de fogueiras, na estrada... em todos os lugares. Corey e Brent costumavam trocar ideias. Falavam sobre montar uma empresa de pesquisa juntos. Caras inteligentes, os dois. Corey também tinha dinheiro. E era bonitão. Ele era o que podemos chamar de "macho alfa".

— Sei — disse, meio na dúvida, me lembrando do cara bronzeado e de aparência esquisita que conhecemos em Las Vegas.

— E aí, uma noite... — Raymond faz uma pausa para causar efeito. — Eles inventaram uma mola. — Ele esboça um sorriso. — Já ouviu falar de uma mola balão?

Algo se acende em minha mente e eu me endireito.

— Espera. Corey inventou uma mola, não foi?

— Corey *e* Brent inventaram uma mola — Raymond me corrige.

— Mas... — Fico olhando para ele. — Li várias matérias sobre essa mola na internet. Não citam o nome de Brent em lugar nenhum.

— Acho que o Corey tirou o Brent da história. — Raymond dá uma risadinha. — Mas Brent ajudou a inventar a mola. Eles tiveram a ideia juntos numa noite, diante da fogueira. Esboçaram a ideia, ali mesmo. Demoraram quatro anos para desenvolvê-la, mas foi ali que tudo começou. Com Corey, Brent, seu pai e eu. Nós todos tivemos participação naquilo.

— Espere... *o quê*? Meu pai teve participação?

— Bom, eu digo "participação", entre aspas. — Raymond começa a rir de novo. — Ele não investiu dinheiro nenhum na ideia. Foi mais uma espécie de "contribuição".

— Contribuição? Que contribuição?

Meio que espero ouvir que meu pai foi a pessoa que teve a ideia incrível que originou a invenção.

— Seu pai deu o bloco de papel no qual escreveram a ideia.

— *Papel* — repito, desanimada. — Só isso?

— Foi o suficiente! Eles tiraram sarro disso. Corey e Brent estavam desesperados atrás de algo no qual pudessem escrever. Seu pai tinha um caderno grande de rascunhos e falou o seguinte: "Bom, se eu der meu caderno de rascunhos pra vocês, quero que me incluam nessa", e Corey falou: "Beleza, Graham. Você está dentro." Sabe, estávamos todos brincando. Eu os ajudei a esboçar as ideias, e algumas noites se passaram. — Raymond toma mais um gole do *ice tea*. — Mas então eles fizeram a mola. O dinheiro começou a entrar. Até onde eu sei, o Corey cumpriu sua palavra. Mandava a seu pai dividendos todos os anos.

Estou chocada. Meu pai tinha participação em uma mola? Certo, retiro o que disse. Essa história é bem boa mesmo.

— Eu tinha recebido uma herança naquela época — conta Raymond —, por isso investi uma grana. E foi o que me ajudou.

— Mas como uma mola pode render tanto dinheiro? — pergunta Suze, desconfiada. — É só um pedaço de ferro retorcido.

Era *exatamente* o que eu estava pensando, mas não quis falar.

— É um tipo de mola dobrável. — Raymond dá de ombros. — Coisa útil. Encontrada em armas, teclados... em tudo. Corey e Brent foram espertos. Corey tinha uma arma; ele caçava de vez em quando. Eles a desmontaram à noite, brincaram com o mecanismo de carga da mola. Tiveram ideias. Você sabe como essas coisas são.

Não, não sei. Já me reuni um monte de vezes com a Suze, e já abrimos um monte de coisas, como kits de maquiagem. Mas nunca inventei uma mola nova.

De repente, entendo por que meu pai ficava sempre tão interessado nas minhas notas em física. E por que ele sempre dizia "Becky, querida, por que você não estuda engenharia?" e "Ciências *não* é uma matéria chata, mocinha!".

Humm. Talvez ele estivesse certo. Agora estou meio arrependida por não tê-lo ouvido.

Ah, talvez possamos incentivar Minnie a estudar ciências; quem sabe ela não inventa uma mola ainda mais avançada e a gente ganhe rios de dinheiro. (Quando ela não estiver vencendo as Olimpíadas como amazona, claro.)

— Quando eles voltaram da viagem — continua Raymond —, alugaram um laboratório e desenvolveram a mola de forma adequada. Quatro anos depois, eles a lançaram. Bom, pelo menos Corey a lançou.

— Só o Corey? E o Brent?

A expressão de Raymond fica um pouco séria.

— Brent saiu depois de três anos — diz ele de modo sucinto.

— *Três anos?* Como assim? Antes do lançamento? Então ele não recebeu dinheiro nenhum?

— Bem, não propriamente falando. Ele basicamente abriu mão dos direitos.

— Mas por que ele faria isso? — pergunto, horrorizada. — Ele devia saber que a mola tinha muito potencial.

— Acho que o Corey falou pra ele... — Raymond para de falar, e então continua, com a voz alterada. — É coisa do passado. É entre os dois.

— O que o Corey falou pra ele? — Estreito os olhos. — *O que*, Raymond?

— *O quê?*— repete Suze, e Raymond bufa, irritado.

— Corey havia assumido a parte burocrática dos negócios. Talvez ele tenha dado a Brent a impressão errada. Falou pra ele que os investidores não estavam interessados, disse que a ideia não era viável comercialmente, que seria caro levar aquilo a outro patamar. Então Brent saiu da jogada por... bem. Praticamente nada.

Olho para Raymond totalmente indignada.

— Corey *enganou* o Brent? Ele deveria ser preso!

Em minha mente, vejo uma imagem do palácio de Corey em Las Vegas, e depois do trailer de Brent. É muito injusto. Não consigo tolerar isso.

— Até onde sei, Corey não infringiu nenhuma lei — responde Raymond com seriedade. — Ele tinha razão em algumas coisas que disse — *não era* algo certo. Precisava de fato de investimento. Brent deveria ter analisado tudo. Deveria ter sido mais esperto.

— Você sabia que o Brent estava morando num trailer? — pergunto de modo acusatório. — Sabia que ele foi *despejado* de um trailer?

— Se o Brent foi tolo o suficiente pra se deixar enganar pela conversa do Corey, é problema dele — responde Raymond com agressividade. — Acho que ele tentou uma ação legal, mas os fatos não eram fortes o bastante. Era a palavra do Corey contra a do Brent, entende?

— Mas isso está *muito* errado! Brent ajudou a inventar a mola! Isso rendeu milhões!

— Tanto faz. — Raymond franze o cenho ainda mais, e eu sinto desprezo por ele.

— Você simplesmente não quer se meter nisso, não é? — pergunto, séria. — Não é à toa que se esconde do mundo.

— Se o Brent é tão talentoso — diz Suze —, por que ele não inventou algo sozinho?

— Brent nunca teve personalidade forte — retruca Raymond. — Acho que ele ficou arrasado ao ver Corey fazer sucesso. Ele bebia, se casou várias vezes... e torrou o dinheiro todo.

— Não é à toa que ele ficou mal! — quase gritei. — Qualquer um ficaria mal com isso! Então você acha que isso está certo, não acha? Um amigo seu engana o outro e você não quer nem saber?

— Não me envolvo — argumenta Raymond, com o rosto inexpressivo. — Perdemos contato.

— Mas você ainda recebe o dinheiro — jogo na cara dele.

— Assim como o seu pai — rebate Raymond. — Ele ainda recebe a parte dele, até onde sei.

Meus pensamentos rápidos são interrompidos. Meu pai. O dinheiro. O dividendo. Por que ele nunca nos contou sobre isso? Ele contou tudo o que aconteceu naquela viagem, várias vezes. Por que deixou de fora a melhor parte?

Tenho certeza de que mamãe não sabe de nada disso. Ela teria nos contado. O que quer dizer que... Ele vem escondendo esse segredo durante *todos esses anos*?

Eu me sinto um pouco irritada. Meu pai é a pessoa mais direta e sincera do mundo. Por que ele esconderia um segredo desses?

— Bex, você não sabia nada sobre isso? — pergunta Suze com a voz baixa.

— Nada.

— Por que o seu pai esconderia algo assim?

— Não faço a menor ideia. É estranho.

— Será que o seu pai é bilionário e ninguém sabe?

— Não! Claro que não. Não pode ser!

— Acho que o Corey não deve mandar muito dinheiro pro seu pai — diz Raymond, sem disfarçar que estava ouvindo a nossa conversa. — Está mais pra algo simbólico entre amigos. Poucos milhares, talvez.

Poucos milhares de dólares... todos os anos... E, de repente, a ficha cai. O GB. O Grande Bônus do meu pai.

Ele recebe esses bônus desde que me entendo por gente. Sempre nos falou que vinham do trabalho de consultoria, e sempre nos fazia um agrado com esse dinheiro, e todos fazemos um brinde a ele. O grande bônus vêm... do Corey?

Olho para Suze e percebo que ela pensou a mesma coisa.

— O GB — diz ela.

No ano que Suze estava morando com a gente, papai recebeu o bônus, e ele comprou para ela uma bolsa Lulu Guinness, apesar de ela, na época, não parar de dizer "Sr. Bloomwood, não precisa!".

— O GB — digo, chegando à mesma conclusão. — Acho que é isso. Não é consultoria. É a mola.

Minha cabeça está a mil. Preciso falar sobre isso. Meu pai tem um segredo. Por que ele não nos contou isso?

— Corey *sabe* que o Brent foi despejado? — pergunta Suze a Raymond.

Faz-se uma pausa. Raymond se ajeita na cadeira e olha pela janela.

— Acredito que o seu pai tenha contado a ele. Acho que ele estava tentando convencer Corey a ajudar Brent financeiramente.

— Então é isso o que ele está tentando "consertar". — Olho para Suze. *Agora* tudo começa a fazer sentido. — E o que Corey falou?

— Acho que Corey se recusou a ajudar.

— Mas você não falou nada?

Raymond olha para mim sério.

— De jeito nenhum.

Nem tenho como dizer o quanto odeio esse homem. Ele tirou o corpo fora. Fez vista grossa. Está tudo ótimo pra ele, que vive da renda desse investimento fortuito, fazendo cerâmica, morando naquele rancho, naquela casa bagunçada. Mas e o Brent? Ele provavelmente nem sequer tem uma casa.

Meus olhos estão marejados. Sinto tanto orgulho do meu pai, defendendo seu velho amigo, tentando consertar os erros do passado.

— Corey se sente *culpado*? — pergunta Suze. — Vocês não eram amigos?

— Bem... a história é meio complicada. — Raymond junta as pontas dos dedos de ambas as mãos. — Tudo isso tem a ver com o que aconteceu no passado, sabe?

— Como assim?

— Bem, acho que podemos dizer que tudo isso se deve a Rebecca.

Suze e eu respiramos fundo. Minha pele está formigando. *Rebecca.*

— Quem... o quê... — Minha voz soa fraca.

— Precisamos saber quem é essa Rebecca — diz Suze. — Precisamos descobrir do que se trata tudo isso. Comece do início e não deixe nem um único detalhe de fora.

Ela parece *só um pouquinho* mandona, e eu vejo a irritação tomar o rosto de Raymond.

— Não vou começar de lugar nenhum — rebate ele. — Estou cansado de revirar o passado. Se quiserem saber sobre Rebecca, perguntem ao Graham.

— Mas você tem que nos contar! — protesta Suze.

— Não tenho que fazer nada. Já falei demais. A conversa acabou. — Ele se levanta e, antes que eu me dê conta do que está acontecendo, ele já tirou o *Duas Vezes* das minhas mãos. — Agora devolva a minha peça — diz ele, olhando sério para Suze. — E saiam da minha propriedade antes que eu chame a polícia.

Ele parece bem ameaçador, e eu fico assustada. Na verdade, acho que está mesmo na hora de ir embora. Mas, quando me levanto do sofá, não consigo evitar olhar para ele com desprezo.

— Bom, obrigada por contar a história. Fico feliz em saber que consegue dormir à noite.

— De nada. Adeus. — Ele faz um gesto indicando a porta. — Maria! — grita ele.

— Espera! Mais uma coisa. Você tem *alguma* ideia de onde meu pai possa estar?

Silêncio, e vejo pelos olhos dele que os pensamentos estão correndo por sua mente.

— Você tentou entrar em contato com a Rebecca? — pergunta ele, por fim, e, mais uma vez, eu sinto algo estranho ao ouvir meu próprio nome.

— Não! Você não entende? Não sabemos nada sobre essa Rebecca. Não temos o sobrenome dela nem sabemos onde ela mora...

— Rebecca Miades. — Ele me interrompe. — Ela mora em Sedona, a cerca de 400 quilômetros ao norte. Seu pai estava tentando entrar em contato com ela. Ela estava lá naquela noite, sabiam? Ela viu como a ideia nasceu.

Ela estava lá? Por que ele não falou isso antes? Estou prestes a fazer mais perguntas, mas, antes que consiga pensar em qualquer coisa, a governanta chega.

— Maria, acompanhe essas moças até a saída — diz Raymond. — Não deixe que elas peguem nada.

Francamente. Não somos *ladras*.

E então, sem dizer mais uma palavra, ele abre a porta dos fundos, sai do estúdio e vai para o quintal. Consigo vê-lo pegando um cachimbo e o acendendo. Encaro Suze e percebo que estamos pensando a mesma coisa: *que homem horroroso.*

Meu telefone ficou o tempo todo no bolso. O que quer dizer que, levando em conta que o sinal estava bom, mamãe deve ter ouvido pelo menos parte da conversa. Ainda não consigo encará-la, então, assim que passamos pelos portões da casa de Raymond, vejo um caminho de terra e me abaixo. Envio uma mensagem para Luke: TUDO CERTO, A CAMINHO, e então volto a me abaixar e olho para cima, para o céu azul e enorme.

Eu me sinto meio sobrecarregada, para ser sincera. Orgulho-me do meu pai, tentando ajudar um velho amigo, mas estou meio perplexa também. Por que ele não nos contou a verdade? Por que inventou essa história de "bônus"? Por que o *mistério*, pelo amor de Deus?

— Isso é estranho, não é? — indaga Suze, colocando meus pensamentos em palavras. — *Precisamos* ir para Sedona agora.

— Também acho — digo, depois de uma pausa. Apesar de concordar, o fato é que estou ficando meio cansada de correr atrás do meu pai pelo país.

De repente, sinto saudade da vida simples em família, em casa, em Oxshott. Vendo TV e elogiando mamãe por algum prato pronto que ela descongelou e discutindo se a princesa Anne deveria cortar o cabelo.

— Entendo que o papai queira acertar as coisas pro Brent — acrescento, ainda olhando para cima. — Mas por que ele não contou nada pra gente?

— Não faço a menor ideia — admite Suze, depois de uma pausa. — Tudo é muito esquisito. — Ela parece bem confusa também, e, por um momento, ficamos em silêncio, respirando o ar árido, sentindo o sol norte-americano no rosto. Tem alguma coisa nesse céu grande e azul. Eu me sinto a milhões de quilômetros das pessoas. Parece que as coisas estão começando a clarear em minha mente.

— Isso tem nos separado demais — digo de repente. — Essa história toda, todo mundo se separou. Meus pais... você e o Tarkie... eu e o meu pai... estamos todos nos separando em pedacinhos, com segredos e mal-entendidos e confusões... isso é horrível. Não quero mais ficar separada, quero estar *sólida*. Quero que estejamos *juntos*. — Eu me apoio em um cotovelo. — Vou pra Sedona, Suze. Vou encontrar o meu pai. Independentemente do que ele esteja fazendo e de qual seja o plano dele, ele pode fazer isso junto com a gente. Porque somos uma *família*.

— Ele pode fazer junto comigo também — diz Suze. — Sou sua melhor amiga. Sou praticamente da família. Então, conte comigo.

— Conte comigo também. — Escuto uma voz, e Luke aparece na esquina, de mãos dadas com Minnie. — Nós ficamos tentando adivinhar onde vocês estavam — diz ele. — Querida, você não pode desaparecer assim.

— Não desaparecemos, estamos fazendo planos.

— Eu ouvi. — Luke olha para mim de forma carinhosa. — E, como falei, conte comigo.

— Conte com nós dois — acrescenta Janice, animada, correndo atrás dele. — Sou praticamente da família, querida. Você tem razão, parece que o seu pai precisa de um pouco de apoio moral.

— Pode contar comigo também — diz Danny, aparecendo atrás de Janice. — Ouvimos a história toda pelo telefone. Caramba, aquele Corey! Que idiota! E Raymond não fica atrás. Mas seu pai é o máximo. Precisamos ajudá-lo.

Ele está tão animado que sinto uma pontada no coração. Danny é uma pessoa importante, tem uma carreira. Ele não precisava estar aqui. Ninguém precisava estar aqui, num canto distante do Arizona, absorvidos por uma injustiça que aconteceu com um amigo do meu pai há muito tempo. Sério. Com certeza todo mundo tem coisa melhor para fazer. Mas, quando olho ao redor, vejo vários rostos solícitos, amorosos, e fico com lágrimas nos olhos.

— Bem... obrigada — digo. — Meu pai ficaria feliz com isso.

— Becky? — Quando me viro, vejo que Janice está com uma cara estranha. Minha mãe está andando pelo acostamento, e percebo que ela está meio mal. Coitada da mamãe. O rosto dela está cor-de-rosa, e os cabelos estão desgrenhados.

— Por que ele mentiu? — pergunta ela, e consigo perceber a mágoa em sua voz.

— Não sei, mãe — respondo, meio triste. — Tenho certeza de que ele vai explicar...

As mãos dela tocam o colar de pérolas. As pérolas do Grande Bônus. Ainda podemos usar esse termo?

— Então, vamos pra Sedona agora? — Ela parece um tanto desanimada, como se quisesse que eu assumisse as rédeas.

— Sim. É nossa chance de encontrar o papai

Além disso — penso, mas não falo nada —, é a melhor maneira de eu conhecer minha xará, Rebecca. E, sinceramente, *mal posso esperar por isso.*

TREZE

Ai, meu Deus. Por que eu não descobri sobre Sedona antes? Por que ninguém me contou? É de tirar o fôlego. É... indescritível.

Bom, tudo bem, não literalmente indescritível. *É possível* descrever o lugar. Dá para dizer "Há rochas vermelhas enormes por todos os lados, surgindo do deserto, que fazem você se sentir pequeno e insignificante". Você pode dizer que "A paisagem é tão bonita que faz você ficar arrepiado". Você pode falar também que "Há uma ave de rapina acima de nós, no céu, que parece colocar toda a humanidade em perspectiva".

Você pode dizer tudo isso. Mas não é a mesma coisa que estar presente testemunhando.

— Olha o... — Não paro de apontar, e Danny diz: "Eu sei!"

— Ai, meu Deus! O...

— Eu sei. É incrível!

Pela primeira vez, a ansiedade no rosto de Suze não está tão aparente. Minha mãe e Janice estão olhando pela janela oposta e exclamando uma para a outra também. Na verdade, todo mundo parece animado com a paisagem.

Acabamos passando mais uma noite em Wilderness, porque Luke disse que não havia motivo para corrermos para Sedona naquele dia e que todos nós precisávamos de uma boa noite de sono. Suze passou cerca de duas horas no Skype conversando com os filhos, que estão em Los Angeles, e então Minnie e eu nos juntamos a ela e todos brincamos de mímica via Skype, o que é bem legal. Sei que Suze está sentindo falta de casa. Ela anda extremamente triste, e acho que não tem dormido direito. Ela *ainda* não teve notícias do Tarkie, nem daquela árvore idiota, o que parece um pouco de má vontade dos pais dela e do jardineiro. Na verdade, estou muito brava por ela. Será que eles não podem retornar a ligação dela? Não é possível.

Mas, quando a pressionei, ela admitiu que deixou apenas mensagens casuais, porque estava paranoica com a ideia de que todos descobrissem a verdade sobre seu casamento. Então, eles provavelmente acham que não é nada urgente e que podem falar com ela depois, assim que ela voltar para a Inglaterra.

Francamente.

E, enquanto isso não acontece, Suze fica nessa aflição. Consigo praticamente *ver* a preocupação correndo em suas veias. Ela precisa saber a verdade agora. Certamente *alguém* poderia ajudar...

Ah, espere um pouco. Tive uma ideia.

Sorrateiramente, envio correndo um e-mail, escondendo o telefone embaixo de uma revista para que Suze não pergunte o que estou fazendo. É apenas uma tentativa...

mas nunca se sabe. Pressiono "Enviar", e então guardo o telefone e volto a me concentrar na paisagem incrível.

Estamos na estrada desde que amanheceu, o que totalizam cinco horas dirigindo, incluindo uma parada para um almoço antes do horário. O céu tem um tom azul muito intenso de meio do dia, e estou louca por uma xícara de chá.

Nosso destino é o High View Resort. De acordo com o site, pelas janelas do resort você vê "paisagens lindas que vão do chão ao teto", e, além disso, "fica perto das lojas chiques e das galerias da parte alta de Sedona". Mas não é por isso que estamos indo para lá. Adivinha quem é a Guia New Age e Líder de Meditação do lugar? Rebecca Miades.

Há até uma foto dela no site, que eu *não mostrei* para mamãe. Porque acontece que essa Rebecca é muito bonita, principalmente para uma mulher da idade dela. Tem cabelos compridos incríveis, tingidos de vermelho-rosado, e um olhar intenso e sexy.

Não que seja relevante o fato de ela ser ou não bonita. Afinal, tenho certeza de que o papai, tenho *certeza*...

Não sei bem aonde quero chegar com isso. Digamos apenas que mamãe não precisa ver essa foto.

Sempre que olho para o rosto de Rebecca, sinto um "ai!", a ponto de quase começar a pensar que essa "Rebecca" não existe — mas ela existe, sim. Finalmente vou descobrir o que tudo isso significa. E já está mais do que na hora. Sinceramente, não saber das coisas é muito desgastante. Como os detetives conseguem viver assim? Como mantêm a sanidade? Fico me perguntando *E se...* e *Será que....* e *Mas certamente...* até meu cérebro parecer prestes a explodir.

— Chegamos! — anuncia Luke, interrompendo meus pensamentos, e eu olho animada pela janela do trailer. O hotel fica a alguns metros da rua, com palmeiras ladeando a entrada. Tem poucos andares e foi construído com um tipo de pedra vermelha, combinando perfeitamente com a paisagem.

— Vou estacionar o trailer. — Vocês podem entrar e fazer o *check-in*. Encontre sua xará. — Ele ergue uma sobrancelha para mim, e eu sorrio. Acho que ele também está doido para conhecer essa Rebecca.

Demoramos um pouco na recepção para nos organizarmos nos quartos, e, por fim, Suze toma as rédeas. Danny vê um cartaz de um Pacote Restaurador no Spa e imediatamente decide que vai aproveitar, porque aparentemente seus músculos e nervos foram "arruinados" pela viagem. (Claro que a culpa é da viagem, e não do fato de ele ter ficado a noite toda acordado em Las Vegas, nem de todos os *ice teas* com Bourbon que bebeu na feira.) Enquanto isso, leio um folheto que encontrei com informações sobre Rebecca Miades. Vou para um cantinho da recepção e me sento em uma cadeira grande de madeira enquanto leio tudo avidamente.

Nós do High View Resort estamos orgulhosos por ter Rebecca Miades como nossa conselheira espiritual residente e vidente. Rebecca iniciou os estudos de clarividência quando estudava na Índia, e foi aluna do Instituto de Misticismo Alara. *Ela está muito feliz por agora estar praticando no centro de poder espiritual de Sedona, pois, por baixo das antigas e famosas rochas vermelhas, há vórtices, energias e forças místicas que fortalecem e empoderam a alma.*

Uau. Não sabia que Sedona tinha vórtices antigos. Muito menos forças místicas. Vasculho com o olhar toda a área da recepção, na esperança de ver alguma evidência de força mística, mas só consigo ver uma senhora digitando no iPad. Talvez seja preciso sair.

Rebecca oferece passeios do Vórtice Sagrado, Aconselhamento Intuitivo, Cura, Leitura da Aura, Arte Celestial, Comunicação com os Anjos...

Comunicação com os Anjos? Olho para o panfleto. Tipo... *Anjos*? Nunca ouvi falar sobre aquilo. Nem de Arte Celestial, que eu acredito que deva envolver desenhos de estrelas. Um som parecido com o de um sino dos ventos chama minha atenção, e eu vejo um jovem de cabelo comprido passando pela cortina de contas. Em sua camisa, há uma inscrição indicando *Seth Connolly, Atendimento ao Cliente*. Ele sorri para mim de modo simpático e receptivo e olha para o folheto que estou segurando.

— Está interessada em nosso Centro New Age? — pergunta ele de forma simpática. — Gostaria que eu levasse você até lá?

— Humm, talvez — digo. — Estou lendo sobre Rebecca Miades.

— Ah, a Rebecca. — Ele abre um sorriso. — Ela é, tipo... minha pessoa preferida no mundo todo.

— É mesmo? — Eu não esperava por isso. — Humm... Por quê? Como ela é?

— Ela é muito meiga e doce, sabe? E o trabalho dela é incrível — elogia ele com sinceridade. — Ela ajuda muito os hóspedes a encontrarem iluminação espiritual. É Terapeuta Angelical certificada. Você tem interesse nisso? Ela também pode ler tarô, aura...

— Talvez. Ela parece muito atraente — acrescento, tentando fazer com que ele faça mais revelações. — Aquele cabelo!

— Ah, o cabelo dela é maravilhoso — diz ele. — Ela tinge todo ano. Azul... vermelho... verde... Costumamos falar que ela deveria mudar seu nome para Arco-Íris! — Ele ri como um garoto.

— Então, você acha que eu poderia encontrá-la? — Tento parecer casual. — Posso marcar um horário?

— Claro! — exclama ele. — Ela atende em nosso Centro New Age. Não está lá agora, mas já deve estar voltando. Se for até lá, um dos Mentores Espirituais poderá ajudar você. Se for por ali — ele aponta para a cortina de contas — e seguir até a área dos assentos, chegará ao Centro New Age, que fica nos fundos.

— Entendi. Bem, talvez eu dê uma passada lá. Obrigada.

Quando Seth vai embora, dou uma olhada na recepção. Mamãe, Minnie e Janice estão vendo uma vitrine de filtros dos sonhos. Suze ainda está resolvendo alguma coisa com a recepcionista. Danny e uma senhora de uniforme branco do spa estão indo em direção ao Spa Center.

Acho que posso ir junto para ver Rebecca com meus próprios olhos. Em silêncio. Sozinha. Quando me levanto, sinto uma onda de nervosismo e me repreendo. Não tenho motivos para ficar nervosa. É só uma mulher do passado do meu pai. Não é nada de mais.

Então passo pela cortina, fazendo as contas soarem, batendo umas nas outras. Estou de pé em uma área ampla e ventilada com sofás e cadeiras, ocupadas por poucas pessoas que esperam, lendo jornais ou revistas. Há palmeiras em vasos, uma claraboia enorme e uma placa na qual se lê *Centro New Age*, e estou caminhando para a direção indicada quando, de repente, um par de sapatos chama minha atenção. Estão em uma poltrona de balanço grande — mocassins de veludo masculinos. Conheço esses sapatos, *conheço*, sim. Vejo um cotovelo apoiado no braço da poltrona também. Um cotovelo muito, muito familiar, só um pouco mais bronzeado que o normal.

— Papai? — Minha voz ressoa antes mesmo que eu consiga pensar no que estou fazendo. — *Papai?*

O cotovelo bronzeado é retirado do braço da poltrona na hora. Os sapatos se mexem. A poltrona é empurrada para trás e escuto-a arranhar o chão de azulejo terracota. E, logo depois, estou olhando para o meu pai. Bem aqui. Em carne e osso. Meu pai desaparecido.

— *Papai*? — Quase grito de novo.

— Becky, querida! — Ele parece tão chocado quanto eu. — Mas o que... Quem falou pra você que eu estava aqui?

— Ninguém. Estamos procurando você! Temos tentado te localizar! Temos... Você tem ideia... — Meus pensamentos confusos não formam palavras. — Papai, você tem ideia...

Ele fecha os olhos como se não acreditasse naquilo.

— Becky, *eu falei* pra você não fazer isso, eu *falei* pra vocês irem pra casa...

— Ficamos preocupados com você, não entende? — grito. — Ficamos *preocupados!*

Todos os tipos de emoções começam a tomar conta de mim, como lava quente saindo de um vulcão. Não tenho certeza se me sinto aliviada, feliz ou furiosa, ou se eu só quero gritar. Lágrimas escorrem pelo meu rosto, e, de repente, percebo que não faço ideia de como elas se formaram. — Vocês foram embora — digo, ofegante. — Vocês nos *abandonaram.*

— Ah, Becky. — Ele estende os braços. — Querida, vem cá.

— Não. — Balanço a cabeça. Estou furiosa. — Não pode... Você tem noção do estado em que a mamãe está? Mamãe! — grito. — Mãeeeeee!!

Um instante depois, ouço o bater de contas quando mamãe, Janice e Minnie passam pela cortina.

— GRAHAM?

Nunca ouvi nada tão estridente quanto a voz da minha mãe naquele momento. Parecia o apito de um trem. Nós todos hesitamos, e consigo ouvir mais cadeiras raspando o chão enquanto as pessoas se viram para olhar.

Quando ela se aproxima do papai, seus olhos estão brilhando, furiosos, e as narinas dela se abrem.

— ONDE você esteve?

— Jane! — exclama papai, parecendo assustado. — Calma, Jane, eu disse que tinha uma pequena tarefa...

— Pequena tarefa? Pensei que você estivesse MORTO! — Ela começa a chorar e a soluçar, e meu pai a abraça.

— Jane — diz ele. — Jane, meu amor, não se preocupe.

— Como posso não ficar preocupada? — Ela joga a cabeça para trás como se fosse uma cobra. — Como não ficar preocupada? Sou sua ESPOSA! — Ela afasta o braço e dá um tapa no rosto do meu pai.

Ai, meu Deus. Nunca vi minha mãe agredir meu pai. Estou chocada. Felizmente, Minnie está brincando com a cortina de contas, por isso acho que ela não viu nada.

— Humm, Minnie — digo depressa. — O vovô e a vovó precisam... conversar.

— Nunca, nunquinha desapareça de novo. — Agora mamãe está agarrada a ele, lágrimas correm por seu rosto. — Pensei que eu tivesse ficado viúva!

— Pensou mesmo — confirma Janice. — Estava pesquisando sobre seguro de vida.

— *Viúva?* — Papai dá uma risada alta.

— Não ria de mim, Graham Bloomwood! — Parece que ela vai dar outro tapa nele. — NÃO OUSE!

— Vamos, querida. — Seguro a mão de Minnie e passo pela cortina de contas, com a cabeça ainda zunindo. Um momento depois, Janice se aproxima de mim e nós duas nos entreolhamos, incrédulas.

— O que está acontecendo? — pergunta Suze ao vir da recepção.

— Suze, você não vai *acreditar*! — digo, sentindo-me quase histérica.

Preciso tomar dois Arizona Breezes grandes para me acalmar (gin, suco de cranberry, suco de toranja... *delicioso*). E só Deus sabe quantas bebidas mamãe precisará. Papai está aqui. Nós o encontramos. Depois de toda a saga, toda a angústia... Ele estava sentadinho em uma poltrona, lendo jornal. Como é que é?

Não consigo ficar quieta. Quero voltar para aquela sala e fazer mil perguntas a ele, até entender tudo, cada detalhe. Mas Suze não me deixa fazer isso.

— Seus pais precisam de espaço — ela fica dizendo. — Deixe os dois sozinhos. Dê um tempo a eles. Seja paciente.

Ela não me deixa nem mesmo passar por eles para poder ver a famosa Rebecca. Também não correu para saber notícias de Tarkie. Então, fomos todos para a varanda da frente do hotel e nos sentamos em umas cadeiras de vime e nos viramos para olhar sempre que ouvimos um som. Eu disse "todos", mas, na verdade, Luke foi para uma área mais reservada ler alguns e-mails. Mas o restante de nós está sentado, esperando com a sensação de que a vida foi pausada. Faz meia hora, pelo menos, que estamos esperando...

E então, de repente, ali estão eles, passando pela cortina de contas. Mamãe está com a aparência de quem acabou de correr uma maratona, e meu pai parece assustado ao ver o grupo reunido, e se retrai quando todos começam a exclamar: "Graham! Encontramos você!" e "Por onde andou?" e "Você está bem?"

— Sim — ele não para de dizer. — Ah, sim, estou bem. Estamos todos bem... Caramba, eu não fazia ideia... Bem, aqui estamos. Alguém quer comer alguma coisa? Bebida? Ah... querem pedir alguma coisa? — Ele parece bastante agitado. E não costuma ser assim.

Quando todos estamos sentados, com bebidas, petiscos e os cardápios de "lanches leves", a conversa vai morrendo. Um por um, nos viramos na direção do papai.

— Então, vamos lá — digo. — Por que você viajou correndo? Qual é o grande segredo?

— Por que não podia nos *contar* o que estava acontecendo? — pergunta Suze, trêmula. — Fiquei tão preocupada...

— Ah, Suze, minha querida. — O rosto do meu pai está retorcido. — Eu sei. Sinto muito. Eu não fazia ideia... — Ele hesita. — É que eu me deparei com uma baita injustiça. E precisava consertar tudo.

— Mas, Graham, por que esse mistério todo? — pergunta Janice, sentada ao lado da mamãe. — A coitada da Jane ficou maluca, só imaginando desgraças!

— Eu sei. — Papai leva as mãos ao rosto. — Eu sei disso. Acho que fui muito ingênuo ao pensar que se pedisse pra não se preocuparem, vocês não iriam mesmo ficar preocupados. E o motivo pelo qual não contei a história toda antes... — Ele suspira de novo. — Ah, eu me sinto tão envergonhado...

— O Grande Bônus — digo, e papai assente, sem olhar para mim.

— Que coisa — diz ele — ser pego em uma mentira assim, a essa altura de minha vida.

Ele parece tão infeliz. Não sei se sinto pena ou raiva dele.

— Mas *por que*, pai? — Não consigo disfarçar minha exasperação. — *Por que* disse pra gente que recebia dinheiro de consultoria? Não precisava inventar um Grande Bônus. Podia ter contado que o dinheiro vinha do Corey. Não tinha problema nenhum!

— Querida, você não entende. Pouco tempo depois do seu nascimento, eu perdi o emprego. Não teve um motivo em especial, foi uma época de cortes, de modo geral. Mas sua mãe... — Ele hesita. — Ela não reagiu muito bem.

Ele diz isso do jeito apaziguador de sempre, mas provavelmente quer dizer *Ela jogou pratos em mim.*

— Fiquei ansiosa! — diz mamãe, na defensiva. — Qualquer um ficaria ansioso! Eu tinha uma filha pequena, nosso orçamento havia despencado...

— Eu sei — continua papai, tentando acalmá-la. — Foi uma época preocupante.

— Você lidou muito bem com tudo, querida — elogia Janice, segurando a mão da minha mãe para dar apoio. — Eu me lembro daquela época. Vocês fizeram milagres com pouco.

— Fiquei alguns meses sem trabalho. As coisas estavam complicadas. — Papai retoma a história. — E então, do nada, recebi uma carta do Corey. E não só uma carta, mas um cheque também. Ele ganhava dinheiro havia um tempo, mas, de repente, passou a ganhar muito. Ele se lembrou do nosso acordo e acabou por honrá-lo. Mandou 500 libras pra mim. Eu não acreditei quando vi.

— Você não faz ideia de quanto valiam 500 libras naquela época — diz mamãe, animada. — Dava pra comprar uma casa!

— Não dava pra comprar uma casa — meu pai a corrige. — Talvez um carro usado.

— Aquele dinheiro salvou a nossa vida — comenta mamãe, de forma dramática, como sempre. — Salvou a sua vida, Becky, querida! Talvez você tivesse morrido de fome.

Vejo que Suze está se coçando para falar algo como *Mas não havia seguro desemprego?*, e eu só balanço a cabeça. Mamãe está empolgada. Não vai querer ouvir sobre nenhuma ajuda do governo.

— Mas foi então que cometi meu maior erro. — Papai fica em silêncio por muito tempo, e todos esperamos, quase sem respirar. — Foi a vaidade, vaidade pura. Eu queria que a sua mãe tivesse orgulho de mim. Tínhamos casado havia pouco tempo, pais de primeira viagem, e eu havia perdido o emprego. Então... eu menti. Inventei um trabalho e contei que havia ganhado o dinheiro com ele. — Ele faz uma careta. — Idiota. Como fui idiota.

— Eu me lembro de você ter ido me procurar, Jane! — O rosto de Janice se ilumina. — Eu estava pendurando as roupas que tinha lavado, lembra? Você veio correndo e disse: "Adivinha o que meu marido maravilhoso conseguiu!" Ficamos todos aliviados. — Ela olha para as outras pessoas. — Você não sabe como foi estressante, com a chegada da Becky e as contas aparecendo todos os dias... — Ela se inclina para a frente e dá um tapinha no braço do meu pai. — Graham, não se culpe. Quem não contaria uma mentirinha naquelas circunstâncias?

— Foi patético — diz meu pai, suspirando. — Eu queria ser o salvador da pátria.

— Você *foi* o salvador — confirma Janice com convicção. — Aquele dinheiro chegou à sua família graças a você, Graham. Não importa como.

— Eu respondi à carta dizendo: "Corey, você acabou de salvar meu casamento, amigo", e ele respondeu "Bem, vamos ver se consigo fazer a mesma coisa no ano que vem". E foi assim que começou. — Papai toma um gole da bebida e então olha para mim e para mamãe. — Sempre quis contar a verdade para vocês. Tentava todos os anos. Mas vocês ficavam tão orgulhosas! Tornou-se uma tradição gastarmos o Grande Bônus juntos.

Vejo minha mãe tocando as pérolas, e minha mente volta no tempo, todos aqueles anos. Todos os almoços deliciosos que tivemos, comemorando o Grande Bônus do papai. Todos os agrados que ele comprou para nós. Horas de felicidade e orgulho. Não foi à toa que ele nunca confessou. Entendo totalmente.

E também entendo que ele tenha ficado chocado quando soube que Brent tinha sido expulso do trailer. Afinal, olhe para eles. Papai tem uma vida confortável e próspera, e Brent não tem um tostão. Mas *como* ele pode ter pensado que poderia sumir por dias seguidos sem dar explicação nenhuma e ainda assim manter a história em segredo?

— Então, vamos recapitular, papai. — Eu me inclino na direção dele. — Você pretendia ir pra Vegas encontrar o Corey e, de alguma maneira, consertar a situação do Brent e depois voltar pra casa... sem nos dar nenhuma satisfação?

Papai pensa por um momento, e então responde:

— Sim, basicamente.

— Pensou que nós simplesmente ficaríamos em casa esperando, muito pacientes.

— Sim.

— Enquanto pensávamos que você tinha sido sequestrado por Bryce e que ele faria uma lavagem cerebral em você e no Tarkie.

— Ah...

— Pensou que, quando voltasse pra casa, mamãe perguntaria "Fez boa viagem, querido?", e você responderia "Sim", e fim de papo.

— Humm... — Papai parece meio abobado. — Eu não tinha pensado tão lá na frente.

Francamente. *Homens.*

— E então, o que aconteceu com o Brent? — Ouço uma voz grave atrás de mim e, quando olho, vejo Luke de pé. — Que bom ver você, Graham — acrescenta ele com um sorrisinho, e estende a mão para apertar a de papai. — Que bom que está são e salvo.

— Ah, Brent — diz papai, com a agonia estampada no rosto. — É uma situação horrível. Estou fazendo o melhor que posso. Conversei com o Corey, com o Raymond. Mas... — Ele suspira. — Houve conflitos de personalidade, sabe?

— Mas isso não faz o menor sentido! — digo, sem paciência. — Por que Corey mandaria dinheiro pra você todo ano e simplesmente tiraria o Brent da jogada? O que ele tem contra o Brent?

— Bem, foi naquela viagem. Tem tudo a ver com... — Ele olha para mamãe de um jeito esquisito.

— *Cherchez la femme* — diz mamãe, revirando os olhos. — Eu sabia, não sabia? Não falei que tinha mulher no meio?

— Falou, sim! — exclama Janice, de olhos arregalados. — Falou, querida! Quem era a mulher?

— Rebecca — responde papai, e o último vestígio da tensão parece sair de seu corpo. Faz-se um silêncio mortal.

Consigo sentir os olhos dele observando o grupo freneticamente, mas ninguém ousa nem respirar.

— Graham — diz Luke, finalmente, de um modo tão calmo que sinto vontade de aplaudir. — Por que não explica quem é essa Rebecca?

Aprendi um monte de coisas úteis nessa viagem de carro. Aprendi que não dá para dançar nenhuma coreografia usando chinelos. Aprendi que polenta, definitivamente, não é meu prato preferido. (Pedi polenta em Wilderness; Minnie também detestou.) E, agora, estou aprendendo que quando seu pai revela um triângulo amoroso do passado, que foi bem complicado, você deve tomar notas. Ou pedir para ele fazer uma apresentação em PowerPoint e distribuir alguns folhetos.

Estou *muito* confusa. Na verdade, vou repassar os fatos de novo, comigo mesma, deixando de lado os papos sobre pores do sol e sangue de rapazes, e como estava quente naqueles dias, e todas as outras coisas poéticas que meu pai inclui.

Vamos lá. Se consigo acompanhar seriados sobre serial killers, com certeza consigo acompanhar essa história. Talvez eu deva encarar tudo como se fosse um seriado. Com vários episódios. Isso. Bem pensado.

Episódio 1: Papai, Corey, Brent e Raymond fizeram uma viagem de carro e conheceram uma moça bonita chamada Rebecca Miades em um bar. Corey se apaixonou perdidamente por Rebecca, mas ela saiu com o Brent.

(Até aqui, tudo bem.)

Episódio 2: Corey nunca esqueceu Rebecca. (Passando para o futuro: ele até batizou a primeira filha de Rebecca. E, quando a primeira esposa dele descobriu, disse que ele era obcecado por essa mulher e o abandonou.) Quando Brent e Rebecca terminaram, Corey fez uma nova tentativa com Rebecca, mas ela o enrolou e voltou com Brent.

(*Acho* que ainda estou acompanhando...)

Episódio 3: Brent e Rebecca tiveram um relacionamento de idas e vindas por alguns anos e tiveram uma filha, também chamada Rebecca.

(Eu a conheci! A garota na escada do trailer que me chamou de "princesinha". Meio que compreendo por que ela foi tão hostil, apesar de achar desnecessário ela ter dito que minha voz é "irritante".)

Episódio 4: Papai sabia que Rebecca tinha enrolado Corey e decidiu que ela não era flor que se cheirasse. Então, quando mamãe insistiu para que eles dessem a mim o nome de Rebecca, ele não quis.

Episódio 5: Todos eles perderam contato porque não tinham Facebook, telefone era algo caro e por aí vai.

(Tenho muita pena da geração mais velha. Imagine todos aqueles "telefones públicos", "telegramas" e "cartas". Como eles *faziam*?)

Episódio 6: Então Corey começou a ganhar muito dinheiro. Papai recebeu seu primeiro cheque e imaginou que Brent tivesse sido recompensado também. Mal sabia ele que Corey havia excluído Brent de tudo, devido ao ciúme que sentia por Rebecca.

(Repito, se ao menos eles tivessem Facebook. Ou, sei lá, se ligassem de vez em quando uns para os outros.)

Episódio 7: Anos depois, papai descobriu que Brent não tinha um centavo. Ficou tão chocado que foi para os Estados Unidos e se encontrou com ele, mas as coisas não deram muito certo e logo Brent desapareceu. Então, papai chamou Tarquin e Bryce para serem seus mosqueteiros e foi atrás de Corey. Mas Corey nem sequer atendeu seu telefonema, muito menos marcou uma reunião.

(O que me fez odiar Corey ainda mais. Como alguém pode se recusar a falar com meu pai?)

Episódio 8, *Season Finale*: Então, Brent provavelmente não tem onde morar, mas Corey não se importa. Raymond simplesmente se esconde em seu rancho. E ninguém sabe onde Brent está, e...

— Espere! — grito de repente. — Rebecca!

Como posso ter me distraído a ponto de me esquecer de Rebecca?

— Papai, você sabia que ela trabalha aqui? — As palavras praticamente pulam da minha boca, de tão animada que estou. — Rebecca, de quem *não recebi* meu nome, trabalha neste mesmo hotel! Ela está aqui! — digo, batendo palmas. — Rebecca! Aqui!

— Querida, eu sei. — Meu pai parece perplexo. — É por isso que estou aqui. Por isso vim a Sedona.

— Ah — digo, me sentindo uma tonta. — Claro.

— Ela não está aqui agora, mas deve voltar hoje. — Papai faz um gesto com a mão indicando a área de espera. — Por isso estou esperando aqui.

— Certo. Entendi.

Sinceramente, preciso de um folheto sobre isso tudo.

— Então, *existe* alguma esperança pro Brent? — pergunta Luke ao meu pai, quando o garçom traz mais uma rodada de bebidas. — Qual é sua estratégia?

— Inicialmente, pensei que Corey tivesse amadurecido com o tempo. — Meu pai faz uma cara triste. — Mas eu me enganei. Agora, contratei um advogado e estamos examinando tudo de novo. Mas é difícil sem o próprio Brent. Foi há muito tempo... não há registros... pensei que talvez Rebecca pudesse ajudar. — Ele para de falar e suspira. — Mas não sei se chegaremos a algum lugar.

— E o que o Tarkie está fazendo?

A coitada da Suze esperou todo esse tempo para perguntar. Está sentada na beirada da cadeira, apertando as mãos uma na outra.

— Ele está bem? É que faz um tempo que não tenho notícias dele.

— Suze, minha querida! — Meu pai rapidamente se vira para ela. — Não se preocupe. O Tarquin só está preocupado. Ele foi a Las Vegas pra tentar descobrir mais sobre o Corey. Sem revelar a ligação que tem comigo, entende? Seu marido é um homem muito solícito.

A testa de Suze permanece franzida.

— Tá — diz ela, com a voz embargada. — Ok. Humm... Graham, ele falou sobre alguma... *árvore*?

— Árvore? — Meu pai parece confuso.

— Deixa pra lá. — Suze parece meio desesperada. — Não tem problema. — Ela pega um pedaço de pão e começa a cortá-lo em pedacinhos, mas não come nenhum deles.

— Só espero que esse tal Brent valorize o que você está fazendo! — diz mamãe, com o rosto meio corado. — Depois de tudo pelo que passamos.

— Ah, ele provavelmente não vai valorizar — retruca papai. — Gostaria que vocês o conhecessem, de qualquer forma. Ele é um espírito de porco, e consegue ser inimigo dele mesmo, mas é esperto. "Dá pra E ou pra GMD", ele costumava dizer. Sempre me lembrei disso. — Papai repara na expressão confusa de Janice. "Economizar" ou "Ganhar Mais Dinheiro" — explica ele.

— Isso é muito bom! — exclama Janice, animada. — E ou GMD. Ah, gostei. Vou anotar.

Estou olhando para o papai, estupefata:

— E ou GMD? O *Brent* costumava dizer isso?

— Mas esse é o lema da Becky! — contesta Suze, igualmente incrédula. É, tipo, a *Bíblia* dela.

— Pensei que fosse o seu lema! — replico, de forma quase acusatória. — É o que sempre falo para as pessoas. "Meu pai diz que é preciso economizar ou ganhar mais dinheiro."

— Bem, eu digo isso, sim. — Ele sorri. — Mas aprendi com o Brent. Aprendi muito com *ele*, na verdade.

— Tipo o quê?

— Ah, sei lá. — Meu pai se recosta na cadeira, com o copo na mão, o olhar distante. — Brent sempre foi filosófico. Sabia ouvir. Na época, eu tinha algumas preocupações em relação à minha carreira, e ele me fez ver tudo de outro jeito. Seu outro ditado era: "A outra pessoa sempre tem razão." Ele falava isso sempre que Raymond e Corey discutiam, o que era bastante comum depois de umas cervejas. — Papai ri ao se lembrar. — Eles começavam a discutir, a falar e falar, e Brent ficava lá, com os pés apoiados numa pedra, fumando, e dizia: "A outra pessoa sempre tem razão. Escutem um ao outro, e vocês perceberão." Isso deixava os dois *irados*. — Ele faz uma pausa e percebo que está perdido em suas lembranças.

Certo, no próximo Natal, quando ele começar a nos contar sobre essa viagem de novo, vou *repetir* todas as palavras.

— Mas por que Brent não conseguiu ter uma vida um pouco melhor? — pergunto. — Sei lá, se ele era tão sábio e tudo mais?

Uma expressão de melancolia toma o rosto do meu pai.

— Não é tão fácil quando é a sua vida. Ele sabia que bebia muito, mesmo naquela época, apesar de sempre ter escondido isso. Tentei conversar com ele sobre o assunto, mas... — Ele leva as mãos ao colo. — Éramos jovens. Eu não sabia nada sobre alcoolismo. — Ele parece bem triste. — Que droga.

Todos ficamos em silêncio. Que história triste! E estou me sentindo como o papai agora. Estou tomada pela indignação. Quero resolver tudo por Brent e *acabar* com aquele mau-caráter do Corey.

— Mas eu não sei exatamente o que fazer agora. — Meu pai esfrega os olhos. — Se não conseguir falar com o Corey...

— Não acredito que ele não quis te receber — retruco, com raiva. — O velho amigo dele.

— Ele construiu uma fortaleza — diz papai dando de ombros. — está protegido por portões, guardas, cachorros...

— Nós só conseguimos entrar porque havia uma festa de criança, e alguém pensou que éramos convidados — explico.

— Vocês fizeram bem, querida — comenta papai. — Eu nem consegui entrar em contato pelo telefone.

— Conhecemos a nova esposa dele e tudo mais. Ela parece bem legal.

— Pelo que eu soube, ela é muito gentil. Pensei que talvez pudesse chegar ao Corey através dela, mas ele a controla. Ele quer saber onde ela está o tempo todo, lê as correspondências dela... — Ele beberica seu drinque. — Tentei marcar uma reunião com ela, quando não consegui falar com o Corey. Ela respondeu ao meu e-mail dizendo que não seria possível e pediu para que eu não voltasse a escrever pra ela. Eu não me surpreenderia se descobrisse que foi o Corey mesmo quem enviou esse e-mail.

— Ah, papai — falo, de modo compreensivo.

— Ah, isso não foi o pior! Eu até fiquei do lado de fora e tentei chamar atenção deles quando passaram em um Bugatti. Acenei pra eles, gritei... Mas não tive sucesso.

Sinto uma nova onda de raiva me dominar. Como aquele homem *ousa* destratar meu pai assim?

— Se Brent soubesse o quanto você está fazendo por ele — falo. — Acha que ele faz alguma ideia?

— Duvido — reage papai com uma risadinha desanimada. — Quer dizer, eu sei que ele sabia que eu queria ajudar. Mas não acho que ele imaginou que eu acabaria nessa confusão...

Ele para quando escuta as contas da cortina. Uma expressão esquisita toma seu rosto e ele pisca várias vezes. Eu me viro para ver o que é... e fico paralisada.

Não acredito. *Não acredito.*

Está acontecendo! O enredo do seriado está se desenrolando à minha frente. Parece o início de uma nova temporada.

Temporada 2

Episódio 1: Quarenta e poucos anos depois, em um hotel em Sedona, no Arizona, Graham Bloomwood e Rebecca Miades finalmente ficam cara a cara de novo.

Ela está de pé em frente à cortina de contas, enrolando uma mecha dos cabelos compridos e tingidos de vermelho em um dedo. Ela exagerou na sombra amarela nos olhos verdes, e no delineador também. Está com uma saia longa e esvoaçante vinho. O decote da blusa, que combina com a saia, mostra mais do que deveria. As unhas estão pintadas de preto, e ela tem uma tatuagem de hena serpenteando o braço. Ela olha para o papai e não diz nada, mas sorri levemente ao reconhecê-lo, e seus olhos se iluminam como os de um gato.

— Ai, meu Deus — diz papai, finalmente, e a voz está um pouco fraca. — Rebecca.

— Ai, meu Deus — a voz rouca de alguém que está atrás de Rebecca chega a nós. — Princesinha.

De: dsmeath@locostinternet.com
Para: Brandon, Rebecca
Assunto: Re: Favor ENORME, ENORME.

Prezada Sra. Brandon,

Recebi seu e-mail há uma hora e fui pego de surpresa pelo tom "urgente". Não consigo entender muito bem como "vidas podem estar correndo risco" devido a esse assunto, mas notei sua ansiedade e, como a senhora bem me lembrou, eu realmente pretendia "oferecer ajuda".

Então, parti imediatamente, com o jantar embrulhado e minha garrafa térmica. Estou escrevendo de um posto de conveniência na rodovia A27.

Espero chegar ao meu destino em breve. Mandarei notícias de meus "progressos".

Atenciosamente,
Derek Smeath

QUATORZE

Tá bem, então, oficialmente, há Rebeccas demais nessa reunião.

Eu, Becky.

Rebecca.

E a "Becca", filha do Brent e da Rebecca. Foi ela que conheci no estacionamento para trailers, a garota que me chamou de "princesinha". Aliás, isso já está ficando muito irritante.

Já faz cerca de meia hora. Papai pediu mais comida e bebidas (na verdade, não estamos com fome, mas, dessa forma, temos alguma coisa para fazer), e todos queremos conhecer as duas novas pessoas. Só que, devo dizer, esse não é o grupo mais descontraído, não. Mamãe não para de olhar para Rebecca, principalmente para a roupa dela, com desconfiança. Minha mãe tem algumas opiniões a respeito de como senhoras de determinada idade devem se vestir, e entre elas estão não usar roupas muito decotadas, nem tatuagens de hena ou piercing no nariz. (Acabei de notar o piercing. É minúsculo.)

Becca está sentada ao meu lado, e eu sinto um forte cheiro de amaciante em sua camiseta. Ela está de short jeans cortado e sentou de pernas abertas, bem diferente da mãe, que mais parece uma bruxa elegante empoleirada na vassoura.

Descobrimos que Becca está indo trabalhar em um hotel em Santa Fé, mas parou para passar a noite aqui. Perguntei sobre o cachorrinho dela, Scooter — eu o conheci no estacionamento para trailers —, e ela me disse que não pode levar animais de estimação para o novo emprego, então teve de dá-lo para alguém. Ela me olha como se aquilo fosse culpa minha.

Ela é muito antipática, e realmente não consigo entender por quê. Qualquer um pensaria que as duas iriam ficar animadas com o plano do meu pai para ajudar o Brent, e que elas iriam querer colaborar também. Mas, em vez disso, Becca responde a todas as perguntas de forma monossilábica, toda na defensiva. Ela não sabe do paradeiro do pai. Diz que ele entrará em contato quando achar que deve. Ela não entende como meu pai pode consertar aquela situação. Não, ela não tem a menor ideia. Não, ela não quer nem tentar descobrir.

Enquanto isso, Rebecca só quer falar sobre as caminhadas incríveis "de limpeza de espírito" que podemos fazer na região. Quando papai tenta voltar ao assunto, ela começa a falar sobre o dia em que todos eles conheceram um xamã em uma reserva.

— Olha só, me ajuda, Rebecca — pede papai, por fim. — Estou tentando fazer justiça pro Brent!

— Ah, Graham. Rebecca abre um sorriso misterioso para ele. — Você é um homem tão bom. Sempre foi. Tem uma energia incrível.

— Justiça — murmura Becca, revirando os olhos, e eu sinto uma pontada de irritação.

— Qual é o problema? — pergunto. — Por que está sendo tão negativa? Estamos aqui pra ajudar o seu pai!

— Tá, pode ser — retruca ela, me encarando. — Mas talvez seja tarde demais. Onde vocês estavam em 2002?

— Como assim? — Olho para ela sem entender.

— Meu pai pediu ajuda pro Corey em 2002, quando estava na pior. Colocou um terno e foi atrás dele em Las Vegas. Seu pai poderia ter ido com ele naquela época.

— Mas o meu pai estava na Inglaterra — defendo-o, confusa. — Ele não sabia.

— Claro que sabia — afirma Becca, com acidez. — Meu pai escreveu pra ele.

Ah, eu não vou tolerar isso.

— Papai! — interrompo a conversa dele com Rebecca. — Você sabia que o Brent pediu ajuda ao Corey em 2002?

— Não. — Meu pai está inexpressivo. — Não sabia de nada disso.

— Você não recebeu uma carta? — Aponto para Becca. — Ela acha que o Brent escreveu uma carta pra você.

— Claro que não! — responde ele, irritado. — Você acha que se eu tivesse recebido alguma carta do Brent contando sobre essa situação horrorosa teria *ignorado*?

Becca parece surpresa com a resposta dele.

— Bom, Corey falou com o meu pai que você sabia. Corey disse que você tinha entrado em contato, e que você... — Ela para de falar e fico imaginando o que exatamente Corey disse.

— Becca, acho que o Corey pode ter mentindo — diz papai, de forma delicada.

Ahhh. Agora tudo faz sentido. Corey mentiu sobre meu pai, e é por isso que Becca nos odeia.

— Você entende agora? — pergunto a ela. — Meu pai *não* falou nenhuma dessas besteiras que Corey afirma que ele falou.

Então você não precisava ser tão hostil, penso. *Nem dizer "Vá se foder, princesinha!"*.

Imagino que Becca vai responder com algo como *Ai, meu Deus. Agora entendi tudo. Eu estava enganada; por favor, me desculpem.*

Mas ela apenas dá de ombros, olha para o telefone e diz:

— Bom, vocês nunca vão conseguir nada do Corey mesmo. Sem chance.

Meu Deus, pessoas reais são tão decepcionantes. Tenho certeza de que ela teria se saído melhor em um seriado. Logo depois, ela fala que precisa ir embora, e eu não fico nada triste por isso.

— Tchau, princesinha — diz ela ao pôr a bolsa a tiracolo.

Tenho vontade de dizer *Tchau, garota negativa grosseira e horrorosa*, mas, em vez disso, apenas sorrio e falo:

— Mande notícias!

Só que não, penso.

Quando ela e Rebecca vão embora, o clima fica um pouco mais leve. Suze vai falar com os filhos no quarto. Mamãe está pensando se deve pedir mais algum petisco ou se eles vão acabar com nosso apetite para o jantar e Janice está lendo em voz alta um folheto sobre "guias espirituais" quando Rebecca aparece de novo.

— Acho que vocês iriam gostar de ver isso. — Seus olhos brilham para o papai quando ela mostra uma fotografia velha e desbotada, em preto e branco.

— Minha nossa! — diz ele e pega os óculos de leitura. — Me deixe ver isso. — Depois de analisar a foto com calma, ele a coloca em cima da mesa e eu me inclino para ver. Estão todos na foto, sentados nas rochas espalhadas pelo deserto.

Papai não mudou nada. Corey *é* uma pessoa totalmente diferente daquele sujeito esquisito de cara esticada que conhecemos em Las Vegas. Raymond provavelmente está igual, exceto pela barba grisalha que na foto está bem grande, é difícil dizer. Mas a pessoa em quem estou concentrada é Brent. Observo mais de perto, para entender melhor esse homem que estamos tentando tanto ajudar.

Ele tem traços marcantes. Uma testa quadrada. Exibe um olhar teimoso, dá pra notar isso. Mas ele parece gentil e sábio também, como meu pai o descreveu. Depois olho para a jovem Rebecca e fico surpresa. Como ela era linda! Na foto, ela está sentada longe dos outros, como se tivesse jogado a cabeça para trás, os cabelos descendo em cascatas e os seios quase pulando do vestido decotado estilo camponesa. Entendo totalmente o fato de Corey ter se apaixonado por ela. E Brent também. Sejamos sinceros, quem *não se apaixonaria* por ela?

Será que Raymond se apaixonou por ela? E o *papai*?

Sinto um frio na barriga.

— Deixa eu ver também! — pede mamãe, colocando a foto na frente dela, e percebo que ela analisa Rebecca com os lábios contraídos. Quando ela olha para a Rebecca de agora, sua expressão não muda.

— Então, tomei a liberdade de reservar um horário para massagem pra todos vocês amanhã — informa Rebecca, com sua voz suave e hipnotizante. — Depois, talvez o hotel possa organizar um piquenique no almoço. E vocês *precisam* ver os zimbros, já que estão aqui.

— Não estamos aqui a lazer — retruca papai. — Vamos ter que cancelar as massagens.

— Vocês podem tirar uns dias de folga. — Ela lança a ele um sorriso de gato. — Seria ótimo se pudessem descansar.

— Receio que não podemos. — Papai balança a cabeça. — Precisamos resolver isso.

— Vocês estão em Sedona, Graham. O centro de relaxamento. Precisam se divertir. Aproveitem!

— Acho que não — enfatiza papai. — Ajudar o Brent é nossa prioridade. Ele é a vítima aqui.

— *Vítima* — murmura Rebecca, olhando para cima. Ela repete isso tão baixinho que não tenho certeza se ouvi, mas papai ouviu.

— Rebecca? — Ele se vira para ela. — O que quer dizer com isso?

— Bom, sinceramente. — Ela fala mais alto. — Não posso mais ficar quieta. O que vocês acham que estão fazendo? Isso é uma *loucura*.

— Estamos tentando consertar as coisas pra um velho amigo do meu pai — respondo, irritada. — Isso não é nenhuma loucura!

— Consertar as coisas? — Ela olha para mim. — Vocês não sabem de nada. Se Brent foi passado pra trás, a culpa é toda dele. Todo mundo sabia que o Corey era um mentiroso. Se Brent não tivesse *bebido* tanto, talvez ainda tivesse controle sobre sua vida.

— Isso foi muito feio — diz papai, parecendo chocado.

— É verdade. Ele não passa de um fracassado. Sempre foi. E agora vocês querem reconstruir a vida dele. — Ela está perdendo o controle. — Por que o Brent deveria ter uma segunda chance?

Olhamos chocados uns para os outros. Imagino que o relacionamento daqueles dois não tenha acabado muito bem.

— Mas é quase certo que ele não tem onde morar! — digo. — E ele é o pai da sua filha!

— O que isso tem a ver comigo? — questiona Rebecca. — Se ele não tem casa, a culpa é dele mesmo, aquele idiota.

Nunca vi alguém ficar diferente assim tão depressa. Todo aquele charme desapareceu, e com ele foi embora aquele ar sedutor. Rebecca parece mais velha e cruel, e meio enrugada ao redor dos lábios. Ela ficou assim em dez segundos. Tenho vontade de sussurrar no ouvido dela: *Olha só, ser má não faz bem para a sua aparência.*

Papai observa tudo atentamente, e eu me pergunto se ela era assim há alguns anos. Talvez fosse até pior.

De qualquer maneira, algo me diz que mamãe não precisa se preocupar.

— Bem — diz ele, finalmente, sendo educado —, faremos o que precisar ser feito. Foi bom rever você, Rebecca.

Ele se levanta e, depois de um momento, Rebecca faz o mesmo e pega a bolsa de couro de franjas.

— Vocês não vão conseguir nada, de qualquer modo — diz ela, irritada. — Becca está certa. Não têm a menor chance.

Meu sangue está começando a ferver. Essa mulher é uma bruxa.

— Espera um minuto, Rebecca — peço quando ela chega à porta. — Você acha que eu me chamo Rebecca por sua causa, não é? Assim como Becca e a filha do Corey.

Rebecca não diz nada, mas volta a se virar para nós e balança os cabelos compridos, e fica encarando meu pai com um sorrisinho presunçoso. Ela realmente acha que todo homem fica tão apaixonado por ela a ponto de dar à própria filha o nome dela. Afe!!!

— Eu sabia! — Eu a encaro. — A sua filha pensou a mesma coisa quando nós nos conhecemos. Você deve ter pesquisado sobre o meu pai na internet e lido sobre mim, e simplesmente concluiu que ele tinha me dado o nome de Rebecca por sua causa. — Levanto a cabeça, confiante. — Mas sabe de uma coisa? Não foi por sua causa. Tenho esse nome por causa do *livro*.

— É! É isso mesmo! — afirma mamãe, agitada. — O *livro!*

— E quer saber de uma coisa mais interessante ainda? — continuo, no meu tom mais cortante. — Meu pai *não queria* que eu me chamasse Rebecca. Queria me dar qualquer nome, *menos* Rebecca. Por que será?

Ela não diz nada, mas consigo ver que está ficando com raiva, Rá! Isso *mostra* como ela é. Um instante depois, as contas se agitam após Rebecca passa por elas, e nós nos entreolhamos.

— Bem! — fala mamãe, ofegante. — *Bom*. Quem diria...

— Minha nossa! — exclama papai, balançando a cabeça daquele modo contido dele.

— Ela me faz lembrar daquela Angela que organizava o bingo da igreja — arremata Janice. — Você se lembra dela, Jane? A das pulseiras, que tinha um Honda azul.

Só mesmo Janice para falar do bingo da igreja nesse momento. Sinto uma vontade de rir e, então, só sorrio, mas em alguns segundos não aguento e começo a gargalhar. Parece que não rio assim *há muito tempo*.

Papai também está rindo, e até mamãe acha graça. Quando olho para Luke, ele também está rindo, e Minnie também está achando tudo muito engraçado.

— Engraçada! — exclama ela, levando as mãozinhas à barriga para rir. — Moça engraçada!

— Muito engraçada — concorda Janice, e isso faz todo mundo rir mais ainda. Quando Suze volta, ainda estamos dando risadas, e ela olha para nós sem entender.

— Desculpa — digo, tentando me controlar. — Te explico depois. Como estão as coisas em casa?

— Está tudo bem — responde Suze. — Eu estava pensando... a tarde ainda está tão bonita. Quer dar uma voltinha?

QUINZE

Sedona é um lugar incrível para fazer caminhadas. Aquela vista com rochas grandes e vermelhas parece um cenário de filme, e ficamos olhando para aquela paisagem toda hora, como se a qualquer momento ela pudesse sumir. Quando passamos pelas "lojas e galerias chiques", meus pais estão de braços dados, o que é muito fofo. Suze e Janice estão de mãos dadas com Minnie e mostram a ela algumas vitrines. Luke está digitando um e-mail. E eu me vejo caminhando em uma espécie de transe. Ainda estou indignada com Rebecca. (E com a filha dela.) Quanto mais as pessoas dizem que não vou conseguir fazer alguma coisa, mais sinto vontade de provar que estão enganadas. Vamos reparar essa injustiça. *Vamos, sim.* Ela vai ver só.

As ideias estão brotando em minha mente, vários pensamentos, planos... pego uma caneta na bolsa para rabiscar algumas palavras em um pedaço de papel. *É claro* que vamos conseguir.

— O que está fazendo, querida? — pergunta mamãe ao notar que estou escrevendo, e eu paro no meio de uma palavra.

— Pensando num plano para acabar com o Corey. Mas ainda não tenho certeza... — Olho para a minha folha. — Tenho uma *ideia*...

Vamos fazer uma reunião mais tarde para discutir tudo, e pode ser que eu apresente meu plano como uma possibilidade. Talvez.

— Muito bem, querida! — diz mamãe, e eu dou de ombros.

— Não sei. Pensei em algumas coisas... Mas preciso desenvolver a ideia.

— Olha isso! — diz Suze, e paramos em uma loja chamada Um Dia Minhas Impressões Virão. A vitrine está tomada por lindas caixas, pastas, almofadas e livros — todos cobertos com estampas de árvores, pássaros e outros elementos da natureza.

— Que lindo! Becky, veja quantas malinhas lindas! Vamos entrar! — chama mamãe.

Luke fica esperando do lado de fora, pois precisava terminar de responder um e-mail, que ele disse que era muito urgente, mas, que se não fosse, ele teria *adorado* entrar e ver porta-retratos de cactos. (Ele é tão cínico.) Quando entramos na loja, uma mulher ao balcão, com um vestido com estampa de penas, se levanta sorrindo para nos receber.

— Bem-vindas — diz ela com uma voz delicada.

— Foi você quem fez essas estampas? — pergunta Suze, e, quando a mulher assente, ela diz: — Adorei!

Dou uma olhada em volta e ouço Suze fazendo um monte de perguntas sobre estamparia. Suze é muito artística. Ela bem que poderia abrir uma loja como essa. Na verdade, talvez seja isso que ela deva fazer em Letherby Hall. A *Coleção de Estampas de Letherby*. Seria fantástico! Estou pensando em sugerir isso para ela mais tarde, quando vejo uma vitrine de lápis e paro na hora. Uau. Nunca *vi* lápis tão lindos.

Eles são um pouco mais grossos que o normal, e todos têm uma estampa diferente. Mas não é só isso: a madeira também é colorida. Há lápis de estampa laranja com madeira na cor lavanda... lápis de estampa turquesa e madeira vermelha... São simplesmente lindos. Quando aproximo um deles do nariz, sinto um cheiro delicioso de sândalo.

— Vai comprar um, Becky? — pergunta mamãe. Eu me viro e vejo que ela, papai e Janice se aproximam. Mamãe está com três caixas com estampa de árvore nas mãos, e Janice, com uns 12 panos de prato com estampa de abóboras.

— Ah, não — digo automaticamente e devolvo o lápis. — Mas eles são lindos, não são?

— Custam só 2,49 dólares — diz mamãe, pegando o de estampa verde com madeira amarela. — Você deveria comprar um.

— Ah, acho que não — falo depressa. — O que você vai comprar?

— Estou organizando a minha vida — diz mamãe com um floreio. — Tudo está mudando. — Ela toca cada caixa, uma de cada vez, enquanto explica. — Cartas, certificados e e-mails impressos. Essa papelada toda dá tanto trabalho, e fica tudo espalhado pela cozinha.

— Por que imprime seus e-mails? — pergunto, curiosa.

— Ah, não consigo ler na tela do computador. — Mamãe me olha como se essa ideia fosse maluca. — Não sei como você faz isso, querida. E o Luke, que faz tudo com um telefone pequeno? Como ele consegue, meu Deus?

— Mas você pode aumentar o tamanho da fonte — sugiro, mas, para ela, é como se eu tivesse dito *Você poderia ir para Marte.*

— Vou comprar um conjunto de caixas. — Ela as toca com carinho. — Muito mais simples.

Ah, já sei qual vai ser o próximo presente de aniversário da minha mãe: um dia com um professor de informática.

— E então, o que você vai comprar? — Ela analisa a vitrine. — Que tal um lápis? São todos lindos.

— Não vou comprar nada — sorrio. — Vamos pagar as suas caixas.

— Bex não compra mais nada — explica Suze ao se aproximar. — Mesmo que possa pagar. — Ela está de mãos dadas com Minnie, e as duas estão segurando o que parecem ser aventais decorados com coelhos.

— Como assim, ela não compra mais nada? — pergunta mamãe, surpresa.

— Tentei comprar um par de botas de caubói pra ela, e ela não deixou.

— Eu não *precisava* de botas de caubói.

— Bom, você *precisa* de um lápis — diz mamãe alegremente. — Você pode usá-lo pra anotar o seu plano, querida.

— Não preciso. — Eu me viro abruptamente. — Vamos.

— Eles custam só 2,49 dólares — informa Suze, pegando um deles. — Nossa, que cheiro gostoso.

Olho para os lápis de novo e me sinto agitada e ao mesmo tempo triste mais uma vez. Eles são *incríveis*. E é claro que posso comprar um. Mas alguma coisa está me travando. Consigo ouvir aquela voz horrorosa dentro da minha cabeça de novo.

— Vamos dar uma olhada no resto da cidade — digo, me esforçando para levar todo mundo para fora da loja, tentando sair dali. Mas mamãe está olhando para mim com as sobrancelhas levantadas.

— Becky, querida... — diz ela, com gentileza. — Essa não é você. O que aconteceu, querida? O que está acontecendo aí dentro?

Tem alguma coisa na voz gentil dela, aquela que escuto desde antes de nascer, que parece vencer todas as minhas defesas, todas as outras vozes, e chega à minha essência. Não tenho como não ouvir o que ela diz. Não tenho como não responder. É a *minha mãe*.

— É só que... sabe... — digo, finalmente. — Eu estraguei tudo. Toda essa confusão é culpa minha. Então... — Engulo em seco, evitando olhar nos olhos deles. — Sabe... eu não mereço... — Paro de falar e coço o nariz. — De qualquer forma, está tudo bem. Está tudo certo. Tenho que parar de comprar. Então...

— Isso está errado, querida! — exclama mamãe, horrorizada. — Não é certo se *punir* dessa forma! Nunca ouvi uma coisa dessas! É isso que falam pra você naquele centro? Que você não merece comprar um lápis?

— Bem, não exatamente — admito, depois de uma pausa.

A verdade é que, no Golden Peace, eles dizem que é preciso "comprar só o que for preciso" e "gastar com propósito", e o objetivo é "encontrar um equilíbrio". Talvez "encontrar um equilíbrio" não seja meu ponto forte.

Agora mamãe está olhando para Suze e para papai, como se buscasse apoio.

— Não me interessa o que aconteceu em Los Angeles! — diz ela. — O que estou vendo na minha frente é uma jovem mulher que largou tudo pra ajudar a amiga... — Ela começa a contar nos dedos. — Que descobriu o endereço do Corey, pensou numa maneira de entrar na casa do Raymond... O que mais?

— Conseguiu enxergar quem a Alicia era — acrescenta Suze.

— Exatamente! — concorda mamãe. — É isso aí! Você tem sido maravilhosa, Becky! Não precisa se sentir culpada!

— Becky, por que você acha que essa viagem é culpa sua? — pergunta meu pai.

— Ah, sei lá! — respondo, me sentindo meio perdida. — Porque se eu tivesse ido procurar o Brent antes, ele não teria sido despejado nem teria desaparecido...

— Becky. — Papai coloca as mãos em meus ombros e olha para mim com aquele olhar sábio. — Em momento algum culpei você por isso. O Brent desapareceu por vários motivos. A verdade é que ele não precisava ter ido embora. Eu já tinha pagado as dívidas dele e o aluguel do trailer pelo próximo ano.

Ele fez... *o quê?*

Olho para ele, surpresa, e finalmente percebo: é claro que o meu pai faria essa gentileza.

— Mas a filha dele não disse...

— Talvez a filha dele não soubesse. — Papai suspira. — Essas coisas são complicadas, Becky, e não é culpa de ninguém. E o fato de você se *culpar* por tudo... é horrível.

— Ah — falo, desanimada. Não sei mais o que dizer. É como se um peso enorme tivesse sido tirado dos meus ombros.

— E, diante disso... — Meu pai dá um passo à frente. — Por favor, minha querida, me deixe comprar um lápis pra você. Você merece. Com certeza.

— Não! — Mamãe para na frente do papai antes que ele consiga escolher um lápis, e todos olhamos para ela surpresos. — Não é nada disso. Isso tem a ver com a Becky. E com o que está acontecendo *dentro* dela. — Ela para, como se estivesse organizando os pensamentos, e todo mundo troca olhares incertos. — Eu me recuso a ter criado uma filha que não seja capaz de comprar um lápis por se sentir muito mal consigo mesma — desabafa ela, finalmente. — Becky, não existe essa coisa de "não comprar" por motivos bons, assim como não existe "não comprar" por motivos ruins. E *não* são a mesma coisa. — Ela está ofegante, e seus olhos brilham. — Ninguém quer que você volte a ser como era. Ninguém quer que esconda as faturas do cartão de crédito embaixo da cama... Desculpa, querida — diz ela, corando um pouco. — Eu não pretendia tocar nesse assunto.

— Tudo bem — respondo, sentindo meu rosto corar também. — Todo mundo aqui sabe, somos todos amigos. — Percebo que a mulher de azul que está perto da gente ouvindo nossa conversa *na cara dura* se afasta depressa.

— Mas não é assim que fazemos as coisas. Essa não é a minha Becky. — Ela olha para mim preocupada. — Você está no vermelho?

— Na verdade... não, não estou — admito. — Eu inclusive acabei de receber pelo meu trabalho como *personal shopper* em Los Angeles. Estou com uma boa reserva de dinheiro.

— Você quer um lápis?

— Humm... — Engulo em seco. — Sim, acho que quero. Talvez.

— Bem, só depende de você, querida. Precisa tomar suas próprias decisões. Talvez não queira comprar nada. Mas chega dessa conversa de "não merecer". Que absurdo!

Ficamos em silêncio por alguns segundos enquanto as pessoas em volta se afastam e fingem que não estão olhando. Eu me sinto muito, *muito* esquisita. Estou repassando tudo em minha mente. Estou me libertando de certas coisas. Não foi culpa minha. Pelo menos... não foi *tudo* culpa minha. Talvez...

Talvez eu devesse comprar um lápis, seria só uma lembrancinha. Quem sabe aquele roxo bonito com estampa verde de pássaro e de madeira salmão. Afinal, são só 2,49 dólares. E lápis são sempre úteis, não são?

Sim, eu, Becky Brandon, nascida Bloomwood, vou comprar um lápis.

Estendo a mão para pegá-lo e, quando meus dedos o envolvem, sinto a alegria tomando meu rosto devagar, uma euforia. *Senti tanta saudade dessa sensação...*

Ahh. Espere um pouco. Estou comprando "com calma e com propósito"? O pensamento me ocorre e eu paro, tentando me analisar. Ah, pelo amor de Deus, *eu* não sei. Eu me sinto mais calma, acho. Quanto ao "propósito"... Bem, a verdade é que esse lápis parece ter um propósito ridículo.

A questão é que esse lápis é *lindo*. Não estou falando por falar. A Suze também concorda.

— Lindo lápis, Bex — comenta ela, sorrindo, como se estivesse lendo a minha mente. Papai assente com a cabeça e Janice diz de modo incentivador:

— Você vai adorar usar esse lápis, querida!

Eu me sinto com 5 anos de novo. Principalmente quando meus pais olham em meus olhos e mamãe me pergunta:

— Você se lembra das compras de material escolar para as voltas às aulas todo ano?

Então, de repente, eu me vejo transportada no tempo. Estamos escolhendo estojos e estou implorando por um cor-de-rosa de pelinhos e, em seguida, eles perguntam se eu *realmente* preciso de um novo conjunto de esquadros, ou sei lá como se chama aquilo.

(A verdade é que eu comprava um novo conjunto lindo de esquadros todo ano e nunca os usava nas aulas de matemática, nunca. Mas eu não vou contar isso aos meus pais, é claro.)

— E, depois das compras, vamos tirar fotos lindas da natureza — informa mamãe. — Isso vai limpar sua mente, minha querida. Fazer algo artístico. Você pode tirar uma foto minha e da Minnie numa rocha grande e vermelha pra gente mandar pra Elinor.

Minnie? Em uma daquelas pedras enormes? Ela está brincando, né?

— Ótimo! — exclamo. — Ou, talvez... do lado da pedra.

Então nos dirigimos ao caixa para pagar nossas compras, e a moça de vestido com estampa de penas parece se alegrar. Mas, na minha vez, quando estou prestes a entregar minha nota de 5 dólares, vejo uma caixa grande com os mesmos lápis feitos à mão em *Oferta Especial: dez pelo preço de cinco.* Paro.

Dez pelo preço de cinco. É uma oferta muito boa mesmo. Vamos ver... faço uns cálculos rápidos em minha mente. São dez lápis estampados, feitos à mão por... 12,45 dólares. Uau! Nada mau, certo? Mais as taxas, mas, ainda assim... E tenho uma nota de 20 dólares velha que está dentro do bolso da minha jaqueta há muito tempo... e assim eu poderia dar um lápis a cada um! Uma lembrancinha.

— Bex? — chama Suze ao me ver parada. — Você vai comprar o lápis?

— Sim — respondo, meio distraída. — Vou. Mas, na verdade, eu estava pensando... É uma ótima oferta, não é? — Mostro a ela o anúncio. — Você não acha? Dez pelo preço de cinco? Eu *estava pensando...* eu adoraria dar uma lembrancinha pra cada um de vocês, e lápis é uma coisa muito últil.

Escuto uma explosão ao meu lado. Acho que é a Suze. Como ela conseguiu fazer esse barulho?

— O que foi? — Eu me viro e olho para ela. — *O que foi*?

Mas ela não responde na hora. Está olhando para mim com uma expressão que não consigo decifrar. E então, de repente, ela me dá um abraço tão apertado que não consigo respirar.

— Nada, Bex — diz ela em meu ouvido. — Nada.

Quando saímos da loja, me sinto satisfeita de um modo que há muito não me sentia. *Não foi* tudo culpa minha. Eu não tinha percebido o quanto eu vinha me culpando. Mas agora me sinto livre.

Acabamos comprando dez lápis, mas todo mundo contribuiu com 1 ou 2 dólares. Mamãe e Janice já escolherem o delas, e Suze está dividida entre o turquesa e o rosa-claro.

— Turquesa combina com os seus olhos — digo quando ela os pega. — Mas o cor-de-rosa combina com tudo. Você chegou a ver o azul-claro? É incrível... — Paro de falar. — Suze? — chamo de novo, mas ela não está ouvindo. Seus dedos se afrouxam ao redor do lápis e ela olha fixamente para algo atrás de mim. Quando me viro para ver o que está acontecendo, ouço-a sussurrar.

— Tarkie?

Tarkie? Ai, meu Deus. *Tarkie*?

Ele está aqui, de pé, praticamente contornado pela luz do sol do fim da tarde, então não consigo ver seu rosto direito. Mas, mesmo assim — e isso é muito esquisito —, ele parece diferente. Como se tivesse crescido alguns centímetros. Será que ele está mesmo diferente? Está usando um terno novo?

— Tarkie — sussurra Suze de novo e, quando me viro para olhá-la, vejo lágrimas descerem pelo seu rosto. Em seguida, ela corre na direção dele. Por um momento, acho que ela vai derrubá-lo.

A luz do dia está tão forte que o corpo dela também acaba sendo contornado pela claridade, então tudo o que vejo são duas pessoas grudadas num abraço forte e infinito. Não faço a menor ideia do que está acontecendo naquele momento, naquele abraço, se eles estão falando alguma coisa um para o outro ou não... parece a caixa-preta de um avião. Só vou descobrir depois. Isso se Suze me contar. O que pode não acontecer. Algumas coisas são muito íntimas para serem compartilhadas. Sabe, somos adultas agora. Não contamos tudo uma para a outra. (Mas torço muito, muito para que ela me conte.)

Fico olhando, paralisada, com a mão na boca, e percebo que as pessoas ao redor estão igualmente fascinadas. Quem estava passando por ali parou para ver, e ouço alguém dizer "Aaah" de modo carinhoso.

— Olha, Becky — Luke se aproxima de mim. — Tarquin está aqui. Você viu?

— Claro que vi! — exclamo. — Mas ele perdoou a Suze? Está tudo bem? O que ele está *falando* com ela?

— Coisa deles, imagino — diz Luke baixinho, e olho para ele contrariada. Eu sei disso. Mas é a *Suze*.

Naquele momento, meu telefone apita e, quando olho para a tela, meu coração acelera. Ah, meu Deus, Suze precisa ver isso. Agora. Sorrateiramente, me aproximo um pouco do casal, tentando ouvir o que Tarkie está falando, tentando descobrir o que está acontecendo.

— Nós dois surtamos um pouco, de maneiras diferentes — diz Tarkie, com os olhos fixos nos de Suze. — Mas eu não estava sendo eu mesmo. Nem você.

— Não — diz Suze. — Não, Tarkie, eu não estava sendo eu mesma. Não sei o que aconteceu comigo.

— Você não é aquela garota de Los Angeles com aplique no cabelo. Você ama... a natureza. — Ele faz um gesto com a mão. — Você ama... as árvores.

Há uma longa pausa, e consigo ver os olhos de Suze ansiosos, olhando de um lado para o outro.

— Humm, sim — concorda ela, por fim. — Árvores. Com certeza. Humm... por falar nisso... — Sua voz fica meio estridente e ela não para de passar a mão no rosto. — Eu estava pensando... *imaginando*, na verdade... — Vejo que ela está reunindo coragem. — Como... como está a Torre da Coruja?

— Está como sempre esteve — responde Tarkie. — Como sempre esteve, Suze. — Os olhos dele estão sérios, e a voz, indecifrável. A coitada da Suze está olhando para ele meio desesperada, e vejo que os lábios dela tremem.

— Então... não está melhor? — arrisca ela. — Nem pior?

— Suze, é a Torre da Coruja — diz Tarkie, com os olhos brilhando como se estivesse vendo a árvore em sua frente. — Eu não preciso descrevê-la pra você.

Meu Deus, que *tortura*.

— Suze! — eu a chamo da forma mais discreta possível. — Você tem que ver uma coisa! — Ela olha para mim, chocada, e faz um gesto furioso para que eu espere.

— Bex, agora não é hora... Não está *vendo*?

— É, sim! Suze, sinceramente... Desculpa, Tarkie, são só dois segundos... — Corro até Suze antes que ela me corte de novo e mostro meu telefone para ela.

O rosto enrugado de Derek Smeath sorri na tela. Ele está de pé em uma mata escura, segurando uma tocha acesa em frente a uma árvore com um prego martelado no casco. Quando dou um zoom, dá para ver uma placa de metal na qual se lê *Torre da Coruja.*

— Essa não é... — começa Suze, arregalando os olhos, chocada. — *Não.*

— Ele está lá agora. A Torre da Coruja está supersaudável, Suze — suspiro, mostrando as fotos dos galhos grossos e frondosos. — Ainda está aqui. Como você e o Tarkie, forte, firme e majestosa. Não vai a lugar nenhum.

Lágrimas enchem os olhos de Suze e ela soluça baixinho, e então fecha a boca. Eu passo o braço ao redor dos ombros dela e a conforto. Tem sido bem difícil para ela.

— Mas... — Por fim, ela consegue falar, e aponta para a tela, surpresa. — Como...

— Te conto depois. Er... oi, Tarkie! — digo, meio sem jeito, acenando para ele. — Como você está? Então... vou deixar vocês... — Eu me afasto. — Desculpem por interromper...

— Tarkie. — De repente, Suze começa a soluçar alto, como se não conseguisse mais se conter. — Tarkie, sinto muito, *muito*...

E então, Tarkie a toma em um abraço, forte e firme, e a leva para um canto reservado, para o jardim de um café ali perto. Luke e eu nos entreolhamos, e sinto um arrepio percorrer meu corpo. Espero que tudo fique bem entre eles. Bem, eu *acho* que vai ficar. Tarkie está aqui. Eles vão se entender.

Parece. Mas tudo pode acontecer. Basta um erro...

— Luke, não vamos ter nenhum caso com outra pessoa — digo de repente, segurando o braço dele para me consolar, e Luke me olha achando graça.

— Tá — concorda ele, sério. — Não vamos ter nenhum caso.

— Você está rindo da minha cara! — Belisco o braço dele. — Para! Estou falando sério!

— Não estou rindo da sua cara. Juro. — Ele olha para mim de novo e consigo ver algo profundo em seu olhar. Como um reconhecimento; como se ele tivesse entendido. — Não vamos ter nenhum caso. E nada de usar nenhum código idiota envolvendo uma árvore — enfatiza ele, com um brilho no olhar. (Luke achou uma loucura a história da Torre da Coruja. Não é exatamente o estilo dele.)

— Concordo — respondo, balançando a cabeça, e ele se inclina para me beijar. Eu o abraço bem forte, quase sufocando-o. Mas nem ligo. Precisava fazer aquilo.

É meio que esperar um bebê, demora muito. Entramos no jardim do café e ficamos bem afastados de Suze e Tarkie, pedimos bebidas e conversamos. O jardim é bem grande, tem rochas, árvores e arbustos, então aproveito para tirar uma foto da mamãe ao lado de um seixo, da Minnie sentada em uma pedra, e de um lagarto que espia à sombra. E mamãe diz, animada:

— Está vendo, Becky, querida? Você pode fazer um *monte* de coisas, se quiser. Poderia ser fotógrafa da vida selvagem!

Fotógrafa da *vida selvagem*?

Imediatamente percebo que ela conversou com a Suze, ou talvez com o Luke, ou quem sabe com os dois, sobre o fato de eu não ter um emprego. Sei que ela está preocupada com isso. E apesar de achar que seria a pior fotógrafa da vida selvagem do mundo, me sinto lisonjeada. Minha mãe nunca desistirá de mim. Ela simplesmente acha que posso fazer qualquer coisa. Então, sorrio e digo:

— Sim! Boa ideia, mãe! Talvez! — E tiro cerca de 95 fotos de um arbusto, que apagaremos mais tarde.

Então as bebidas chegam e nós nos sentamos de novo. Durante todo esse tempo, ficamos olhando para Suze e Tarkie, que *ainda* estão conversando. A boa notícia é que Tarkie está segurando a mão dela, e ela está falando depressa, meio frenética. Vejo lágrimas escorrendo pelo rosto dela, mas Tarkie as seca com um lenço. E eu imagino que isso seja um bom sinal, não é?

Eu particularmente acho que os dois *querem* estar casados. E isso é um bom começo para um casamento.

Então, de repente, eles se levantam e caminham em nossa direção, e nós todos nos atrapalhamos um pouco tentando passar a impressão de que estamos jogando conversa fora, e não observando seus movimentos e tentando decifrá-los.

— Então, essas rochas vermelhas — mamãe começa a falar alto, e Janice diz:

— Limonada boa, não acha?

— Oi, pessoal — diz Suze, um pouco sem jeito, quando se aproxima, e fazemos cara de surpresa.

— Oi, Suzie. Ah, *aí* está você! — exclama mamãe, como se não soubesse onde Suze poderia estar. — E o Tarquin também! Você está muito bonito!

Na verdade, é um comentário muito feliz. Tarquin parece muito bem. Seus cabelos cresceram um pouco depois daquele corte horroroso feito em Los Angeles, ele está usando um terno de linho azul-marinho e mantém o queixo levantado e firme.

— Que bom ver você, Jane — diz ele, inclinando-se para beijá-la. — E Janice. Imagino que a viagem tenha sido longa.

A voz dele está mais grave também ou é impressão minha? E ele não gaguejou nem uma vez. Bom, ele só murmurou algumas palavras, mas, mesmo assim... Onde está o aristocrata tímido, gago e magro que se assustava se alguém falasse "Buu!"?

Olho para Suze de novo e percebo que ela está meio hesitante, como se não quisesse ser notada.

— Suze. — Indico a cadeira vazia ao meu lado. — Venha. Tome uma limonada. Você está bem? — pergunto baixinho quando ela se senta.

— Acho que sim. — Suze parece emocionalmente desgastada, mas abre um sorriso. — Ainda precisamos conversar. Tarkie é tão generoso... — Ela fecha os olhos por um momento. — Ele está tentando não ficar magoado, porque quer consertar tudo. Ele quer se concentrar no seu pai e nesse caso todo. Mas *deveria* estar se sentindo magoado. *Deveria* estar furioso comigo, não deveria?

Observo Tarkie cumprimentando papai vigorosamente, com o rosto iluminado.

— É muito bom rever você, Graham — diz ele, e consigo perceber a alegria em sua voz.

— Ele vai resolver isso no tempo dele. Deixe que ele faça do jeito dele, Suze. Vocês estão juntos de novo, isso é o que mais importa. — Olho para ela, aterrorizada. — Bom, estão, *não estão*?

— Sim! — Suze ri de repente, um riso misturado com soluço. — Ah, meu Deus. Sim, estamos. Sim.

— Você contou pra ele sobre a Torre da Coruja?

— Vou contar — afirma ela, e morde o lábio, parecendo envergonhada. — Quando chegarmos em casa, vou contar tudo pra ele. *Tudo*. Mas não agora. Ele... ele não vai querer saber. Está ocupado com outras coisas.

— Você tem razão. — Olho para ele com curiosidade. — Ele está diferente!

— Então, Graham — fala Tarkie, quando se senta. — Você recebeu minhas mensagens?

— Claro que sim — diz papai. — Claro, mas estou um pouco confuso. Você disse que fez "contato" com o Corey. Quer dizer que escreveu pra ele? Mandou e-mail?

— Nada disso.

— Uma reunião? — Meu pai está boquiaberto. — Cara a cara?

— Num almoço.

Todos ficamos surpresos. Tarkie almoçou com o Corey?

— Tarkie, você é... incrível! — elogia Suze.

— De jeito nenhum — retruca Tarkie com modéstia. — O título ajudou, claro.

— Mas sobre o que conversaram? — pergunta papai, sem acreditar.

— A respeito da minha nova empresa de capital de risco e sobre uma possível parceria com a dele. — Tarkie faz uma pausa. — Minha empresa de capital de risco fictícia.

Papai joga a cabeça para trás e ri.

— Tarquin, você é demais.

— Tarkie, você é brilhante — digo, sendo sincera.

— Ah, por favor — fala Tarkie, envergonhado. — Não sou nada disso. Mas a boa notícia é que tenho acesso ao Corey. A questão é descobrir qual a melhor maneira de explorar isso. Seria um ponto de partida, de qualquer modo.

Olho para Tarkie e fico impressionada. Ele parece tão maduro e determinado, como nunca antes demonstrou ser.

— Bem. — Meu pai parece bastante surpreso. — Tarquin, isso é um progresso muito, muito melhor do que eu poderia esperar.

Minha mente está processando esse novo fato. Isso muda tudo. Isso poderia significar... pego meu caderninho, começo a riscar ideias e a escrever outras.

— Estávamos planejando uma reunião pra discutir o assunto — explica meu pai. — Mais tarde, talvez, quando todo mundo estiver se sentindo... um pouco melhor — acrescenta ele, olhando para Suze de forma amorosa.

— Ótimo — afirma Tarkie. — Contarei tudo o que sei. E agora, o que acham de beber alguma coisinha pra comemorar?

Ficamos sentados ali por mais um tempo, bebericando, conversando e admirando as rochas vermelhas. E talvez *haja mesmo* algo místico no ar de Sedona que fortaleça a alma, porque sinto que finalmente, *finalmente*, estamos mais calmos.

Quando voltamos ao hotel, Suze e Tarkie não se desgrudam, ficam de mãos dadas o tempo todo, como se precisassem da segurança um do outro e, sempre que fazem isso, eu sinto uma onda de felicidade. Porque *não* quero ser uma "amiga de divórcio". Isso marca para sempre.

— Seu pai é maravilhoso — diz Tarkie, enquanto esperamos para atravessar a rua.

— Eu sei — afirmo, me sentido orgulhosa.

— Ele é o herói do Tarkie — explica Suze, e ela abraça o marido de forma carinhosa.

— Sobre o que vocês conversaram durante todo esse tempo na estrada? — pergunto, curiosa. Sei que Tarkie e o meu pai gostam um do outro, mas nunca pensei que eles tivessem tanto assim em comum. Exceto o golfe.

— Ele me passou um sermão, na verdade — declara Tarquin. — Bem sério.

— Ah — digo, surpresa. — Xiii. Sinto muito.

— Não, eu precisava disso. — Tarkie franze o cenho. — Ele disse que todos temos uma missão na vida, e que eu estava fugindo da minha. Era verdade. Ser quem sou... bem, dá muito trabalho. Eu não escolhi esse destino... mas não posso fugir dele. Preciso assumir isso. — Ele faz uma pausa. — E cumprirei minha obrigação. Vou colocar em prática meus planos para Letherby Hall, independentemente do que meus pais pensem.

— Seus planos são brilhantes — diz Suze, demonstrando lealdade. — Será outra Chatsworth.

— Bom, nem tanto — ameniza Tarkie. — Mas os planos *fazem* sentido. Eles *vão dar certo.* — Parece que ele está brigando com algo em sua mente. — *Vão dar certo.*

Olho pare ele de soslaio. Não sei o que meu pai fez com o Tarquin, mas ele está mais maduro. Parece mais velho, mais seguro. Como alguém *capaz* de assumir um grande império sem se deixar abater.

Quando atravessamos a rua, Suze caminha ao meu lado, e nós nos afastamos um pouco do grupo, só nós duas. (Somos duas e meia, na verdade, porque estou segurando a mão da Minnie.)

— Então, Bex... adivinha?

— O quê?

— Eu estou... — Ela balança a mão de um jeito vago, como sempre faz.

— O quê? — Olho para ela. — Não...

— Sim. — O rosto dela fica mais corado.

— Não... Você *não*...

— Sim!

Ok, preciso ter certeza de que estamos falando sobre a mesma coisa. Porque pode ser que eu esteja me referindo a uma coisa, e ela pode estar querendo dizer apenas que "pretende começar um curso na Le Cordon Bleu quando voltar para a Inglaterra".

— *Grávida*? — sussurro, e ela balança a cabeça, concordando. — Desde quando você sabe?

— Desde o dia em que o Tarkie foi embora. Fiz o exame naquele dia e entrei em pânico. — Ela faz uma careta ao se lembrar do estresse pelo qual passou. — Ai, meu Deus, tem sido horrível, Bex. Horrível! Eu pensei... não sabia o que fazer... fiquei com muito medo de... — Ela para de falar e de repente sussurra: — Tem sido um pesadelo.

Ok, então isso explica muito. *Muito*. Para início de conversa, será que é por isso que ela tem andado tão ranheta?

Ela sempre fica ranheta no começo da gravidez. E não era à toa que estava tão assustada com o Bryce. Achava que o casamento dela iria acabar e o Tarkie nem sequer sabia que seria pai de novo... Eu me retraio ao pensar nisso. E ela vem lidando com tudo isso sozinha; sem contar nada para ninguém.

Ou... está?

— Alicia sabe disso? — pergunto de um modo mais abrupto do que pretendia.

— Não! — Suze parece chocada. — Claro que não. Eu nunca contaria pra ela antes de falar com você. — Ela me abraça forte. — Eu não faria isso, Bex.

Eu me viro para ela e, claro, consigo ver todos os sinais que só a melhor amiga consegue captar. A pele dela está corada ao redor do nariz. Isso sempre acontece quando ela fica grávida. E...

Bem, na verdade, é o único sinal. Este e...

— Ei! — Dou um passo para trás. — Você andou bebendo! Tequila, *ice tea* com *Bourbon*...

— Eu estava fingindo. Cuspia quando ninguém estava olhando. Eu sabia que se agisse de modo muito óbvio, você iria notar.

— Entendi. Ai, meu Deus, Suze, quatro filhos. — Olho para ela sem acreditar. — *Quatro*.

— Pois é.

— Ou cinco, se você tiver gêmeos. Ou seis, se forem trigêmeos...

— Vira essa boca pra lá! — diz ela, assustada. — Não vou ter gêmeos! Bex... — Ela parece agoniada. — Eu queria... eu queria que você... eu só queria...

— Eu sei — eu a interrompo com delicadeza. — Sei que você queria.

— Não parece justo. — Ela hesita. — Nós nem planejamos isso. Foi uma surpresa.

Ela passa a mão na barriga e, no fundo, sinto uma pontinha de inveja. Eu adoraria ter uma surpresa como essa. Para meu horror, meus olhos ficam marejados, e eu me viro depressa.

Está tudo bem. Temos a Minnie, e ela é perfeita. Ela é mais do que perfeita. Não precisamos de mais nada. Eu me abaixo para beijar o rosto delicado da menininha de 2 anos que eu amo tanto que até dói. E, quando me endireito, vejo Suze me encarando com um brilho nos olhos.

— Ah, para — digo, engolindo em seco. — *Para*. Olha, tudo bem. Não podemos ter tudo, não é?

— Não — admite Suze depois de uma pausa. — Acho que não.

— Não se pode ter tudo — repito quando voltamos a caminhar. É a frase que mais gosto de falar, tenho até um ímã de geladeira com ela. — *Não se pode ter tudo* — enfatizo. — Por que senão, onde colocaríamos tudo?

Ela dá uma risada, e não consigo evitar um sorriso. Suze me dá um esbarrão com o ombro e eu dou um empurrãozinho nela. Então ela pega a outra mão de Minnie e começamos a balançá-la pelo caminho, e Minnie exclama:

— De novo! De novo!

E, por alguns minutos, toda angústia e desespero se dissipam no céu, e somos apenas duas amigas andando pela rua ensolarada, balançando uma menininha.

DEZESSEIS

Tarkie reservou uma sala de conferência para a nossa reunião, ele até negociou um acordo nela. Ele *é o* cara do momento. Todos estamos com bloquinhos de papel, nossos lápis novos e vários copos d'água, e eu até escrevi *Justiça para Brent* no alto da página e sublinhei a frase três vezes, o que acho que reforça a intenção.

Suze e eu estamos sentadas uma ao lado da outra, e não paramos de nos cutucar com o cotovelo e de admirar nossas botas de caubói. Foi Suze quem as comprou. Ela praticamente me arrastou para dentro de uma loja, e falou assim com o vendedor: "Viemos comprar botas." Ela foi tão firme que quase pareceu agressiva. E, então, experimentamos quase todos os pares e, *meu Deus,* como foi divertido!

Não sei o que estava acontecendo comigo. Como eu não tive vontade de comprar botas de caubói? Como *alguém* pode não sentir vontade de comprar botas de caubói? Tenho a impressão de que aquela aura esquisita saiu de cima de mim e que voltei a ser quem era antes.

Minhas botas são cinza-antracito com tachinhas prateadas, e a Minnie as adorou. Ela as pegou e as calçou assim que eu tirei o par da caixa, e andou com elas a noite toda. Depois quis dormir com elas. Quando eu disse "Não, querida, você não pode dormir de botas", ela quis dormir abraçada a elas, como se fossem ursinhos de pelúcia. E, então, quando finalmente exclamei "Não! A mamãe vai usar as botas hoje!", ela disse: "Mas as botas ama a Minnie" e olhou para mim com uma carinha triste que fez com que eu me sentisse muito mal, apesar de as botas serem *minhas*. Francamente!

De qualquer forma, ela está dormindo agora. Encontramos uma babá muito gentil e altamente recomendada chamada Judy, e ela vai ficar em nosso quarto até a reunião acabar. Sim, eu poderia ter trazido Minnie e ficado com ela em meu colo. Mas, primeiro: já passou do horário que ela normalmente dorme. Segundo: estamos tratando de negócios. Quando olho ao redor, percebo que nossos rostos estão muito tensos. (Menos o do Danny, que está esticado por causa do "sérum firmador" que ele usou no tratamento de pele. Parece que a tarde dele no spa foi tão boa a ponto de ele não se importar por ter perdido toda a emoção, e ele pode "se atualizar" com alguém, ou seja, posso contar tudo a ele.)

— Corey parece uma fortaleza, todos nós sabemos disso. — A voz de papai me traz de volta à realidade. — De qualquer modo, Tarquin conseguiu entrar no santuário dele.

— Corey me convidou pra conhecer seus funcionários. — Tarquin meneia a cabeça de modo firme. — Tenho o número do celular dele. Ele disse que posso ligar quando quiser.

— Isso é incrível! — digo. — Muito bem! — Começo a aplaudir, e todo mundo me acompanha, mas Tarquin age com modéstia.

— Mas ainda é complicado — continua ele. — Primeiro, porque o Corey deixou a rotina dos negócios. Sua nova esposa e a filha são tudo pra ele agora, e ele só quer saber delas. Em segundo lugar, ele não gosta de falar do passado.

— Porque a esposa dele acha que ele tem 50 e poucos anos — digo, e papai ri baixinho.

— Não é só isso — reclama Tarkie. — Ele tem certa fobia. Evita qualquer questão sobre o passado. Perguntei a ele diretamente se ele tinha feito alguma viagem pelos Estados Unidos quando era mais jovem, e ele se retraiu e começou a falar sobre suas últimas férias no Havaí.

— Então não podemos recorrer à bondade de seu coração — conclui papai. — Tampouco à nostalgia.

— De jeito nenhum — concorda Tarkie. — Teremos que forçá-lo a fazer a coisa certa de algum jeito. Por falar nisso, pedi a uns advogados que analisassem o acordo que Brent fez. Mas, infelizmente, não há provas de que Corey tenha mentido pra ele ou o enganado. Isso tudo aconteceu há muito tempo, e é a palavra de um homem contra a de outro.

— Mas Raymond contou tudo pra gente! — declara Suze.

— Tá, mas você acha que o Raymond vai concordar depor no julgamento a favor do Brent? — Tarkie nega balançando a cabeça. — Corey dirá que Brent está arrependido de ter tomado uma decisão errada nos negócios.

— Como o empresário que recusou os Beatles — acrescenta Janice para ajudar. — Brent seria o empresário.

— Não, ele seria o baterista — diz mamãe. — O outro baterista.

— Ringo Starr? — pergunta Janice, abismada.

— Não, querida, o *outro* baterista. Pete Não-sei-o-quê.

— Fascinante, Jane — interrompe Tarkie, animado. — Mas se *pudermos* voltar ao assunto... — Ele lança à mamãe um olhar que, para Tarkie, é quase severo, e, para minha surpresa, ela se cala.

— Há um ponto enigmático da lei que os advogados ainda estão analisando — continua ele. — Mas, enquanto isso, nosso dilema é: entramos em contato com o Corey *antes* de termos um parecer jurídico ou esperamos?

— O que vamos dizer se entrarmos em contato com ele? — pergunta minha mãe.

— Vamos pressioná-lo — responde Tarkie. — Ameaçá-lo, talvez.

— *Ameaçá-lo?* — pergunta Jane, assustada.

— Eu tenho uma cliente que poderia ajudar — diz Danny. — Ela é russa. Gasta muito todo ano. Podem acreditar, se quiserem fazer qualquer ameaça, o marido dela é a pessoa certa pra isso.

— Está falando sobre a máfia russa? — Papai olha para ele horrorizado.

— Claro que não. — Danny faz um gesto como se estivesse fechando um zíper na boca. — Primeira regra da máfia: não se fala sobre a máfia.

— Isso é *Clube da luta* — diz Suze.

— *Clube da luta* e a máfia. — Danny dá de ombros. — E meu programa de alta-costura no Qatar.

— Não sabia que você tinha um programa de alta-costura no Qatar! — falo, animada.

— Eu sei. — Danny ergue as sobrancelhas para mim de modo enigmático. — É porque eu não posso falar sobre isso.

Desde quando ele tem programas de alta-costura secretos no Qatar e não me contou? Quero saber mais, mas esse não é o momento.

— Nós não podemos nos envolver com a máfia! — Janice já está surtando. — Graham, você não tinha falado nada sobre a máfia!

— *É lógico* que não vamos envolver a máfia nisso — afirma papai, impaciente.

— Não acho que ameaçar o Corey seja a melhor opção — opino. — As pessoas gostam disso, quanto mais são ameaçadas, mais agressivas ficam. Precisamos iludi-lo. *Persuadi-lo.* Como naquela história do homem de capa: o vento não pode soprá-lo para longe, mas o sol faz com que ele voe sozinho. Você se lembra dessa história, mãe? Você costumava ler para mim. Tinha umas ilustrações lindas.

Estou tentando fazer contato com minha mãe, mas ela parece meio transtornada.

— Becky, querida, não sei bem se livros ilustrados são a melhor referência no momento — diz papai, de forma gentil.

— Por que não? Persuadir é o caminho. — Olho para todos, buscando apoio. — Esqueçam os advogados, esqueçam a máfia, Corey não vai ficar sabendo deles, de qualquer forma.

— Mas, querida, como diabos podemos persuadi-lo? — pergunta meu pai.

— Bom, na verdade, tenho uma ideia — confesso.

— Que ideia? — Suze quer saber.

— É um pouco complexa — admito. — Precisaremos da colaboração de todos e teremos que voltar pra Las Vegas e reservar alguns quartos. E ainda planejar tudo com muito cuidado. Vamos ter que preparar uma armadilha pra ele. Enganá-lo. Queremos Elinor nisso também. Teremos que convencê-la a participar.

— Minha mãe? — Luke parece incrédulo. — Becky, o que você está armando?

— Você quer *iludir* o Corey? — Meu pai parece ansioso.

— Você disse *persuadir*! — retruca mamãe. — Enganar um homem como ele é perigoso!

— Querida, isso é prudente? — pergunta papai.

— Vamos iludi-lo só um pouquinho. Se trabalharmos juntos, podemos conseguir. Sei que podemos. — Olho ao redor, tentando fazer com que eles fiquem entusiasmados. — Podemos trabalhar juntos, não podemos? Todo mundo vai ter uma participação nisso; vamos precisar de planejamento para agir no momento certo.

— Quantos somos? — pergunta Suze, e começa a contar nos dedos. — Você, eu, Luke, Tarkie, Jane, Graham, Janice, Danny, Elinor...

— Podemos incluir a Ulla também? — Olho para o Danny. — Ela pode ser útil.

— Claro — concorda Danny. — Como você quiser.

— Então somos dez. — Suze termina de contar. — Dez pessoas para iludir um empresário de Las Vegas. Vocês têm noção do que é isso? — Ela olha para mim e dá um sorriso maldoso. — *Dez pessoas e um segredo.*

— Ah, Becky, minha querida! — exclama Janice. — Muito bem!

— *Dez pessoas e um segredo?* — repete papai, parecendo confuso.

— Igual ao filme *Onze homens e um segredo* — explica Suze. — Aquele com o Brad Pitt e o George Clooney.

— Ah, sim. — Meu pai parece se lembrar. — Verdade, eu gostei daquele filme.

— Maravilhoso — fala Danny, aprovando. — Eu vou ser o milionário. Esse papel tem *tudo* a ver comigo. — Bom dia, serviçais — diz ele, exagerando no sotaque europeu. — Desejo colocar uma arma nuclear dentro de seu cofre de alta segurança.

— Não vamos colocar nada dentro de cofre de alta segurança nenhum. — Reviro os olhos. — E, na verdade, estamos mais para *Onze pessoas e um segredo*. Precisamos de mais alguém na equipe. Alguém essencial.

— Quem?

Mas não respondo. Minha mente está fervilhando. Vou colocar tudo no papel, estudar atentamente cada parte para ver se vai funcionar.

Mas eu já sei que vai.

Tá bom, isso também não está certo. Não sei se meu plano vai funcionar... mas sei que *poderia* funcionar. Que pode ser que funcione.

Quando começo a escrever, me sinto mais leve, animada. Estou fazendo alguma coisa. *Conquistando* alguma coisa. Derek Smeath tem razão, a atitude positiva *fortalece* a alma.

— Precisamos de muitos balões — acrescenta Danny, que está cada vez mais animado. — E todo mundo tem que usar óculos escuros, mesmo dentro dos cassinos. Na verdade, vou cuidar do visual de todos vocês — anuncia ele, empolgado. — Não podemos ser *Onze pessoas e um segredo* e não arrasar. Qual é o plano, Becky? Ir para Vegas, se hospedar no Bellagio, deixar tudo de lado e admirar as fontes enquanto ouvimos música?

— Mais ou menos isso — digo.

— Legal. — Danny olha ao redor. — Bom, eu estou dentro. E você, Suze?

— Dentro — diz ela, de maneira enfática.

— Dentro — concorda Tarquin.

— Dentro — grita Janice.

Todo mundo está assentindo, mas papai parece ansioso.

— Becky, querida, qual é o seu plano *exatamente*?

— Vou trabalhar nele mais um pouco e conto pra vocês — digo, fazendo mais anotações. — Precisamos fazer as reservas, voltar pra Las Vegas, resolver umas coisas. Mas, na verdade, antes de colocar o plano em prática... — Sorrio para ele. — Acho que temos uma coisa muito importante a fazer.

DEZESSETE

— Queridos e amados — diz Elvis. — Huhuhu. Estamos reunidos aqui. Huhuhu.

Ai, meu Deus. Vou começar a rir. Será que ele vai falar "Huhuhu" depois de cada frase?

É um Elvis bem impressionante. Ele está com uma roupa preta e toda brilhante, com bocas de sino enormes e saltos plataforma, e uma peruca muito boa (não dá para ver nadinha dos cabelos verdadeiros dele). E ele já cantou "Can't Help Falling in Love" com direito a várias reboladas e movimentos pélvicos.

Faz dois dias que saímos de Sedona, e agora estamos na Capela Nupcial Silver Candles, em Las Vegas. Todo mundo está muito animado — principalmente Minnie, que está vestida como dama de honra, apesar de não ser um casamento tradicional e não haver nenhuma aliança. Suze está usando um vestido branco esvoaçante com uma tiara de flores nos cabelos e nunca esteve tão linda. Mamãe está sentada no banco da frente e já jogou um punhado de confetes em Suze, apesar de ainda não termos começado. (Encontrei meus pais no bar do hotel de manhã tomando champanhe. E, a julgar pelo valor da conta, cada um tomou mais de uma taça.)

— ... Para testemunhar a promessa de renovação dos votos desse casal. Huhuhu — continua Elvis, observando Suze. — Acredito que tenham escrito seus votos.

— Isso mesmo. — Suze pigarreia e olha para Tarkie, que está ali perto, transbordando de orgulho. — Eu, Susan, prometo a você, Becky, que sempre serei sua amiga — diz ela olhando em meus olhos. — Na riqueza e na pobreza, durante o dia e de madrugada. E prometo isso pelas minhas novas botas de caubói.

— Huhuhu! — exclama Elvis.

— Viva! — comemora mamãe e joga mais confete na cabeça de Suze.

— E eu, Becky, prometo ser sua amiga pra sempre, Suze — digo, com a voz embargada. — Na riqueza e na pobreza, durante o dia e de madrugada. Que ninguém nunca nos separe.

Muito menos Alicia, a Vaca Pernalta. Não digo isso, mas todos sabem que estou me referindo a ela.

— Prometo isso pelas minhas botas de caubói novas — completo para garantir e dou uma voltinha. Adoro minhas botas de caubói. Nunca mais vou usar outro sapato, nunca. E elas são *perfeitas* para fazer coreografias, descobri isso ontem à noite, num um bar onde dançamos algumas músicas. Suze insistiu para que fôssemos lá, e foi muito divertido. Agora, eu só preciso convencer Luke a comprar um par masculino para combinar com o meu.

(Tá, já sei, isso nunca vai acontecer.)

— E eu prometo que nunca vou deixar você, Suze. — Tarkie dá um passo à frente, porque é a vez dele. Ele segura as mãos dela com firmeza. — Juro amar e proteger você e ser seu companheiro pra sempre, enquanto a Torre da Coruja estiver de pé. Ou mais, se ela cair — completa ele ao ver Suze abrir a boca. — Por muito mais tempo. Pra sempre.

— Prometo ser sua esposa pra sempre, Tarquin — diz ela, e sua voz é apenas um sussurro. — E a me manter fiel a você, meu amado marido.

Ela parece um anjo naquele vestido esvoaçante, o rosto iluminado pela esperança, pelo amor e pelo alívio. Fico emocionada enquanto os observo, e procuro um lenço, e então Luke se levanta.

— Quero fazer uma promessa a você, Becky — anuncia ele, com a voz grave ecoando pela capela, e eu me sobressalto, surpresa. Aquilo não estava planejado. Até falamos sobre isso e dissemos "Vamos fazer?", mas depois achamos graça da ideia e concluímos que não precisávamos renovar nada. Mas agora ele está ali de pé, aparentemente quase tão assustado quanto eu com o próprio comportamento.

Quando olho nos olhos dele, acho que sei por que está fazendo isso. É por causa das nossas... questões. Nossas questões pessoais. Pelo que aconteceu em Los Angeles. Por ver Suze e Tarkie abalados e olhar para o nosso casamento sob aquela perspectiva. E, talvez, mais do que tudo, por saber que Suze está grávida e se dar conta de que não foi conosco, não dessa vez. Ontem à noite, quando nos deitamos, conversamos sobre o assunto. Já era tarde. E...

Bem, posso ser franca com Luke como não consigo ser com mais ninguém, nem mesmo com Suze. Então, ele sabe.

— Eu prometo... — Luke para, como se procurasse as palavras certas. Praticamente consigo ver a mente dele buscando possibilidades e depois rejeitando-as. A verdade é que acho que ele não vai encontrá-las. Para ser sincera, ele não precisa encontrá-las.

— Eu sei — digo, e sinto um nó na garganta de repente. — Eu sei. Também prometo.

Os olhos dele estão grudados nos meus, e minha cabeça está meio zonza. Eu queria muito que essa capela fosse só nossa por algumas horas. Mas não é. Então, de certo modo, eu me endireito, balançando a cabeça, e sussurro:

— Amém.

O que não faz o menor sentido, mas nada faz sentido em Las Vegas.

— Tá! — diz Elvis, parecendo meio confuso com essa interrupção. — Então, senhoras e senhores, vamos nos amar. *Love me tender. Suspicious minds.* Huhuhu. Pelo poder investido em...

— Espere. Eu não terminei — interrompe Luke. — Mãe. — Ele se vira para Elinor, que está sentada em um banco nos fundos, com um terninho de seda preto e branco tão elegante e perfeito que me deixa até emocionada. Nós a encontramos em Las Vegas hoje cedo, mas ela não ficou animada, como era de se esperar, quando soube dos nossos planos. Agora, ela está aqui, sentada ereta e calma, com um chapéu casquete cobrindo um dos olhos.

(Ela sempre leva um chapéu em viagens. Na verdade, ela ficou surpresa ao saber que nenhum de nós tinha um chapéu.)

— Quero fazer uma promessa a você também — continua Luke. — As coisas vão melhorar entre a gente. Prometo. — Ele respira fundo. — Vamos passar mais tempo juntos. Vamos tirar férias juntos. Teremos momentos divertidos, seremos uma família. Se... — Ele hesita. — Se a ideia te agradar.

Tenho a sensação de que nunca achei Luke e a mãe tão parecidos. Eles estão olhando em silêncio um para o outro com aqueles olhos escuros inconfundíveis. A expressão dele está tensa e levemente ansiosa, assim como a dela.

— Eu quero — confirma ela.

— E eu também quero! — exclama mamãe, que *sem dúvida* tomou champanhe demais. — É claro que a Elinor faz parte da família. — Ela se levanta e joga confete em Elinor. — Eu, Jane Bloomwood, prometo honrar e respeitar a mãe do meu genro, Elinor. E minha vizinha maravilhosa, Janice. — Ela se vira para a amiga com olhos marejados. — Janice, o que seria de mim sem você? Está sempre do meu lado. Na saúde e na doença... quando quebrei o tornozelo... naquela vez que a luz acabou e você foi nos ajudar...

— Bom, precisamos continuar, pessoal. — Elvis olha para o relógio. — Huhuhu. — Ele se vira para Suze. — Repita comigo: "Eu não vou pisar nos seus sapatos azuis de veludo."

Mas Suze nem sequer ouve o que ele diz. Ela está concentrada em mamãe e Janice.

— Ah, querida — diz Janice, corada. — Qualquer um faria o mesmo.

— Você nos deu sua torta de carne, Janice! Sua *torta de carne*!

— Você disse que não trocaríamos votos. — Papai puxa o vestido de mamãe.

— Não vamos! — responde ela.

— Vamos, sim! Você está fazendo promessas pra todo mundo! — diz ele, irritado. — Então vou fazer uma também. — Meu pai se levanta e se vira para minha mãe. — Eu, Graham, prometo que nunca mais vou te deixar, minha amada Jane. Nunca. — Ele a abraça forte. — *Nunca.*

— Chega! — Elvis está realmente irritado agora. — Pessoal, vocês não podem ficar fazendo promessas. Não pagaram por isso.

— E eu prometo sempre confiar em você — diz mamãe a ele, com a voz embargada. — E não quero saber de onde vem seu Grande Bônus. Tenho muito orgulho de você.

— Chega de promessas! — Elvis praticamente grita, e Danny se levanta de repente, com um brilho maléfico no olhar.

— Quero fazer uma promessa — começa ele, animado. — Elinor, prometo deixar seu guarda-roupa maravilhoso, se você prometer usar meu vestido no baile de gala do Met.

— Pelo poder investido em... — Elvis tenta de novo.

— Óculos de sol? — indaga Minnie, aproximando-se dele. Ela lhe entrega os óculos de sol de aro branco de Janice e aponta carinhosamente para os óculos brilhantes dele. — Gosta óculos? Por favoooor!

— Jesus Cristo do céu! — exclama Elvis. — Pelo poder investido em mim nessa capela, eu declaro que vocês estão comprometidos uns com os outros. — Ele gesticula. — Todos vocês. Vocês se merecem. Tudo farinha do mesmo saco. Huhuhu.

DEZOITO

Bem, o mínimo que posso dizer é que nossos disfarces são incríveis. Incríveis.

Danny escolheu para Luke, papai e Tarquin ternos maravilhosos com gravatas de seda chamativas e camisas brilhosas que eles nunca escolheriam sozinhos, em tons de lilás e de bege. Quando Luke se olhou no espelho, disse: "Estou parecendo um gangster à paisana." Como se isso fosse algo *ruim*. Francamente, ele assistiu mesmo a *Onze homens e um segredo*?

Suze e Elinor estão superglamorosas. Principalmente Elinor, que está usando roupas que valem milhões de dólares só para enfatizar o fato de ser a Peça Principal, e Suze está com um vestido *bouclé* e um colar de pérolas, porque vai interpretar a Nobreza com Título. (Ela não queria ser a Nobreza com Título. Queria ser o Amazing Yen, espremer-se dentro de um carrinho de comida e fazer uma entrada triunfante. Mas, como expliquei a ela, não tem nenhum Amazing Yen em *Onze pessoas e um segredo*.)

Danny está de calça jeans e com uma camiseta rasgada, mas tudo bem, porque está interpretando ele mesmo.

Enquanto isso, mamãe, Janice e eu estamos usando versões diferentes do uniforme das camareiras do Las Vegas Convention Center, onde tudo vai acontecer.

Danny conseguiu os uniformes. Como ele os conseguiu não faço a menor ideia. Ele só disse que foi por um "contato". Estou usando um uniforme sob medida com uma identificação na qual se lê *Marigold Spitz*. Janice está usando um vestido preto e um aventalzinho — não sei que papel ela fará. Alguém da equipe do bufê, talvez? E mamãe está com uma combinação de blazer e saia para parecer importante. Ela deve ser um tipo de gerente, *concierge* ou alguma coisa assim.

O mais importante é que conseguimos salas de reunião exatamente como eu pedi — com portas duplas ligando uma à outra. Batizei as duas como "Ben" e "Jerry's", e as portas estão fechadas. Por enquanto.

— Tá. — Pela milionésima vez, observo a equipe. — Alguém sabe o que eles estão fazendo?

O tema de *Onze homens e um segredo* está tocando em minha mente, porque assistimos ao DVD ontem à noite, para entrar no clima. Também jogamos baralho, bebemos cerveja e ficamos o tempo todo perguntando uns aos outros: "Você está dentro ou não?"

— Os cupcakes estão prontos? — pergunta Suze, e eu pego a caixa em um armário ao lado. Coloco dez cupcakes em uma bandeja e, por um momento, nós duas os observamos.

— Você acha que precisa de mais um cupcake? — pergunto.

Suze não se mexe. Mas percebo a ruguinha em sua testa.

— Você acha que precisa de mais um cupcake — concluo.

Ainda assim, ela não se mexe. Mas sei o que aquilo significa. Ela está interpretando o Brad Pitt, e eu tenho de ser o George Clooney.

— Ok — digo. — Vamos colocar mais um. — Coloco o último cupcake em cima da pilha e limpo as mãos. — Pronto.

— Corey está aqui — informa Luke, olhando para o telefone, e meu estômago dá um nó. Ai, meu Deus. Ele está aqui. Está começando. E, por um momento, eu me sinto tomada pelo terror. Estamos mesmo fazendo isso?

Pelo menos, Minnie está segura no quarto do hotel, aos cuidados da querida Judy. (Ela veio conosco de Sedona, como babá temporária. Ideia brilhante do Luke.)

— Cyndi chega em dez minutos — diz Danny, consultando o telefone. — É agora. Boa sorte, gente.

Minhas mãos estão suando e meu coração acelera. Eu meio que quero correr e deixar esse plano para atrás. Mas todo mundo está olhando para mim em busca de orientações. É a minha vez, digo a mim mesma com firmeza. Preciso fazer acontecer. E, apesar de estar com medo, também estou emocionada.

— Tá. Hora da festa. Papai, você precisa sair da frente. Luke, vá à recepção buscar o Corey. — Luke assente e me beija rapidamente antes de sair.

— Poderosa — sussurra ele em meu ouvido, e eu aperto a mão dele em resposta.

— Tarkie e Elinor, no Ben. Danny, fique em contato com a Cyndi pelo telefone. Ulla e Suze, no Jerry's. Todos vocês sabem o que fazer. Mamãe e Janice... — Olho para as duas. — Precisamos sumir de vista.

Pego a bandeja de cupcakes, olho ao redor e vou para o corredor. A pior coisa nesse plano todo é que, agora, tenho de esperar. E nunca fui muito boa em esperar. Como vou conseguir fazer isso?

— Trouxe um Sudoku pra passar o tempo — diz Janice, quando nós nos esprememos no quartinho dos fundos que vi mais cedo. — E meu iPad com alguns filmes bacanas. — Ela sorri para mim e para mamãe. — Podemos ver um pedacinho de *A noviça rebelde*?

Às vezes eu adoro a Janice.

Vinte minutos depois, mesmo com *A noviça rebelde* me distraindo, estou quase explodindo de tensão. O que está acontecendo lá dentro? *O quê*? Mas, por fim, o tempo combinado termina e eu entro com meu balde de produtos de limpeza. (Nós os compramos especialmente para isso, numa mercearia.)

Bato na porta do Jerry's, espero até ouvir Danny dizer "Entre", e então entro de cabeça baixa.

Estou contando com o fato de que Cyndi não vai me reconhecer, porque uniforme de camareira é um ótimo disfarce. Mas, mesmo assim, fico olhando para baixo. Percebo que ela está sentada em uma cadeira baixa perto da janela, com Suze, Danny e Ulla reunidos ao redor dela como se fossem seus assistentes. Há taças de champanhe sobre a mesa de centro, e uma pilha das caixas no chão nas quais se lê Danny Kovitz.

Cyndi claramente não reconheceu Suze do rápido encontro que tiveram. O que não é de se surpreender, já que Suze está transformada e deixou de ser uma moça com cara de desesperada e cabelos lambidos e agora é uma mulher chique, com coque e maquiagem completa num vestido *bouclé* creme com um colar de pérolas. Ulla, enquanto isso, está exatamente como estava quando a vi pela primeira vez em Las Vegas, e está desenhando Cyndi com um lápis preto.

Cyndi está corada, e seus olhos estão brilhando, então acho que perdi a parte que Danny contou a ela que tinha visto uma foto dela na coluna social de alguma revista e que admirava muito seu estilo.

— Limpeza? — murmuro, praticamente sussurrando.

— Ah, oi — diz Danny, parecendo irritado. — Não é um bom momento agora, querida.

— Desculpe, senhor. Devo voltar mais tarde?

— Será que você pode limpar aquela tela? — Ele aponta a TV de tela ampla na parede. — Está imunda.

Está imunda porque eu a lambuzei com óleo mais cedo. Rapidamente, começo a espirrar o limpador de vidro na TV. Conforme vou limpando, meus ouvidos quase formigam de desespero para ouvir a conversa atrás de mim.

— Então, como estava dizendo, Cyndi — continua Danny —, eu adoraria te dar esse blazer, que acredito ter tudo a ver com o seu estilo.

— Ai, minha nossa! — Cyndi parece encantada. — Pra mim? Sério? — Ela faz uma pausa, tirando o próprio blazer. — Você acredita que quando recebi o e-mail da sua assistente não acreditei? É sério que Danny Kovitz quer *me* conhecer? Ela espia por cima do desenho de Ulla. — Ah, que *honra*!

— Imagina — diz Danny. — Ulla desenha todas as minhas musas.

— Musas? — Cyndi parece ainda mais encantada. — Eu, *musa*?

— Com certeza! — assente Danny. — Mas, vamos, vista o blazer.

Enquanto Cyndi veste o blazer, Suze emite sons de admiração.

— Ficou ótimo — diz Danny. — Ficou ótimo mesmo.

— Então você está organizando um desfile de moda beneficente? — pergunta Cyndi, admirando o próprio reflexo no espelho de corpo inteiro que encomendamos na Conference Accessories.

— Isso mesmo — afirma Danny. — Coleção de Danny Kovitz e apresentação da Lady Cleath-Stuart, da aristocracia britânica. Foi por isso que entramos em contato com você. — Ele sorri para Cyndi. — Tínhamos certeza de que você, como socialite e filantropa, iria querer participar.

Vejo Cyndi arregalando os olhos ao ouvir "Lady Cleath-Stuart", sem falar do próprio Danny. E não é à toa! Afinal, é um time de peso. Mas tinha de ser, se quiséssemos atraí-la para cá.

Enquanto estou limpando a TV, olho para Cyndi e consigo entender por que Corey é apaixonado por aquela mulher. Ela é muito *bonita*. A pele dela é perfeita. Ela tem lábios carnudos — e não para de mordiscá-los — e olhos inocentes enormes. Se eu fosse homem, provavelmente também cairia de amores por ela. Não julgo Corey por estar encantado.

E é assim que vamos pegá-lo. Não à força nem sob ameaças, mas simplesmente fazendo com que ele fique envergonhado na frente da pessoa com quem ele mais se importa no mundo.

— Meu marido conhece o Lorde Cleath-Stuart, sabia? — conta Cyndi, ajustando as mangas do blazer.

— Sério? — exclama Danny, com tranquilidade. — Mas foi por outro motivo que pensamos em você. Seu marido sabe que você está aqui hoje? — pergunta ele como quem não quer nada.

— Não contei *exatamente* o que vim fazer aqui. — Cyndi cora um pouco. — Falei que ia encontrar uns amigos, mas ele vai ficar muito animado quando souber!

— Que bom! — Suze abre um sorriso. — Danny, por que não mostra a Cyndi a próxima roupa?

Já ouvi o bastante. Passo o pano pela última vez na tela, jogo o trapo dentro do balde e saio da sala. Vou à sala ao lado, para a Ben, bato e entro.

— Limpeza — murmuro, mas ninguém responde, então começo a passar o pano na tela da TV de lá também. Luke, Tarquin, Corey e Elinor estão sentados à mesa de conferência, e Corey está no meio de uma história que envolve um rifle e um urso. Quando termina, Luke e Tarquin riem por educação, e Elinor inclina a cabeça.

— Mas, Lorde Cleath-Stuart, o senhor provavelmente atira muito bem! — exclama Corey, ruborizando. — Afinal, tem tetrazes e tudo mais.

— Absolutamente — diz Tarquin. — Talvez o senhor possa ver com seus próprios olhos, um dia.

— Bem! — Corey fica ainda mais ruborizado. — Seria uma honra, senhor lorde.

— E a sua esposa? — pergunta Tarquin de modo casual. — Será que ela iria gostar de visitar a Inglaterra?

— Ela iria *enlouquecer* se fosse — responde ele. — E, Sra. Sherman, devo dizer... — Ele se vira para Elinor. — Seu convite para visitarmos os Hamptons é muito gentil.

— Será que a sua esposa aceitaria um convite para ir ao baile do Met? — Elinor lança a ele um sorriso frio. — Gosto muito de apresentar meus parceiros de investimentos à sociedade.

— Isso... — Corey parece ficar sem palavras por um momento. — Isso faria Cyndi ganhar *o ano*.

— Meu olhar encontra o de Luke, e ele dá uma piscadela bem discreta para mim. Certo. Por enquanto, tudo certo.

Saio da sala e paro por um momento, ofegante. Perfeito. Próximo passo. Devo dizer que seria *muito mais fácil* se tivéssemos câmeras, como em *Onze homens e um segredo.* Mas não temos.

Volto para o quartinho depressa, bato cinco vezes à porta — nosso código — e entro.

— Está dando tudo certo até agora — digo ofegante. — Janice, sua vez.

Pego o vaso de flores que encomendamos mais cedo e o coloco no carrinho do serviço de quarto. (Luke o achou em outro corredor e nós só viramos a toalhinha.) Minha tarefa era verificar se as conversas estavam no rumo certo em cada sala. E estão. Agora, o trabalho de Janice é dar o sinal: passar para a próxima etapa.

Assim que ela começa a empurrar o carrinho, vejo que suas mãos estão tremendo e olho para ela, surpresa.

— Janice, você está bem?

— Ah, Becky — diz ela, desesperada. — Não nasci pra essas coisas.

— Para o quê?

— Pra isso! — Ela fala mais alto, agitada. — Essas artimanhas criminosas de alto nível!

Sinto o coração apertado. *Não* deveríamos ter deixado Janice assistir ao filme. Acho que ela realmente pensa que estamos roubando o cofre do cassino.

— Janice, não são artimanhas criminosas de alto nível! — retruco.

— É só um atozinho ilícito, querida — acrescenta mamãe para acalmá-la.

— *Não* é ilícito. — Dou um tapinha na testa. Francamente. Será que minha mãe sabe o que é um ato ilícito? — Janice, você não terá problema nenhum. — Tento passar segurança a ela. — Só leve as flores pra sala, coloque-as em cima da mesa e saia, tá bom? — Seguro a mão dela, mas ela se retrai. — Olha, eu vou com você. Está tudo certo. Tudo bem.

Abro a porta para ela, e Janice sai do quartinho empurrando o carrinho. Lentamente, começamos a avançar pelo corredor, e ela não para de tremer. Eu não fazia ideia de que ela ficaria tão nervosa. Eu não deveria tê-la incluído no *Onze pessoas e um segredo*. Mas não posso mudar o plano agora.

— Olha, está vendo? — digo, quando viramos no corredor. — Tranquilo, estamos quase lá...

— Pra onde você está levando isso? — Escuto uma voz anasalada atrás de mim.

Oi?

Eu me viro e vejo uma mulher com blazer de barra trançada igual ao da mamãe. Ela tem cabelos pretos muito mal tingidos e está saindo de um quarto do outro lado do corredor. Quando se aproxima de nós, examina o vaso com os olhos semicerrados. — Que arranjo de flores é esse? — pergunta ela. — Nunca vi isso por aqui.

Ah, pelo amor de Deus. Nunca viu porque eu o montei sozinha, em cerca de cinco segundos.

— Er... Não tenho certeza — respondo, pois Janice parece incapaz de falar.

— Quem são vocês? — A mulher estreita os olhos para ver meu crachá.

— Marigold — respondo, confiante.

— Marigold? — Ela estreita os olhos ainda mais. — Achei que ela tivesse ido embora.

Sinceramente, qual é o problema dessa mulher? Por que ela *é tão desconfiada*? Tenho certeza de que isso não faz bem para a saúde.

— Bem. — Eu dou de ombros, e a mulher se dirige a Janice.

— Como você se chama?

Ah, não. Coitada da Janice. Eu me viro para lhe dar apoio moral e fico chocada. Janice está transfigurada. Nunca vi tanto terror num rosto. Antes que eu consiga dizer qualquer coisa, ela desmaia.

Ai, meu Deus.

— Janice! — grito, horrorizada, e me ajoelho ao lado dela. — O que aconteceu? Você está bem?

Ela não está se mexendo. Isso não é bom.

— Janice! — Eu a puxo e tento ouvir seu coração.

— Ela está respirando? — pergunta a mulher de cabelo preto.

— Não sei! — respondo, furiosa. — Me deixe ouvir!

Encosto o ouvido no peito dela, mas não sei se estou ouvindo os batimentos dela ou minha própria pulsação, por isso encosto o rosto em seus lábios. Vou conseguir *sentir* a respiração dela, não vou?

E, naquele momento, ouço um sussurro úmido em meu ouvido:

— Estou interpretando, querida. Como no filme.

Ela está...

Quê?

Não acredito.

Isso *não* estava *planejado*. Vou chamar atenção da Janice, com certeza. Mas, por ora, vou ter de entrar na dança.

— Ela está inconsciente! — digo de um jeito exagerado. — Acho que você precisa chamar um médico. Então, humm... fique com ela pra eu entregar isso rapidinho.

Eu me levanto e pego o carrinho. Preciso entrar no salão com essas malditas flores. Danny e Suze precisam do sinal. Eles estão esperando, tentando entender o que está acontecendo e sem saber o que fazer...

— Espere — pede a mulher de cabelo preto.

— Chame o médico! — repito, e a mulher olha para mim, mas pega o telefone e digita. — Juliana? — diz ela. — Aqui é a Lori. Você pode me transferir pro centro médico?

— Oi, Becky! — Uma voz masculina me chama. — Becky, é você? Aqui!

Ai. O que é dessa vez? Viro a cabeça por reflexo sem conseguir me controlar e vejo Mike, o cara da roleta. Aquele que não queria que eu fosse embora. Ele está esperando o elevador ali perto no corredor, usando um terno azul e acenando com um sorrisão no rosto.

— Como está a maré de sorte? Ei, você trabalha aqui?

Sinto o corpo todo formigar. *Por favor, cale a boca*, penso. *Por favor, cale a boca!*

— *Becky?* — Lori me lança um olhar feroz. Felizmente, as portas do elevador se fecham antes que ela possa questionar Mike.

— Que esquisito, você viu? — Solto uma risada estridente. — *Quem* era aquele homem? Ele deve ter me confundido com... sei lá... Ah, minha nossa! Será que ela ainda está *respirando*?

Quando Lori olha para Janice de novo, eu praticamente saio correndo com o carrinho. Bato na porta da sala Jerry's, mas nem espero a resposta e já vou entrando. Agora Cyndi está experimentando um sobretudo e vira de um lado para o outro na frente do espelho.

— Ele é naturalmente generoso — comenta ela. — Sabe? *Generoso demais*. No ano passado, nas férias, ele convidou minha família inteira sem se preocupar com os gastos. Minha mãe, meu pai, minha irmã Sherilee...

— Que bacana — murmura Suze.

— Flores — digo e as coloco em uma mesa de canto. Ao fazer isso, olho para Suze e dou uma piscadela. Ela pisca para mim em resposta, e então se dirige a Cyndi.

— Sabe, Cyndi, já ouvi falar da generosidade do seu marido por outra pessoa — comenta ela casualmente. — Você conhece um homem chamado... Brent Lewis?

Faz-se silêncio na sala. Estou paralisada, esperando a resposta dela.

— Brent Lewis? — repete Cyndi por fim, franzindo o cenho. — Não, creio que não.

— Ah, é uma história ótima — diz Suze. — Uma história maravilhosa. E o melhor é que o Corey foi *ótimo* em tudo. Não acredito que ele não te contou isso!

— Modesto demais, acredito — diz Danny.

— Ele é modesto *demais*! — assente Cyndi fervorosamente. — Sempre digo isso a ele. Eu falo "Corey, amor, mostre quem você é!" O que aconteceu? Que história é essa?

— Bom — Suze sorri —, tudo começou na primavera. Você sabe sobre a famosa mola balão que alavancou os negócios do Corey há muitos anos?

— Bem, eu *ouvi* falar... — diz Cyndi, incerta.

Eles estão distraídos. Está tudo sob controle.

Saio da sala, fecho a porta sem fazer barulho e respiro fundo. Certo, tudo bem até aqui. Agora é com a mamãe.

Mas o que aconteceu com Janice? Olho meio assustada para onde a havia deixado. Ela estava deitada aqui há um instante. E Lori? Será que o médico já veio? Será que levou Janice? Mas o que...

Ai, meu Deus, lá estão elas.

Lori está uns 10 metros à frente, no corredor, caminhando devagar com Janice apoiada pesadamente em seu braço. Como se sentisse que estou olhando, Lori se vira e me olha de cara feia.

— Ei, você! — chama ela. — Quero falar com você!

— Não pare! — murmura Janice. — Preciso ir ao banheiro! Estou me sentindo muito mal! — Ela segura o braço de Lori com mais força. — Por favor, não me deixe! Você é tudo que eu tenho!

Sinto uma vontade enorme de rir. Janice é maravilhosa!

— Você! — vocifera Lori de novo, mas finjo que não ouvi e corro na direção contrária.

— Mamãe! — grito, quando chego ao quartinho nos fundos e abro a porta. (Não estou mais nem aí para os sinais.) — Está tudo dando certo, mas houve um imprevisto com a Janice. Está pronta?

— Ah, querida. — Mamãe parece apreensiva. — Não estou muito segura...

— Você também, não! — digo, exaltada.

Dei à mamãe e à Janice as tarefas mais simples que pude. E as duas surtaram!

— Becky, venha comigo! — implora mamãe. — Não consigo fazer isso sozinha.

— Mas já entrei uma vez! Corey vai perceber!

Esse é o motivo pelo qual fiz com que cada um de nós interpretasse um funcionário diferente — para que Corey não desconfiasse de nada.

— Não vai, não! — afirma mamãe. — Ele reparou em você antes?

Penso um pouco. Na verdade, provavelmente ele não reparou. Homens como Corey não prestam atenção nos serviçais.

— Tá bem. — Reviro os olhos. — Vou entrar com você. E enviarei uma mensagem pro papai.

Fiquei tão paranoica com a possibilidade do Corey dar de cara com o meu pai que pedi a ele para esperar em outro andar. Mas agora é seguro. É a vez dele.

Mamãe e eu assumimos nossas posições na porta da sala Ben e, alguns instantes depois, meu pai vem a passos largos pelo corredor.

— Tudo certo? — pergunta ele.

— Tudo conforme o planejado. — Meneio a cabeça em direção à porta. — Ele está aí dentro.

— Não acredito que estamos fazendo isso. — Papai olha para mamãe com um sorriso meio incrédulo e faz um gesto para a porta fechada. — Você acredita que estamos fazendo isso? De todas as coisas malucas que a Becky nos convenceu a fazer ao longo dos anos...

— Ah, já até desisti de pensar dessa forma — diz mamãe. — Só sigo o fluxo. É bem mais fácil.

Francamente. O que eles querem dizer com isso? Nunca convenço ninguém a fazer nada.

— Mas, se der certo... — Papai pega minha mão de repente e a aperta. — Becky, você conseguiu muita coisa na vida, mas essa será a melhor de todas. É sério, querida.

— Ah, bem... — falo, sem jeito. — *Se* o plano der certo.

— É claro que vai dar certo! — afirma mamãe.

Meus pais estão olhando para mim orgulhosos, como se eu fosse uma menina de 10 anos de novo e tivesse arrecadado muito dinheiro para a nova quadra esportiva da escola. (Como eu fiz, a propósito: escrevi histórias sobre todos os meus colegas de classe e as ilustrei com bonequinhas de papel e fiz roupinhas para elas, então todas as mães pagaram *uma grana*.)

— Não agoure! — peço. — Mãe, temos que ir.

Enquanto ela ajeita o blazer, eu me viro para o meu pai.

— O que você vai dizer ao Corey? — pergunto, curiosa. — Por onde vai começar? Assim... ele não atenderia sua ligação, não falaria com você... eu quero dar na cara dele!

Mas papai apenas balança a cabeça.

— Isso não tem a ver com a gente, é algo entre Corey e Brent. Podem ir agora. — Ele dá um passo para o lado e eu bato à porta e, quando me dou conta, mamãe e eu estamos lá dentro.

Corey, Luke, Tarquin e Elinor ainda estão reunidos à mesa; Tarquin está contando alguma coisa a respeito de "equidade", e todos estão olhando para ele de modo quase surpreso.

— Sim? — diz Elinor.

— Sinto muito, senhor — fala mamãe ao entrar alvoroçada, agindo exatamente com um gerente de hotel. — Acredito que o senhor reservou uma sala de reunião dupla.

Seu sotaque americano é simplesmente péssimo, mas Corey parece não perceber. Ou, se percebe, não faz qualquer comentário.

— Isso mesmo, reservamos — confirma Luke, franzindo o cenho. — Eu pretendia, inclusive, fazer uma reclamação.

— Mil desculpas, senhor. Abrirei as portas duplas agora.

Não sei por que mamãe queria apoio moral — ela é brilhante! Ela caminha até o lado direito do cômodo — na direção da parede que separa a sala Ben da sala Jerry's —, e meu coração começa a bater mais rápido. Aqui vamos nós. *Aqui vamos nós.*

Todas essas salas de reunião têm portas mágicas. Foi por isso que escolhi esse centro de convenções. As portas deslizam para dentro da parede, deixando uma abertura grande entre as salas, então dá para abrir, fechar, fazer o que a gente quiser.

Bem devagar, agindo exatamente como se fosse a gerente do hotel, mamãe se aproxima das portas que dão para a sala Jerry's e as afasta, cada uma deslizando para um lado. Demora um pouco para que todos percebam o que acabou de acontecer, e então, de repente...

— Corey? — A voz de Cyndi ecoa animada pela outra sala. Ela se levanta e corre até a abertura. — Corey, *é você*? Ai, meu Deus, amor! Que *coincidência*!

Desde que entrei na sala, estou de olho em Corey, e vejo que ele se sobressaltou ao ouvir a voz de Cyndi. Mas ele se recompôs logo em seguida. Agora está de pé, atento e desconfiado.

— Oi, amor — diz ele, olhando ao redor e analisando cada rosto na sala, como se quisesse encontrar a resposta para o que está acontecendo, *agora*. — O que você está fazendo aqui? Quem são essas pessoas?

— Este é o Danny Kovitz — fala Cyndi. — O famoso estilista! Ele vai organizar um desfile e quer que eu seja uma das modelos. E esta é a Lady Cleath-Stuart...

— Sua esposa. — Corey se vira para Tarquin.

— Ah, sim, isso mesmo — confirma Tarkie, com um tom de surpresa que me faz querer rir. — Oi, querida.

— Peyton e eu vamos abrir o desfile! — explica Cyndi. — Vamos usar vestidos iguais. Não é legal?

— Ótimo — diz Corey, abruptamente. Ele ainda olha freneticamente ao redor, como se estivesse tentando entender o que está acontecendo. Quero dizer... ele não é idiota. Deve ter sacado que isso não é uma coincidência.

Agora só precisamos que Cyndi desempenhe seu papel. Ela não sabe, mas é a estrela do show. Ela é como um pêssego pendurado num galho, eu acho. Um pêssego grande e suculento, pesado e pronto para cair... Vamos... *Vamos*...

— Ah, Corey! — exclama Cindy. — Eu acabei de saber sobre Brent e tal. Você é um homem muito, muito bom.

Puff. O pêssego caiu. Mas, pelo clima na sala, foi como se uma bomba tivesse explodido. Arrisco uma olhada na direção de Corey, e meu estômago dá um nó. Ele está absolutamente lívido.

— O que você disse, querida? — pergunta ele por fim, num tom quase alegre. — Do que está falando?

— Sobre o Brent! — diz ela. — Você sabe, o acordo.

— *Acordo*? — Corey parece não conseguir pronunciar a palavra direito.

— Ah, sim — responde Luke, animado. — Estávamos quase chegando nessa parte. Outro valioso parceiro que nós temos é Brent Lewis, que obviamente foi essencial pra você no começo da Firelight Innovations, Inc.

— Não sei do que você está falando — diz Corey, firme.

— Corey! — Luke dá uma risadinha. — Não seja tão modesto! — Ele se vira para Cyndi. — O melhor de tudo, Cyndi, é que seu generoso marido vai propor um acordo a Brent, em reconhecimento por sua ajuda no sucesso da Firelight Innovations. Não é muita gentileza? Os advogados estão esperando lá embaixo com os documentos, então poderemos resolver tudo em dois tempos.

— Ah, Corey, você é um anjo — diz Cyndi, piscando para ele. — Tá vendo? É o que sempre digo: o que vai, volta.

— Com certeza — concorda Luke.

— Carma — afirma Danny com sabedoria.

— É claro que, legalmente, Corey não deve nada a Brent — continua Luke. — Mas ele nunca deixaria um amigo morrer de fome na rua. — Luke dá um tapinha nas costas de Corey. — Não é, Corey?

— Claro que não! — garante Cyndi, aparentemente chocada com a ideia. — Corey está sempre cuidando dos outros, não é, amor?

— E um acordo tão pequeno como esse... — Luke lança a Corey um olhar significativo. — Você nem vai sentir.

Luke e os advogados elaboraram o acordo com a quantia certa. O suficiente para fazer uma diferença enorme na vida de Brent... mas não tão grande a ponto de Corey se sentir prejudicado. Na verdade, como Luke disse, ele nem vai sentir.

(Por mim, arrancaríamos uma fortuna dele, mas Luke não concordou, disse que precisávamos ser pragmáticos, e acho que ele tem razão.)

Os olhos de Corey brilham de fúria. As narinas estão pálidas nas beiradas. Ele ameaçou falar algumas vezes durante a conversa, mas nenhuma palavra saiu de sua boca ainda. E eu sei qual é o problema dele. Foi pego numa armadilha, e Cyndi agora olha para ele com admiração.

— Amor, deveríamos convidar o Brent pra jantar — sugere ela. — Você nunca falou sobre ele.

— Jantar? — A voz dele está esganiçada.

— Na verdade, vocês *todos* deveriam jantar com a gente! — Os olhos de Cyndi brilham. — Pode ser hoje. Podemos colocar a churrasqueira perto da piscina, ouvir música...

— Acho que não...

— *Por favor*, Corey! — Ela o interrompe. — Nunca recebemos ninguém! — Ela olha ao redor e conta quantos somos. — Vocês têm filhos? Levem todos também! Tem mais alguém para convidarmos?

Mas ninguém responde porque a porta atrás dela se abre, e o meu pai entra. Ele para, depois de alguns passos, e olha para Corey com uma expressão séria mas gentil. Queria congelar este momento. Finalmente, *finalmente*, depois de todos esses anos, papai e Corey estão cara a cara.

Ao ver os dois ali, só consigo pensar naquela foto antiga deles. Quatro jovens em uma viagem de carro, sem saber para onde a vida os levaria.

Corey pode ser o mais rico, mas meu pai ganha dele *em tudo*, penso. *Em tudo.*

— Corey — diz ele, simplesmente. — Que bom ver você de novo.

— Quem é você? — pergunta Cyndi, surpresa.

— Ah, estou com os advogados — responde papai, dando um sorriso charmoso para ela. — Eu só queria dizer ao Corey que estou muito feliz por ele ter decidido não abandonar um velho amigo.

Observo Corey atentamente, para ver se algum resquício de remorso passa pelo seu rosto. Ou arrependimento? Pesar? Vergonha? *Alguma coisa*? Mas o rosto dele está impassível. Mas pode ser por causa das plásticas, claro.

— Então — começa papai, animado. — Vamos assinar esse documento?

Ele sorri para Corey e faz um gesto em direção à porta. Mas Corey não se mexe.

— Corey? — chama papai de novo. — Vai tomar cinco minutos do seu tempo. Não mais que isso.

Ainda assim, Corey não se mexe. Mas consigo perceber que ele está pensando em alguma coisa. Os olhos dele estão ocupados. Ele está pensando... pensando...

— Lorde Cleath-Stuart! — exclama ele e se senta à mesa ao lado de Tarkie. — Eu fiquei interessado em ouvir sobre sua fundação beneficente. Ela ajuda empresários da região, pelo que disse?

— Ahh... sim. — Tarquin parece confuso. — Eu disse isso?

— Eu adoraria repassar meio milhão de dólares para a fundação — diz Corey em alto e bom tom. — Meio milhão de dólares, hoje. Me passe os dados bancários para que eu providencie a transferência.

— Amor! — A voz de Cyndi ricocheteia pela sala. O rosto dela se ilumina e a mulher parece prestes a explodir de tanto orgulho. — Você é *maravilhoso*! Você é *incrível*!

— Bem, qual é o sentido de ter uma fortuna se não for para dividi-la? — anuncia Corey, de modo formal, como se estivesse recitando uma fala memorizada. Ele olha para meu pai e diz casualmente: — Podemos deixar a assinatura do acordo pra outro dia?

Outro dia?

Chocada, olho para Luke. Não. Nããããooo.

Corey é muito *traiçoeiro*. Nós o pegamos, ele estava em nossas mãos. Mas agora está dando um jeito de escapar.

Cyndi é o ponto fraco dele. Ela conseguiria fazer com que ele assinasse o acordo; o plano foi todo baseado nisso. Mas, agora, ela está encantada com essa doação repentina e supergenerosa ao Tarkie, e se esqueceu de Brent. Corey vai conseguir sair dessa e nunca mais...

Sinto uma onda repentina de ódio por Corey, ainda mais forte do que antes. Que homem doente! Ele prefere gastar meio milhão de dólares numa obra de caridade qualquer sobre a qual acabou de tomar conhecimento em vez de tentar corrigir a enorme injustiça que causou. Tudo por ressentimento. Tudo porque eles brigaram por causa de uma mulher. É terrível. É trágico. É mesquinho.

Mas, por sorte...

Não quero me gabar, *mas*...

Eu sabia que seria assim. É.

Tá, não é bem verdade. Eu não previ que seria *exatamente* assim. Mas tenho um plano B. E parece que vou ter de colocá-lo em prática agora.

Tentando não chamar atenção, começo a ir em direção aos fundos da sala Jerry's. Porque temos uma terceira sala reservada. (A qual dei o apelido de "Häagen-Dazs".) E temos um 11° integrante no grupo. E ela está esperando pacientemente na Häagen-Dazs, de *standby*, para o caso de precisar participar.

Lenta e quase silenciosamente, empurro as portas para o lado e faço um sinal para ela.

Demorei a noite toda para convencer Rebecca a ajudar. Ela não é muito fã do Brent — não está nem aí se ele morrer de fome. E também não é muito fã do meu pai. (Minha teoria é que ele não correspondeu ao interesse amoroso dela no passado. Mas nunca, nunquinha, vou dizer isso aos meus pais.) Mas ela *é ainda menos fã* do Corey — e isso fez a diferença. Às vezes, precisamos apelar aos piores sentimentos das pessoas. É meio deprimente, mas é o que tem para hoje.

Quando Rebecca se aproxima das portas duplas que levam da Häagen-Dazs para a Jerry's, sinto que a equipe atrás de mim entra em ação. Todo mundo já conhece o plano B. Ensaiamos. Deixamos coreografado. Olho ao redor depressa e vejo Suze se posicionando, enquanto Ulla e Danny permanecem ao seu lado, parecendo atentos. Todos sabem o que fazer. Na verdade, só tem uma coisa a fazer: *Não deixar Cyndi se virar. Não deixar que ela veja Rebecca.*

— Então, Cyndi! — exclama Suze, animada. — Quantos filhos você disse que tem?

— Você podia escolher alguns desenhos pra levar pra casa — acrescenta Ulla, pegando seu caderno de esboços. — Dê uma olhada.

— Ah, sim — incentiva Danny. — Olha esse que você está de blazer? Divino.

— Minha nossa! — exclama Cyndi, encantada. — Posso mesmo? Ai, estou *tão elegante*... Só tenho uma filha — responde ela. — Meu presente precioso. E você? Tem filhos?

Rebecca está de pé, um pouco afastada do grupo. Ela não se mexe, não acena, não fala nada. Só está ali, esperando ser notada.

Meus olhos estão fixos em Corey. Ele está ouvindo o que Tarquin está falando... olhando distraidamente para o teto e franzindo o cenho com leve impaciência... E então, quando olha além de Tarkie, além de Cyndi, fica horrorizado.

Certo, ele a viu.

Se eu esperava alguma reação, não me decepcionei. Os olhos dele estão vidrados. Ele está pálido. Parece estar num pesadelo. Na verdade, parece tão mal que quase sinto pena dele, por mais odioso que seja. Esse homem tentou *a todo custo* apagar seu passado. Fez até plástica. Mentiu a idade, virou as costas para os amigos. Não quer que o passado exista. Mas aqui está o passado, na frente dele com um vestido roxo esvoaçante e olhos cobertos de delineador.

Por um momento, Rebecca só o observa, com aquele olhar felino de bruxa que ela tem. E então, em silêncio, ela se prepara para levantar os cartazes. Nós os fizemos juntos, com papelão e marcador, e conferimos para ver se estavam legíveis.

(Não copiei essa parte do *Onze homens e um segredo*. É do *Simplesmente amor*. Suze perguntou por que não rebatizar nosso grupo de *Simplesmente segredo* para a ocasião, mas não faz sentido. Bem, isso não é o mais importante no momento.)

No primeiro cartaz, estava escrito:

Oi, Corey.

Ela o levanta por alguns segundos — depois o troca pelo segundo:

Quanto tempo!

E, de algum modo, o desprezo com que ela está olhando para o Corey dá um forte sentido a essas duas palavras. Os olhos dela estão fixos nele quando pega o próximo cartaz:

Adoraria conhecer sua esposa.

Ela olha para Cyndi. Corey acompanha o olhar dela, e consigo ver a fúria estampada em seu rosto. Mas ele não ousa emitir nenhum som, para que Cyndi não perceba nada. Ele está encurralado. De novo.

Converse com ela sobre o passado.
Ou talvez não seja uma boa ideia?

O rosto de Corey está tenso, como se ele estivesse sendo torturado. Bem, de certo modo, está. E Rebecca está *adorando*.

— E o jardim de infância? Também é chamado de "pré-escola" aqui? — Ouço Suze perguntar a Cyndi. — É muito difícil encontrar bons colégios no Reino Unido.

— E eu não sei! — exclama Cyndi, totalmente alheia ao drama que acontece ao seu redor. — E sabe de uma coisa? Peyton é supertalentosa, então...

E o acordo do Brent, Corey?

Rebecca praticamente joga o cartaz em cima dele, e então pega o próximo.

Você deve isso a ele.

VOCÊ DEVE ISSO A ELE, COREY.

E agora ela está escrevendo um cartaz extra que não estava combinado. Quando Rebecca o levanta, percebo um brilho de maldade em seu olhar.

Eu posso transformar sua vida num inferno. Eu ADORARIA transformar sua vida num inferno.

Caramba! Isso que é sinceridade. Olho para Corey e vejo uma veia quase explodindo em sua testa. Ele cerra os punhos. Parece prestes a atacá-la.

Assine o acordo e eu saio da sua vida.

Rebecca lança a ele um olhar demorado e desafiador. Então, ela começa a levantar os cartazes cada vez mais rápido, quase como se estivesse distribuindo cartas.

Assine logo.

Assine o acordo, Corey.

Faça isso.

Corey está cada vez mais ofegante. Parece que vai explodir.

Faça isso, porra.

ASSINE, Corey.

ASSINE ASSINE ASSINE ASSINE.

— ESTÁ BEM! — Corey explode de repente, como um touro bufando. — Está bem! Vamos resolver essa porcaria desse acordo. Me dê uma caneta. Vamos acabar logo com isso.

Ai, meu Deus. Ele disse...

Olho nos olhos de Rebecca por um momento. *Conseguimos?* Vencemos?

Acho que vencemos.

Lenta e silenciosamente, Rebecca fecha as portas duplas... e é como se ela nunca tivesse estado ali.

— Que maravilha! — diz Luke, de forma tranquila. — Muito gentil de sua parte, Corey. Devemos resolver isso agora?

— Você está bem, querido? — pergunta Cyndi, surpresa, desviando o olhar de Suze, Danny e Ulla para observar o marido. — Amor, aconteceu alguma coisa? Você parece estar pegando fogo!

— Não aconteceu nada. — Corey sorri para ela. — Só quero resolver isso tudo.

— Que homem bom — diz papai, num tom alegre. — Vamos descer, meus colegas estão nos esperando.

Sem qualquer demora, papai leva Corey em direção à porta. Olho em seus olhos quando ele passa e sinto uma onda estranha crescendo dentro de mim. Mas não sei bem o quê... Seria uma onda de alívio? Histeria? Incredulidade?

Enquanto Cyndi fala sem parar sobre o potencial incrível de Peyton no balé, olho nos olhos de Suze... e então nos de mamãe... olho para todos na sala. Encaro Tarquin, Danny, Ulla... Elinor. E, por último, Luke. Ele abre um sorrisinho para mim e ergue a xícara de café como se estivesse brindando. E não consigo conter um sorriso. Depois de tudo, conseguimos.

Nós realmente conseguimos.

DEZENOVE

As fontes do Bellagio são mágicas. E, sim, *eu sei* que são feitas para turistas e que são clichês, e eu *sei* que tem um monte de outros turistas reunidos ali. Mas, no momento, tenho a sensação de que elas estão jorrando água sem parar só para nós. Para nós dez. São nossa recompensa.

Estamos recostados na balaustrada, nós todos, um ao lado do outro, como no final do filme *Onze homens e um segredo*. A música sensacional no piano toca em minha mente, e ninguém diz nada. Apenas trocamos olhares e sorrimos, e percebo que eu não me sinto tão bem há muito tempo. *Muito tempo.* Conseguimos. Fizemos justiça. E o mais ridículo é que Brent não faz nem ideia... mas, de alguma maneira, isso não importa.

Acho que nunca me senti tão satisfeita. Tenho a sensação de que as coisas nunca se encaixaram tão perfeitamente na vida.

O plano funcionou de forma impecável. Todo mundo desempenhou seu papel de modo brilhante, desde Tarquin a Janice... principalmente Janice. (Parece que ela se trancou no banheiro das mulheres, gemendo, até Lori resolver ajudá-la, e então ela acabou escapando.) Durante nossos drinques de comemoração, eu contei a todo mundo como ela foi fantástica, e ela ficou tão feliz que teve que tomar mais champanhe, e então todo mundo quis falar também, e o papai quis ouvir umas dez vezes tudo, porque ele ficou um tempão escondido esperando, então mamãe perguntou:

— Não gostaria de ver tudo gravado?

E Luke disse:

— Bem, talvez, se quiséssemos acabar presos por coerção.

Até agora não tenho certeza se ele estava brincando ou não. Mas nem ligo. Os documentos estão assinados. Brent vai receber o dinheiro, vai poder comprar uma casa. E isso é tudo o que interessa.

Rebecca não está com a gente. Ela nem ficou para se despedir. E... sabe como é. É justo. Foi escolha dela. Para ser sincera, estou contente. Ficarei feliz se nunca mais encontrá-la de novo. Já estou cansada de revirar o passado. Quero seguir em frente. Está na hora de Luke, eu e Minnie irmos para casa. Não para a casa de Los Angeles, mas para casa, a *nossa casa.*

Suze e Tarkie também estão indo para casa. Acho que eles provavelmente pegarão as crianças e entrarão em um avião assim que puderem. De volta à Inglaterra, de volta a Letherby Hall, de volta à vida real. Tarkie mal pode esperar para colocar todos os seus planos em prática. Suze está ansiosa para ver a Torre da Coruja. Ela me disse que vai aplicar adubo toda semana, só para garantir. (Na verdade, acho melhor ela não fazer isso, porque vai acabar matando a árvore.)

Luke e eu precisamos pegar nossas coisas na casa de Los Angeles, avisar a escola da Minnie que vamos embora e fazer todas as coisas que precisam ser feitas quando nos mudamos para outra cidade. Vai ser triste por um lado... mas é o certo. Sorrio para Luke, cujo rosto está brilhando devido às luzes da fonte, e ele me abraça.

Agora, vamos todos ir embora em silêncio, sem dizer adeus, e voltar para nossas vidas, com nossos milhões. Mas é aqui que a vida real e *Onze homens e um segredo* diferem, porque não podemos nos separar em silêncio, reservamos uma mesa em uma churrascaria bem bacana que recomendaram a Luke. (Além, claro, de não termos milhão nenhum.)

Então, olho para a mamãe e ela assente e cutuca o papai, então Janice larga o telefone e diz:

— Martin está embarcando no Heathrow! Não vai demorar!

O marido da Janice, Martin, está vindo para passar alguns dias, e eles vão visitar algumas vinícolas na Califórnia com a mamãe e o papai. Acho que eles vão se divertir muito, e é uma ótima maneira de os meus pais agradecerem a Janice. Ela merece.

— Vamos? — pergunta mamãe.

— Vamos tirar uma foto primeiro! — diz Janice. — Todos na frente das fontes!

Certo, estamos *muito diferentes* de *Onze homens e um segredo* agora. Não consigo imaginar o Brad Pitt abordando um turista qualquer e pedindo para ele tirar uma "foto rapidinha do grupo".

Mamãe quer uma foto só com o papai. Depois eles pedem uma com a Janice, e fico pensando se devo pedir à Suze para tirar uma foto minha e do Luke, quando noto um homem atarracado ali perto, observando. Eu nem o teria notado, mas ele está olhando fixamente para o meu pai, e, quando o desconhecido vira a cabeça, a luz ilumina seu rosto e...

Fico tão chocada que Luke se vira, assustado.

— Olha! — Aponto para o homem. — *É ele? É o Brent?*

O homem dá um passo para trás e, pela expressão surpresa dele, sei que é Brent. Ele está igualzinho estava na foto, só que mais velho e mais triste. Parece que não está muito à vontade ali.

— Não vá embora — digo depressa. — Por favor. — Eu corro até o papai e puxo a manga da camisa dele. — Pai, olha quem está aqui!

Ele se vira e consigo ver a surpresa em seus olhos.

— Brent! Você veio! Não pensei que você...

— Recebi uma mensagem de voz da Rebecca — explica Brent. — Ela me disse... — Ele coça a testa. — Disse que você ia estar aqui. Falou outras coisas. Não sei bem no que acreditar.

Lentamente, Suze, Tarkie e os outros vão chegando mais perto, observando Brent, quase sem acreditar. Tanto tempo procurando, discutindo, concentrados nesse homem... E, finalmente, ele está aqui.

Ele não é bonito. Ainda tem as sobrancelhas retas da juventude, mas os cabelos grisalhos estão caindo, e seu rosto está flácido, magro e seus olhos, derrotados. Parece que ele teve uma vida difícil. Está usando um casaco velho que parece de má qualidade, e uma mochila no ombro.

Agora, seus olhos se movimentam com desconfiança e nos observam, como se ele esperasse alguma brincadeira de mau gosto.

— Rebecca te contou... — fala papai, devagar. — Ela falou sobre o acordo? — pergunta ele, delicadamente. — Falou sobre o dinheiro?

A expressão de Brent logo se torna mais defensiva. Seus olhos ficam sérios e seus ombros, mais tensos. O que consigo entender totalmente. Se eu fosse ele, também não acreditaria. Eu não teria esperança até ver a prova.

— Não faz sentido — retruca ele. — Por que Corey concordaria de repente? Tentei em 2002.

— Eu sei — diz papai. — Brent, tentei te dizer antes, eu não fazia ideia de que você estava tentando se aproximar do Corey naquela época. Nenhuma, mesmo. E *nunca* faria... Você precisa saber... — Quando olha para Brent, parece um pouco assustado. — Olhe, leia isto. — Ele tira uma cópia do acordo do bolso. — É o que devem a você moralmente. Não mais.

Os turistas vêm de todos os lados, tentando ver as fontes, mas todos estamos cem por cento concentrados no rosto de Brent enquanto ele lê o documento.

Tenho certeza de que ele leu tudo umas três vezes antes de reagir. Então, ele olha para nós, meneia a cabeça depressa e diz:

— Entendo. Posso ficar com isto?

Qualquer um pensaria que ele estava sendo insensível e ingrato, se não visse que suas mãos não paravam de tremer. De repente, uma lágrima cai no papel, e todos nós fingimos não ver.

— Claro — diz papai. — Temos mais cópias.

Brent dobra o papel com cuidado, várias vezes, e o coloca na mochila, e então olha para nós de novo.

— Acho que preciso agradecer... a você, Graham?

— A todos nós — diz papai. — Todos nós nos unimos para conseguir isso.

— Mas quem são vocês? — Brent nos olha totalmente confuso.

— Amigos do Graham — responde Janice.

— E da Becky — diz Danny, e Ulla confirma, balançando a cabeça.

— Sou sogra da Becky — fala Elinor.

— Foi a Becky que bolou o plano pra pegar o Corey — acrescenta Suze.

— Nós chamamos o grupo de *Onze pessoas e um segredo* — explica mamãe. — Você viu o filme?

— Quem é a Becky? — pergunta Brent, e, meio nervosa, dou um passo na direção dele.

— Oi, eu sou a Becky. Conheci a sua filha Becca. Eu fui ao seu trailer, não sei se ela te contou... e eu comentei com o meu pai que o senhor tinha sido despejado... Foi assim que tudo começou, na verdade.

— Quisemos fazer justiça pra você — diz Janice. — Aquele Corey é uma cobra, me perdoe a sinceridade.

— Vocês são da Inglaterra — fala Brent, parecendo bastante confuso.

— Oxshott. Mas eu vim ajudar — continua Janice, animada. — Bom, tudo pela Jane e pelo Graham.

— E tudo pela Becky — diz Suze. — Ela nos colocou para trabalhar.

— Foi um trabalho em grupo — digo depressa. — Todo mundo foi brilhante.

— Mas... — Brent esfrega a testa de novo. — Por quê? Por que vocês me ajudaram? A maioria de vocês nem me conhece.

— Estávamos ajudando o pai da Becky — explica Danny.

— Você precisa agradecer a minha filha — diz papai. — Foi ela que organizou isso tudo.

— Ah, e a propósito, obrigada pela dica do E ou GMD! — exclamo de repente ao me lembrar. — É tipo... meu lema da vida!

Mas Brent não responde. Ele está olhando para nós todos, meio surpreso. E então, por fim, ele se vira para mim.

— Moça, você tem muita sorte por ter seus amigos. Ou eles têm muita sorte por terem você.

— Eu tenho muita sorte por eles serem meus amigos — digo. — É isso. Com certeza. Eles são incríveis.

— As duas coisas são verdadeiras — afirma Ulla, e todos olhamos para ela, surpresos. (Ela não é a pessoa mais falante do grupo, mas foi perfeita distraindo Cyndi.)

— Isso mesmo — confirma Suze.

— Bem, de qualquer modo — acrescento, meio sem jeito —, o mais importante é que nós conseguimos. E agora você está aqui! E *precisa* vir jantar conosco... — Eu me viro para retomar a conversa com Brent, mas não o vejo mais. O que aconteceu? Onde ele está?

Nós todos o procuramos na multidão, confusos, e Luke observa ao redor... mas logo fica claro que ele não vai voltar.

Brent foi embora.

A churrascaria que recomendaram a Luke é *incrível*. Todos pedimos carne, batata frita e praticamente quase todos os outros pratos no cardápio. O garçom serve um vinho tinto delicioso, e, quando fazemos um brinde, consigo sentir que todo mundo está aliviado. Finalmente. Conseguimos.

Olho ao redor e sinto uma onda de felicidade. Está tudo bem melhor agora. Meus pais estão sentados lado a lado diante de Janice e de mim. Eles estão vendo as fotos das rochas vermelhas no celular do meu pai e fazendo planos para os passeios nas vinícolas. A histeria da mamãe desapareceu; toda a tensão se foi. Ela não para de acariciar o braço do papai, e ele a abraça como se nunca mais fosse deixá-la.

Elinor também parece muito tranquila. Ela e Luke estão conversando a respeito das férias — talvez a gente vá para os Hamptons —, e Danny se intromete de vez em quando para contar fofocas locais que fazem Elinor gargalhar.

Sendo muito sincera, eu diria que Danny se tornou o melhor amigo de Elinor *principalmente* porque ela está planejando gastar uma pequena fortuna com as roupas dele e ajudá-lo a lançar uma linha nova para mulheres mais velhas que dará muito dinheiro... Porém, tem mais por trás disso. Existe algo realmente sincero entre eles. Acredito muito nisso. Por exemplo, eles já falaram que farão de tudo para que Cyndi aproveite ao máximo o baile do Met, porque nada do que aconteceu foi culpa dela. (Eu também vou tentar ir.)

Quanto a Suze e Tarkie, eles estão totalmente diferentes. Suze está calma. Voltou a ser a Suze de antes. Ela ri de coisas bobas. E Tarkie se revelou! Fico observando-o, tentando descobrir o que está diferente nele — mas não acho que seja apenas uma coisa. São várias coisinhas. Parece que um dos conselhos que o papai deu a ele na viagem foi: "Finja até que algo se torne verdade." Bem, não sei o que é fingimento nem o que é verdade, nem se ele mesmo sabe, mas está dando certo. Ele vai ser um baita lorde quando voltar para a Inglaterra.

— Vamos plantar mais de mil árvores no ano que vem — conta ele ao papai. — Claro que a Suze não vai notar nenhuma delas.

Suze cora e diz depressa:

— Vou, sim! Vou ajudar a plantar todas e a cuidar delas e tudo. *Amo árvores!*

Tarkie lança um sorriso de provocação na direção dela, e ela cora ainda mais, e fica claro que ela confessou tudo sobre a Torre da Coruja. Bem, que bom. Se eu estava estressada, imagine eles.

Como se estivesse lendo minha mente, Suze bate o pé no meu embaixo da mesa. Nós duas estamos usando nossas botas de caubói. Elas são maravilhosas, acho que nunca mais vou usar outro sapato. O Velho Oeste me ganhou. Penetrou em minha alma. As roupas, o sol, o deserto, a música...

Ah, isso me faz lembrar de algo.

— Ah, Luke! — digo, animada. — Esqueci de te contar. Quando saí com a Suze hoje à tarde, tentei tocar banjo, e acho que deveríamos comprar um.

— *O quê?* — Luke para de conversar com Elinor, e percebo que ele ficou aterrorizado.

— Eu falei que você não ia concordar — diz Suze, espetando um pedaço de carne.

— Não faça essa cara, Luke! — digo, ofendida. — Vai ser bom pra Minnie aprender a tocar um instrumento. Então por que não o banjo? E podemos fazer aulas juntos, e virar um grupo de folk, e seria um ótimo investimento...

PALÁCIO DE BUCKINGHAM

Sra. Luke Brandon
c/c The Pines
43 Elton Road
Oxshott
Surrey

Prezada Sra. Brandon,

A Rainha solicitou que eu lhe escrevesse agradecendo os votos que a senhora enviou à Sua Majestade.

Estou feliz em saber que o Sr. Derek Smeath da East Horsley (antes de Fulham) mostrou-se um valioso amigo, não apenas à senhora mas "às causas do amor e da justiça". Realmente acredito que ele tornou o mundo um lugar melhor.

Entretanto, sinto muito em dizer que não existe "um caminho rápido" à cavalaria; tampouco tem a Rainha "Ordens do Império Britânico a mais" que ela simplesmente "pudesse colocar em um envelope para ele".

Em nome de Sua Majestade, agradeço mais uma vez por ter escrito.

Atenciosamente,
Lavinia Coutts-Hoares-Berkeley
Dama de companhia

DISTRITO DE LONDRES
HAMMERSMITH & FULHAM
PREFEITURA
KING STREET
LONDRES W6 9JU

Sra. Rebecca Brandon
c/c The Pines
43 Elton Road
Oxshott
Surrey

Prezada Sra. Brandon,

Obrigada pela sua carta. É sempre bom ter notícias de ex-moradores de Fulham.

Fiquei muito satisfeita ao saber sobre seu amigo Derek Smeath, que gerenciou a agência do Endwich Bank em Fulham por tantos anos. Ele parece ser um homem muito solícito, e tenho certeza de que a senhora tem razão quando diz que muitos moradores de Fulham se beneficiaram da sabedoria dele.

Entretanto, infelizmente não está em meu alcance, como conselheira, "premiá-lo com uma medalha" nem "com a chave da cidade".

Agradeço pelo seu interesse no conselho e envio, anexado, um folheto sobre nossos mais recentes desenvolvimentos no controle do lixo reciclado.

Atenciosamente,

Conselheira Elaine Padgett-Grant
Hammersmith & Fulham Council

Sociedade de Horticultura de East Horsley
"Sussurros"
55 Old Oak Lane
East Horsley
Surrey

Prezada Sra. Brandon,

Muito obrigado pela sua carta. Que bela história a senhora tem para contar!!!

Como um dos "camaradas" jardineiros de Derek, compartilho totalmente da sua opinião quando diz que ele é uma boa semente. Fiquei felicíssimo em saber que o Lorde e a Lady Cleath-Stuart irão homenageá-lo dando à nova alameda de sua propriedade o nome de "Alameda Smeath". Ele merece muito!!!

Será um prazer organizar um "passeio" a Letherby Hall para assistir à "cerimônia de inauguração", e seu cheque deve cobrir nossos gastos. Garanto à senhora que Derek não saberá de nada até a senhora "mostrar" a surpresa a ele. Creio que ele não vai conseguir acreditar!!! Enquanto isso, "boca de siri".

Estou ansioso para conhecê-la "no dia". Até lá, fique bem e chega de aventuras!!!

Cordialmente,

Trevor M. Flanagan
Presidente, EHHS

PS: A senhora é a "Rebecca" que entra numa fria no livro do Derek? Não se preocupe, seu segredo está "bem guardado" comigo!!!

Agradecimentos

Escrever um livro é bem parecido com viajar de carro, pois temos os lanchinhos, o constante olhar pela janela e os momentos de pânico por não saber para onde estamos indo... Sou extremamente grata a todos que estiveram comigo nesse trailer metafórico. Não teria conseguido sem vocês. Obrigada. Bjo

Ao trailer britânico:

Araminta Whitley, Peta Nightingale, Jennifer Hunt, Sophie Hughes, Nicki Kennedy, Sam Edenborough e a toda a equipe do ILA, Harriet Bourton, Linda Evans, Bill Scott-Kerr, Larry Finlay, Sally Wray, Claire Evans, Alice Murphy-Pyle, Tom Chicken e sua equipe, Claire Ward, Anna Derkacz e equipe, Stephen Mulcahey, Rebecca Glibbery, Sophie Murray, Kate Samano, Elisabeth Merriman, Alison Martin, Katrina Whone, Judith Welsh, Jo Williamson, Bradley Rose.

Ao trailer americano:

Kim Witherspoon, David Forrer, Susan Kamil, Deborah Aroff, Kesley Tiffey, Avideh Bashirrad, Theresa Zoro, Sally Marvin, Sharon Propson, Loren Noveck, Benjamin Dreyer, Paolo Pepe, Scott Shannon, Matt Schwartz, Henley Cox.

Este livro foi composto na tipologia ITC Souvenir
Std, em corpo 11/16, e impresso em
papel off-set 75g/m² no Sistema Cameron da
Divisão Gráfica da Distribuidora Record.